ゴミの王国

朝倉宏景

双葉社

ゴミの王国

目次

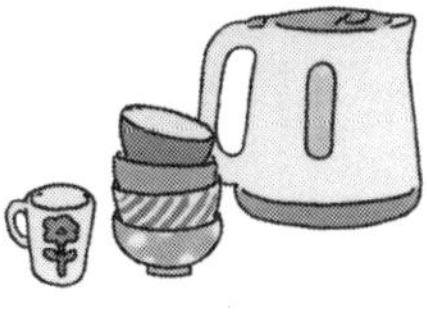

第一章　となりの汚部屋

集積所ごとに、ゴミがうずたかく積まれた住宅街の辻をめぐっていると、永遠に抜け出すことのかなわない迷路やループにはまりこんでいるような錯覚をおぼえる。

日曜日をのぞいた週五日勤務、ほとんど同じことの繰り返しだ。場所は変われど、いつも、どこかで、ゴミは必ず出つづける。東京中、日本中、世界中で。

小型プレス車と呼ばれる収集車の投入口にゴミ袋をリズム良く投げ入れ、朝陽《あさひ》は「積込」ボタンを押した。鈍重なモーター音がうなりをあげ、内部のプレスがゴミを巻きこんでいく。

「オーライ！」大声をあげて、運転手に合図を送った。

小学生の頃、マンガやアニメ、映画で「ループもの」が大流行した。主人公は何度も同じ日や、同じシチュエーション——たとえば、恋人の死や自分の死を繰り返す。死を回避し、ループを脱する鍵を探しながら、何十回もまったく同じ朝を迎える。

リアルな日常では、そんな異常なことは起こらない。確実にカレンダーの日付も季節も前に進む。真夏のゴミ収集は地獄だった。冬の今は冷たい雨、とくに雪が降らないことを祈る。

大切な人が死ぬような危機が訪れるわけでもない。ただただゴミを回収するだけの日々は呆れるほど単調で、果てがない。ゴミを収集しつくしても、明日はまた別の地区でゴミが出る。だからこそ、まだ一年目なのに――シフトによって派遣される区やルートは変わるのに、同じところをぐるぐるとまわって抜け出せないような感覚にとらわれるのかもしれない。

収集車の後ろを小走りで追いかけ、次の集積所へ向かう。小さい川に沿って伸びる、一方通行の路地だ。すぐ背後から、黒いSUVがぴたりとついてくる。その運転席に座る中年女性は、急いでいるのか、かなりいらだっているらしく、指先でハンドルを激しく叩いていた。

この狭く長い路地を抜けきるまで、徐行と停止を繰り返す収集車を追い抜くことはできない。見えないプレッシャーにせき立てられるようにして、次の集積所でも積みこみを急いだ。

両手の人差し指と薬指に、ポリ袋の結び目を引っかけて、一気に四袋持ち上げる。その瞬間、右の薬指の先から嫌な予感が走った。

極端に重い。指がちぎれそうだ。ときどき、本や雑誌が燃えるゴミの袋に突っこまれていることがあるけれど、そういったたぐいの重さではない。一度地面に下ろしてみると、たぷん、と波打つような感覚が薬指から伝わってきた。それでも、積みこまないわけにはいかない。

プレスの稼働ボタンを押すと、案の定、袋がはじけるような破裂音が連続して響いた。炸裂《さくれつ》する手榴弾《しゅりゅうだん》から、自分の体を盾にして周囲を守る兵士さながら、朝陽は一歩前に進み出る。目をつむり、顔をそむけながら、奇跡的に「爆発」が起きないことを祈る。

すぐ近くの上空で、カラスが馬鹿にしたような、下品な鳴き声をあげた。

ひときわ大きな破裂が起きて、鼻がもげそうな臭気がはじけた。作業着の全体に生ゴミの汁が飛び散り、じっとりとしみていく。たぶん、腐ったスープかカップ麺の残り汁なんかも混じっている。

「とんだクリスマスプレゼントだな」いっしょに回収作業にあたっている、もう一人の作業員が不憫そうにつぶやいた。

顔にかからなかったのが幸いだった。それでも、重く湿った作業着から、つんとした刺激臭が絶えずたちのぼってくる。

すべては、煽《あお》るようにぴたりと後ろをついてくる外車のSUVを守るためだった。

朝の忙しい時間帯だ。ただでさえドライバーはいらついている。そのうえ、生ゴミの汁が車にかかろうものなら、区の清掃事務所にクレームが行きかねない。この汁に、もし油のたぐいが混ざっていた場合、汚れを落とすのも一苦労だ。ときどき、揚げ物で使った油を新聞紙などに吸わせず、そのまま袋に流し入れて燃えるゴミに出す人もいる。

ため息すら出なかった。深く息をしたら、途端に吐き気がこみ上げてくる。

「オーライ！」浅い息を繰り返し、発車をうながした。

収集車の脇を通り抜けていく、中学生くらいの男の子二人が大声で叫んだ。

「うわっ、クサっ！」

「ヤバい！　超、クセぇ！」

よくこんな仕事できるよなと、笑いまじりでこちらを一瞥《いちべつ》し、二人そろって鼻をつまむ。

十二月二十五日だった。体の表面は朝の冷たい風にさらされて冷えきっているものの、体を絶えず動かしているので、内側は熱い。燃え上がるような羞恥《しゅうち》が爆《は》ぜて、体の芯《しん》がさらに激しい熱を帯びた。

このやるせない気持ちをやり過ごすすべは心得ている。ただ、目の前のゴミの山に集中すること。街をきれいに保つこと。

ようやく到達した路地の出口の集積所は、惨憺《さんたん》たる状態だった。

破れた袋が転がり、生ゴミが路上に散乱している。収集車の突入で食事を中断されたカラス二羽が、近くの家の塀の上から、うらめしそうな視線を投げかけてきた。

一瞬、迷いが生じた。ゴミ袋だけ回収して、さっさと立ち去るべきか……。

青いカビがびっしり生えた大福が、くたくたにしおれた状態で、アスファルトにへばりついていた。その途端、妙な懐かしさがこみ上げてきた。実家の母親を思い出したのだ。

両親は、息子が東京でゴミ収集の仕事をしていることを知らない。新卒で教育系の出版社に入ったと信じている。実際には最終面接で落ちたのだが、朝陽は受かったと嘘をついた。

収集車から、かき板を取り出した。ゴミをかき集めるための板だ。

散乱したゴミを一ヵ所に集めると、地面に片膝をつき、野菜のクズ、卵の殻、昨日のクリスマスイヴで食べられたチキンの骨を、作業用グローブをした両手ですくった。カビだらけの大福もいっしょくたにして、投入口に投げこむ。

作業着からも、両手からも、饐《す》えた匂いがただよってくる。鼻が慣れてしまったのか、もう吐き気は感じない。すくっては投げ、すくっては投げ、アスファルトにこびりついた生ゴミを、小指と手のひらの脇の部分でこそげ落とし、また、すくう。なかばヤケになりかけていた。

「そろそろいいだろ。回すぞ!」

ペアを組む作業員が、「積込」ボタンに手をかけた。朝陽はあわてて手を引いた。万一プレスに挟まれたら、簡単に腕を持っていかれる。

立ち上がると、後続車からクラクションが小刻みに鳴らされた。何度も頭を下げながら、出発した収集車のあとを追う。橋がかかった四つ角で、中年女性が運転する後続のSUVはあからさまにエンジンをふかし、不満をあらわにしながら猛スピードで去っていった。

あの女性は、たぶん知らないだろう。

作業員が身を挺して、ゴミの汁から車を守ったことを。

さっきの中学生たちは、意識すらしていないだろう。

自分が毎日、毎日、たくさんの臭いゴミを排出していることを。

朝陽は背後を振り返った。路地のゴミはきれいに一掃されていた。

人々は、自分が出したゴミなど、まるで最初からなかったかのように生活し、また明日からもゴミを出す。

誰かがやらなければならないことはわかっていた。

自分だって、実家にいたときも、大学進学で東京に来て一人暮らしをはじめてからも、ゴミのことには無頓着だった。最低限の分別はしたけれど、集積所に袋を置いた途端、完全に他人事で、誰が運び、どこでどう処理されるかなんて考えもしなかった。地元の水戸《みと》市は家庭ゴミが有料で、東京二十三区は無料なので、上京したての頃はラッキーだと思ったくらいだ。

さっき塀にとまっていたカラスは、新たなエサを求めて飛び立ったようだ。今度は朝陽がかき集めた生ゴミの細かい残骸《ざんがい》に、雀が数羽群がっていた。

朝陽は民間の清掃会社、守山《もりやま》産業の契約社員だった。守山産業は、近隣の複数の区から業務委託を受け、家庭ゴミの回収を行っている。

収集作業員のほとんどは、労働者供給事業によって日々派遣されてくる日雇いで、朝陽のように社員の立場の人間のほうが圧倒的に少なかった。日雇いと契約社員では、日雇いのほうが手取りの給与が多い。社員は社会保険料が天引きされるから、あえて日雇いの雇用形態を選んでいる作業員もいると聞く。仕事はハードだが、日当はほかの職種よりも多く、また、拘束時間も夕方までと短い。

「ただいま」四時ちょっと過ぎに、朝陽は一人暮らしの家に帰りついた。ほとんど物がない、がらんどうの1DKの部屋の隅々に、みずからの声がじんわり浸透していく。

むなしさは感じない。むしろ、ここに帰ってくると、一日に溜めこんだ不安や憤りが一気に抜け出て、清々しい気分になるのだった。

余計な物が存在しないというのは、なんと心地良いことなんだろうと、朝陽はいつも自分の部屋を眺めわたしては爽快感をおぼえる。今日はゴミが散乱した集積所が何件もあったから、なおさらだ。

駅からかなり離れているのと、少し古い物件だけあって、予算の範囲内でリビングが八畳、キッチンが五畳の、それなりに広い1DKを借りられた。

リビングには、折りたたみ式のシングルベッドと、ノートパソコンを置いた簡素な机と椅子だけ。テレビはない。棚のたぐいもない。細々した小物も、装飾もない。服や、掃除機、その他、どうしても必要な物はクローゼットにすべて収納されている。

キッチンには、冷蔵庫と電子レンジと炊飯器しかない。最低限の食器と、鍋やフライパン、買い置きの食料などは、シンクまわりの上下の収納にきっちり納まっている。残りの大きな家電といえば、洗面所にある洗濯機くらいだ。季節によって、小型のサーキュレーターと加湿器を入れ替えて出す。

靴は絶対に靴箱にしまう。小説やマンガも読むけれど、すべて電子書籍だ。大学時代に使っていた本やテキスト、プリントは、売るか、後輩に渡すか、捨てた。そんなものを社会人になって読み返すことがあるだろうか——あるわけない。だから、迷いはいっさいなかった。

フローリングの床には、ホコリ、髪の毛が残らないように、ルンバを走らせている。もちろん、自分でワイパーや掃除機もかける。

広々と気持ち良く、清潔な空間を保つことに、何よりも生活の比重をおいていた。これといった趣味も、収集癖もない。邪魔になりそうな物はそもそも最初から買わない。いわゆる、ミニマリストと呼ばれる生活様式を貫いている。

みんな僕みたいな生活をしていたら、さぞかしゴミが減って、環境にもいいはずだと朝陽は考える。商品は売れなくなるけれど、過剰に大量生産して、大量消費することもなくなる。企業は、本当に売れる、本当に良い物だけをつくるようになるだろう。

——というのは夢のまた夢の話で、朝陽には到底理解できないのだが、人々は果てしのない物欲にまみれているように見える。その欲望が、日々出されるゴミにあからさまなかたちであらわれるのは、なんとも皮肉なことに思えた。おいしいものをたらふく食えば、たくさんの便が出る。

それと同じだ。ゴミは人々の物欲のなれの果て——排泄物のようなものだ。

ゴミの汁で汚れた作業着を、薄めたハイターに浸ける。会社にも共用の洗濯機はあるのだが、古くて、カビが生えていて、どうしても使う気になれない。

漂白をしているあいだに、風呂に入り、体を二回洗った。いくら臭くないと言われても、体が匂うような気がどうしてもしてしまう。風呂から上がると、作業着を入念にすすいでから洗濯機に入れた。普段着と作業着は、絶対にいっしょに洗わないようにしている。洗剤を投入し、スイッチを入れると、スーパーに行く準備をした。

清潔な服を着て、エコバッグをたずさえ、家を出る。玄関の扉を開けかけると、外からガラガラと騒々しい音が響いてきた。

台車が近づいてくる。きっと配達員が大きな荷物を運んでいるのだろう。住人の誰かなら、やり過ごしてから家を出ようと思ったのだが、その必要もなさそうだった。

ドアを開けると、その途端、一人の女性と目が合った。

「あ……」と、思わず声が出る。

台車を押しているのは、となりの部屋に住んでいる、同年代の若い女性だった。

「こんにちは……」

たしか、名前は……、佐野《さの》さんだ。今どきめずらしいのだが、半年前に彼女がここに越してきたとき、わざわざ菓子折を持って挨拶に来てくれた。だから、朝陽のなかで彼女の好感度はかなり高かった。何より夜が静かなのが、ありがたかった。早朝に家を出て肉体労働に従事する朝陽にとって、夜中の物音ほど腹立たしいことはない。

鍵をカバンから出しながら、「こんにちは」と、佐野さんも軽く頭を下げる。

世間話をするような仲でもないので、そのまま外廊下を行きかけたのだが、朝陽の目は彼女が運んでいる物に釘づけになった。

「あっ、これ、ゴミです」朝陽が何か問いかけようとした雰囲気を察したのか、佐野さんが先に口を開いた。

言われなくてもわかる。半透明のゴミ袋には、空のペットボトルが満杯につめこまれている。画面がクモの巣状にひび割れたパソコンのモニターに、なぜか外側の部分が熱でドロドロに溶けた小ぶりの白い電子ケトルなど、どう見ても使用不能な家電も、いくつか台車に載っている。

「ゴミ……、ですね」

「はい、ゴミです」

朝陽は混乱していた。

佐野さんは、これから部屋のなかへ入ろうとしている。鍵を閉めるのではなく、開けようとしている。

ゴミは集積所に出すものだ。部屋のなかに運び入れるものではない。

「これ、すごくないですか？」

佐野さんは、こちらの困惑に気づいているのかいないのか、屈託のない笑顔で電子ケトルを取り上げた。

「同僚の人にもらったんです。その同僚、認知症のおばあさんと同居してるんですけど、おばあさん、ケトルに水を入れて、スイッチを入れるんじゃなくて、ふつうのヤカンみたいにガスの火にかけちゃったんですって。変な匂いがして、あわてて台所に駆けつけたら、ほら、ドロドロに溶けちゃって。電子ケトルのお化けみたいですよね」

「わぁ……、こんなになっちゃうんですね」と、ひとまず無難な相づちを打ってはみたものの、ますます頭がこんがらがってきた。

なんで、わざわざゴミをもらってくる必要があるのか。家が汚くなってしまうではないか。朝陽はぐっと言葉をのみこむ。

「あっ、ペットボトルも、集積所からくすねたわけじゃないですからね。勤めているところから出たものを、許可をとってもらってきたんです。最高のクリスマスプレゼントです」

「プレ……ゼント？」

たしかに、集積所から資源や粗大ゴミを勝手に持ち出すのは、犯罪にあたる行為だ。が、そんなことを聞きたいんじゃない。

じゃあ、僕は何を聞きたいのか……。朝陽はおそるおそる口を開いた。

「でも、ゴミ、なんですよね？」

「そうです、ゴミです」

先ほどと同じやりとりを不毛に繰り返しただけだった。冬の日が暮れようとしていた。玄関は北側に位置しているので、アパートの建物の影が、刻一刻と領土を広げていく。

「修理するんですか、モニターとか、ケトルとか」

「しません、しません」佐野さんは、台車から右手を離し、顔の前で勢いよく振った。「私は修理なんてできません」

白いもこもことした素材のフリースは、少し彼女にはサイズが大きいのか、両手はほとんど袖で隠れている。佐野さんは恥ずかしそうな表情を浮かべたまま、その手でさらに口元を隠した。ゴミを運びこむ瞬間を目撃されてしまったことには、それなりの羞恥を感じている様子だった。

「あっ、そういえば、日下部《くさかべ》さん」と、佐野さんが朝陽の名字を口にした。

「なんでしょう……？」少し警戒しながら、及び腰でたずね返す。

「ドライヤー、いりませんか？　家に四つあるんですけど、もしなかったらどうかと思いまして。ちゃんと動きますよ。いや……、一つは壊れてたか。とにかく、動くものを」

「いえ……、間に合ってます」

「じゃあ、ストレートアイロンは？　あっ、男性は必要ないか。これも五つくらいあるんですよ」と、照れ隠しなのかものすごい勢いでまくしたてる。「ほかに何か欲しい家電があれば、たいていの物はそろっ……」

「全部あるんで、結構です」

「そうですか。では……」

佐野さんが、何事もなかったかのように差しこんだ鍵を回す。台車を入れるため、扉を目いっぱい開けた。

もちろん、部屋のなかをのぞき見る気などまったくなかった。女性の一人暮らしだ。そのくらいの節度は心得ているつもりだ。

ところが、佐野さんが台車を運びこむのに手間取って、反射的に扉をおさえるのを手伝ってしまったのが間違いだった。

絶句、どころか、あまりの驚きに体すらかたまってしまう。自分の部屋とほぼ同じ間取りとは到底思えない有様に、朝陽は目を見張った。口が半開きになるが、声がまったく出てこない。

そもそも、靴を脱ぐスペースにスニーカーやブーツ、パンプスが所狭しとならんでいるので、台車が上がる余地がない。佐野さんは、それらの靴を乱暴に奥へと放っていく。

その先には白いポリ袋の山があった。投げられた靴が、袋の上に折り重なっていく。

奥につづく部屋を、朝陽はおそるおそる首を伸ばしてのぞき見た。あらゆる物という物が狭い廊下に積み上げられ、薄暗い奥のほうがどうなっているのかうかがい知れなかった。横歩きで移動しても、リビングに行くのには苦労しそうだ。

「嫌だ、見ないでください……！」

佐野さんがあわてた様子で振り返った。

「嫌だ！　あれ？　入んない！」

顔が赤い。強引に扉を閉めようとするのだが、台車はまだ完全に入りきっていない。派手な音をたてて、扉と台車がぶつかった。

「ごめんなさい！」朝陽は叫んだ。「何も見てません！」

嘘をついた。何から何まで見てしまった。仮に彼女が下着を干している瞬間を目撃してしまったとしても、ここまで気まずく、申し訳ない気持ちにはならなかったかもしれない。直感的に、彼女がひた隠しにしている、精神の底の部分まで目の当たりにしてしまった気がした。

顔を伏せ、早足でアパートをあとにした。

頭のなかに、さっきの汚部屋が焼きついて離れなかった。嘘だろ、勘弁してくれよと、口のなかでもごもご繰り返しながら、スーパーに入店した。

引越しからたった半年で、あそこまで汚くなるものだろうか？　自分が出すゴミだけでなく、わざわざ他人が出したものまで引き取ってくるからあんな惨状が生み出されるのだ。彼女がいったい何を考えているのか、まったく理解できない。壁一つ挟んだとなりに、あんなおぞましい空間が広がっていると意識しただけで、落ち着いて生活ができなくなる。

いくら夜が静かでも、そこにはゴミがあふれかえっている。ゴミは、また新たなゴミを呼ぶ。本当に勘弁してほしい。ゴキブリなどの虫の侵入がいちばん厄介なのだ。

考え事をしながらぶつぶつつぶやいて、足早に店内を歩きまわっているせいで、そろそろ万引きを疑われそうな気がした。菓子のコーナーで、ふと大福のパッケージが目に入って、衝動的にカゴに放りこんだ。

数日分の食材を買いこんで、おそるおそる帰宅する。

朝陽は一階の東南角部屋、佐野さんは三部屋ならんでいるうちの、真ん中だ。もう一方の端に住んでいるのは、サラリーマンらしき男性だが、出勤や帰宅の時間帯がずれているせいか、見かけたことはほとんどない。

佐野さんの部屋のほうをうかがいながら、扉の鍵を開ける。

いつものように、清々しいほどきれいな部屋が、お帰りなさいと優しく迎えてくれる。それでも、いつものような爽快感はなかった。壁にぴたりと耳をつけてみたけれど、佐野さんの部屋からは物音一つしない。

食材を冷蔵庫に入れてから、洗濯が終わった作業着を干すため、大きな掃き出し窓を開けた。

このアパートの一階の南側には、ささやかな前庭のようなスペースがある。細かい砂利《じゃり》が敷きつめられていて、とにかく日当たりが良い。

となりは駐車場で、建物が隣接していないのもありがたかった。晴れた休みの日はコーヒーを飲みながら日向ぼっこをすることもある。八畳のリビングと同じくらいの広さがあった。

作業着を物干し竿にかけた。かわきやすい素材だから、雨でも降っていないかぎり、一晩外に出しておけば朝には着られる。

部屋に戻りかけて、もう一度、踵《きびす》を返した。

サンダルを足にかけ、前庭に出る。砂利の音がなるべくしないように、そっと歩いた。もしかしたら、砂利が敷いてあるのは、泥棒よけの効果もあるのかもしれないと今さらながら気づいた。

頭のなかでは、見ないほうがいい、見ないほうがいいと、絶えず警告が鳴り響いている。しかし、体が、顔が、目が、佐野さんの敷地のほうに自然と吸い寄せられてしまう。これほどまで、こわいもの見たさという感情に、心が激しく揺さぶられるのははじめてだった。

当然、となりの前庭とのあいだには仕切りがある。コンクリートの土台に、鉄製の頑丈そうなフェンスが立てられている。高さは二メートル以上あるだろうか。

上からのぞくには何か台が必要だが、コンクリートとフェンスの境目に、数センチほどの隙間があいていた。朝陽は腰をかがめ、そのわずかな隙間に顔を近づけた。

かがんだ姿勢のまま、朝陽は膝から崩れ落ちそうになった。

真っ先に視界に飛びこんできたのは、たくさんの椅子だった。

ただの椅子じゃない。すべて、壊れていた。四本ある脚の一つが折れ、それでもかろうじて立っている椅子。すべてのスプリングがむき出しになったソファー。座面がぼこぼこに凹んだパイプ椅子は、まるでレスラーが対戦相手を殴るのに使ったかのようだ。

「なんだよ、これ……。椅子の墓場だ」

自然と心の声がもれ出る。

椅子だけではない。色とりどりのクーラーボックスが、十個ほど縦に積み上げられている。そのとなりには、様々なメーカーの電子レンジが、やはりトーテムポールのような塔を形成して屹《きっ》立《りつ》している。折れ曲がって歪んだ自転車の車輪も、いったいどこから入手してくるのか、いくつも反対側のフェンスに立てかけられている。

自分の目が信じられなかった。扉のない冷蔵庫には、空き缶だろうか、大量のチューハイの缶がつめこまれている。年代物のブラウン管テレビの上には、ペットボトルの入ったポリ袋が重なり、ボロボロのマットレスに、二体のマネキン人形が横たわっている。なぜか抱きあい、足をからめあうポーズをとっていた。

「ありえない……」

ここはスクラップ工場じゃない。家だ。アパートだ。女性の一人暮らしだ。

引越しするか……？　とはいえ、ここに来たのは一年前で、貯金に余裕はない。それに、このアパートはとても気に入っている。静かで広いし、周囲に気兼ねなくこの前庭で日に当たりながらのんびりできるのも魅力の一つだった。勤めている清掃会社も、自転車で十五分ほどの距離なので、早朝勤務も耐えられる。

「嫌だ！」

女性の金切り声が、突然響いた。

「嫌だ、恥ずかしい！」

フェンスの切れ目の向こう側に、爛々《らんらん》と輝く瞳がのぞいた。朝陽はあわてて顔を離した。

「ごめんなさい！」朝陽は自分の部屋のほうへ後ずさった。「その……、のぞくつもりはまったくなくって、えぇっと、その……」

「こちらこそ、すみません！」姿の見えない佐野さんも叫ぶ。「こんな状態で驚かれたでしょう？」

「いえ、全然、まったく」サンダルを脱ぎ、開けっぱなしだった掃き出し窓から部屋に上がった。

「それでは失礼します！」

勢いよく窓を閉めると、自分でも驚くほどの大きな音が響いた。当てつけのように聞こえなかっただろうかと心配になり、さらに鼓動が跳ね上がる。胸に手をあてながら、何もないリビングをぐるぐると歩きまわった。

一度だけ、勤めている会社の業務の応援で、ゴミ屋敷の現場に入ったことがある。清掃、産廃業者である守山産業は、ゴミや資源の回収、産廃処理、そして特殊清掃などの業務を行っている。

そのゴミ屋敷清掃は、三日間の予定でシフトが組まれていたのだが、一日の仕事を終えると、明日はどうしても特殊清掃の応援からはずしてほしいと、朝陽は社長に懇願《こんがん》した。

ゴキブリ、ネズミ、蛆《うじ》がいたるところにわいている。高性能マスクをつけていても、ホコリを大量に吸いこんでいるのか、肺がつまったような感覚になり、呼吸がままならなくなった。社長に平身低頭あやまり、なんとかいつもの収集業務に戻してもらった。

あの惨状が、すぐとなりに広がっているかもしれないと考えただけで、おちおち夜も眠れない。朝陽は手を洗ってから、先ほど買った大福のパッケージを開けた。夕食前だったが、次から次へと頬張った。白い粉が床を汚すのもかまわず、気分を落ち着けるために食べつづけた。清浄な部屋で洗い流すことのできない、どす黒い澱《おり》のような不安が心に溜まると、どうしても体が、脳が、甘いものを欲してしまう。

あんこの糖分が隅々まで行きわたるような感覚で、ようやく不安な気持ちがやわらいできた。ほっと、ため息をつく。

大福は母の好物だったが、思い出すのは、どうしても父親のことばかりだった。

物心ついて、自分の家がおかしいと最初に気がついたのは、クラスの友だちを我が家に招くことが絶対に許されない禁忌《きんき》だと知ったときだ。

家族以外が足を踏み入れてはいけない場所――それが日下部家のマイホームだった。

「ごめんね」母親は、いつも申し訳なさそうにあやまった。「お父さんが……。ねぇ？　わかるでしょ？」

小学生の時点で、自分のお母さんはかわいそうな人なんだという感情が芽生えていたから、駄々をこねることは決してしなかった。

父親が、過剰なほどのきれい好きだった。母親は、今思えば、まるで高級ホテルで働く清掃員みたいだった。

家のなかの、少しの汚れも、ホコリも、水垢も父は見逃さず、許さなかった。母親は専業主婦だったが、いつもどこかを掃除していた。料理を作ると、毎回キッチンやシンクを隅々まで拭き、家族がお風呂に入り終わると、バスタブや壁、床をこすり、一日一回は必ずトイレ掃除をした。

窓を磨き、掃除機をかけ、玄関を掃き清め、洗面台の水垢を落とし、ハンドソープやシャンプーの容器の底が濡れていると、ぬめりや赤カビの原因になるので、しっかり水分をぬぐう。風呂場や洗面所の鏡は、いつだって曇《くも》り一つなかった。

庭の雑草を抜き、落ち葉を集め、高圧洗浄機で玄関のアプローチにこびりついた泥汚れを落とす。

ほかの家庭も、これくらいきれいなものだと、小さい頃は思いこんでいた。だから、友だちの家に遊びに行って朝陽は愕然《がくぜん》とした。

物が多い。汚い。トイレなんか、入れたものじゃない。べとべとに油が跳ねたコンロやキッチンが見えると、いろんな想像がめぐってしまい、手作りのおやつを出されても気持ち悪くて食べられなかった。

程度の差こそあれ、今ならそれが一般的な家庭の、一般的な状態だと認識している。でも、その当時は比べる基準が自分の家しかなかった。

無菌室のような家で育ったせいもあり、友だちを家に呼ぶのは早々にあきらめた。たしかに、小学生の男子は平気で食べこぼす。鼻もほじるし、靴下もたいてい汚れている。父親が忌《い》み嫌うのも理解できた。何より、朝陽自身が汚れに無神経なクラスメートを家や自分の部屋に上げることに抵抗をおぼえた。

だから、親しい友人はほとんどできなかった。「家に行っていい？」と聞かれると、朝陽はいつも、歯切れの悪い言い訳を繰り返してはぐらかしたからだ。

父は神経質だったけれど、家の汚れを発見したからといって、怒鳴ったり、暴力を振るったりするわけではない。ただただ、深いため息をついて、一気に不機嫌になり、まったくしゃべらなくなる。それが、まるで妻への当てつけのようで、子どもながらに見ていて冷や冷やした。

母親は掃除をサボっていたわけではないのだ。父は本当に隅の隅まで、汚れやホコリ、たった一本の髪の毛も見逃さなかった。

車は土足厳禁だった。車内でお菓子を食べることも許されなかった。ポテトチップスなんて言語道断だ。だから、旅行やレジャーもあまり楽しくなかった。父は、基本的に高級なホテルや旅館にしか泊まらなかったが、たまに我が家より圧倒的に汚い宿にあたると、やはり不機嫌になった。帰宅後は、仕返しとばかりに酷評のレビューを書きこむのだった。

「ねぇ、なんで、お母さんはお父さんと結婚したの？」あるとき、何の気なしにたずねてしまった。

困ったように笑う母親を見て、朝陽は後悔した。世の中には、聞いていいことと、悪いことがあるのだと、小学校一年生でさとった。

家さえきれいなら、父親は上機嫌で優しい。茨城県庁に勤めていて、株や投資で財産を蓄え、生活も安定している。それでもお母さんはこの家のドレイなんだと、朝陽は子どもの頃から、ずっと憤りを抱えてきた。

哀れな母にも、いっときだけ気を抜いて、リラックスできる瞬間があった。

おやつの時間だ。

「思いっきり、食べていいよ」と、母はいつも笑いながら朝陽に言う。それは半分、母が自分自身に言い聞かせているようにも、朝陽の耳には聞こえた。

二人の好物は、大福、干し柿で、朝陽は母と一緒に思いきりかぶりつく。白い粉が飛び散り、テーブルや床を汚すのもかまわず、大胆にかじって、千切る。

おせんべい、クッキー、ポテトチップスも、細かい破片は気にしない。ケーキの周囲に巻かれているフィルムについたクリームは、舐《な》めて、取る。

もし、その様子を父親が目撃したら、発狂してしまうだろうと子どもながらに思った。

平日の午後三時の、二人だけの秘密の時間だった。おやつだけは、思う存分意地汚く食べていい。なんの気兼ねなく食べこぼし、はしたなく頬張っていい。指についたポテトチップスの粉は、しゃぶっていい。

「ねぇ、指についた、のり塩の塩って、すごくおいしくない?」母親もこのときばかりは、いたずらっぽい笑みを浮かべて指の先を舐めている。

「うん、おいしい!」朝陽も、ちゅぱちゅぱ、しゃぶった。「なんでだろう?」

「こういうのをね、背徳感っていうの」

「ハイトクカン?」ポテトチップスを箸で食べることを強要するお父さんには、一生理解できないだろうと思った。

たぶん母にとって、息子と二人のおやつの時間は、大切なデトックスタイムだった。

もちろん、この楽しいひとときは永遠につづかない。おやつを食べ終えると、母はそわそわと落ち着きなく掃除をはじめる。テーブルや床に飛び散った大福の白い粉を拭いた。掃除機で、おせんべいやクッキーの破片を吸いこんだ。まるで殺人を犯した人間のように、奔放《ほんぽう》なおやつの時間の痕跡を入念に消した。

夜には父が帰ってきて、息がつまるような夕食がはじまる。小学生になると、「もう朝陽は大きいんだから、少しの食べこぼしもしないように」と、父から厳命されていた。


朝陽は誰もいない、物もほとんどない一人暮らしのアパートで大福をかじりながら、子ども時代を思い返していた。

こうして、せっかく日下部家の呪縛から逃れてきたのに、自分は結局同じことを繰り返している。しかも、父親と母親の両方の性質を、一人二役で受け継いでいる。

神経質に家をきれいに保ち、みずから隅々までチェックし、見逃した汚れやチリを発見するとたまらなく嫌な気分になる。溜めこんだストレスや不安は、おやつを食べて解消する。この時間だけは、汚れを気にせず思いきり食べてもかまわない。

足元を見ると、大福の白い粉が床に広がっていた。朝陽はクローゼットから掃除機を取り出して、入念に粉を吸い取った。思うまま大福を頰張り、至福の時間を過ごしたはずなのに、なぜだか無性にむなしくなる。

もしかしたら、母さんもおやつのあと、同じような空っぽな気持ちを持て余しながら、懸命にハイトクカンの痕跡を消していたのかもしれないと朝陽は思った。

一人息子が出ていった家で、今、母は何を思い、暮らしているのだろうと想像してみた。もしかしたら、永遠に抜け出すことのかなわないループにはまりこんでいると、母も感じているのかもしれない。

どんなに掃除をしても、ホコリは常に舞い、髪の毛は落ちる。水を使えばシンクも、洗面所も、風呂場も、トイレも汚れる。息子の成長という目に見える変化を失った今、母の日常は際限のない掃除のノルマで、代わり映えのない一進一退を繰り返す。

父には憎悪しかない。

にもかかわらず、父親同様、過剰にきれいな環境を好んでしまう。

これもループだ。嫌いなのに——離れたいのに、逃れられない父の影が常に背後から追いかけてくる。否定したいのに、しっかりと父の性格を受け継ぎ、今日も掃除に精を出す。

朝陽は掃き出し窓のカーテンをちらっとめくり、となりの部屋の敷地に視線を走らせた。フェンスのおかげで、向こう側のゴミの様子は見えなかった。

ループから脱するには、いっそのことあそこまでぶっ壊れ、何もかも振りきってしまうしかないのかもしれない。きれい好きの自分が、ゴミ収集の仕事をしようと決意したときのように。

「まさか……、な」

カーテンをぴたりと閉じた。南側のリビングにも宵闇が迫っている。朝陽は部屋の明かりをつけた。

あんな破滅的な部屋に住むのなら、死んだほうがましだ。

「それはさ、やっぱり寂しいからでしょ」

ゴミ袋を両手で一気に六つ持ち上げながら、ミントが言った。涼しい顔でつづける。

「ゴミ屋敷、イコール、孤独っていうのが一般的な解釈だよね。結局、寂しくて、物に囲まれないと安心して生活できないんじゃないかな」

「うーん」と首を傾げながら、朝陽も両手の人差し指、中指、小指にそれぞれ袋の結び目を引っかける。とくに小指にかかる負担が大きくて、思わず顔をしかめた。ベテラン作業員のなかには、小指が曲がり、変形してしまっている人もいる。

ミントが本名だと知ったとき、朝陽は心底驚いた。守山民人《みんと》は、朝陽の勤める守山産業の社長の次男で、人員が足りないときなどに収集作業を手伝いに来る。

せっかく東京藝術大学に入ったのに中退してしまい、今はフラフラしていると、社長はいつも嘆いている。が、朝陽が本人に聞いたところでは、駆け出しの映像作家をしているらしい。年齢が近いので、ペアを組むときは自然とこうして雑談を交わす仲になった。

ゴミの重みに耐えながら、二人前後して路地を走る。「引っ張り出し」という作業を行っていた。

今日割り当てられた回収ルートは、湾岸地域の下町だった。戦時中に空襲をまぬがれた東京のむかしながらの住宅街には、車が入れない超狭小路地がたくさんある。回収車がまわれないのだから、人力で路地の出口までゴミを運び出さなければならない。朝陽とミントは、古い木造家屋やアパートが肩を寄せあうように建ちならぶ細い道をひたすら往復して、ゴミを引っ張り出していた。いったい、これらの建物はどうやって建てられたのか、取り壊すときにはどうするのか、車両が入れないのだからまったく想像がつかない。

回収車は、今、近くの清掃工場へ満載したゴミを降ろしに行っている。その往復の時間を利用して、二人一組の作業員はあらかじめ狭小路地のゴミを車の通れる道まで引っ張り出し、その後の作業を効率良く行えるようにする。

ようやく車道に出て、持ってきたゴミを仮置きした。回収車が到着、復帰後、苦労して引っ張り出してきた仮置きのゴミを一掃するわけだ。

朝陽は腰を伸ばし、はずむ息を整えながらミントに言った。

「でも、その子、身なりは小ぎれいで、なんとなく明るい感じで、きちんと働いてるらしくて。同僚とも話をするみたいだし」

その同僚から、わざわざゴミをもらってきてるわけだけど……。朝陽はため息を吐き出す。

「でも、ちょっと話しただけなんでしょ?」

ミントの質問に朝陽はうなずいた。

「じゃあ、その子のプライベートがどうかなんてわからないだろ。通り魔の犯人みたいに、ものすごい鬱屈《うっくつ》とか、世間への恨みとか抱えてるかもしれないし」

「こわいこと言わないでよ」

「いや、朝陽はこの仕事はじめてもうすぐ一年経つんだから、わかるでしょ。ゴミにも、部屋にも、その人の性格、性質、精神のありようがもろにあらわれる」

ミントが得意げにつづけた。

「俺の友だちにさ、ダイエットして、リバウンドしてっていうのを、何回か繰り返してるヤツがいるんだ。そいついわく、太ってるときは部屋が散らかって汚れてる。でも、痩せてるときは、不思議と部屋のなかがきれいに片付いて、整理されてるんだって。もちろん、これは個人の見解だけどな、太ってるときはストレスが溜まってて、生活がすさんで不摂生して、ジャンクな物食べてるから、ゴミも多いし、臭いんだって」

もちろん、あくまでそういう傾向が見られるだけでひとくくりにはできないのだろうが、ミントの言うことはわかる気がした。

治安が悪いとされる地区は、集積所や、アパート、マンションのゴミストッカーもたいてい汚い。ろくに分別がされていない場合も多い。逆に高級住宅街は、集積所もきれいだし、そもそも出されるゴミ自体が少ない。

あくまで推測の域を出ないけれど、ゴミの出し方を見れば、家のなかの乱雑さもだいたい予想がつくというものだ。簡単な分別すらできない人間の住む部屋が、きれいに片付いているとは到底思えない。

じゃあ、僕が生まれ育った日下部家はどうなんだろうと、朝陽は考える。あの異常なほどの清い家に住んでいる父親は、精神も清らかで澄んでいるのだろうか。

「ウンコを分析すれば、何食ってるか、どういう生活をしてるかわかる。ゴミも部屋もおんなじ」ミントはそう豪語する。ゴミは欲望の排泄物というのも、ミントの受け売りだった。

「しかし、今日はやっぱりゴミの量が半端じゃないな」ミントがうんざりした様子でつぶやいた。

「来なきゃよかった」

どの地区も年内最後の回収に入っており、大掃除、断捨離、そして新年の準備で大量のゴミが出る。委託される民間清掃会社も、人員、車両をフル稼働で収集にあたらなければ、清掃工場への搬入が到底間に合わない。

二人はふたたび路地に入った。晴れた朝でも、まったく日が当たらない、じめじめとした道だった。どこかの家が暖房でエアコンを使っているのか、古い室外機がガタガタと騒々しい音をたてている。

「おい、これどっちだ?」ミントが立ち止まった。

一軒家の玄関先に置かれたゴミ袋のすぐ脇に、すだれが無造作に立てかけられている。この路地はあまりに狭いので、数戸まとめての集積所はなく、それぞれの家の前に、それぞれの責任でゴミを出す方式がとられている。

ボロボロのすだれは、ゴミのようにも見える。ゴミではないようにも見える。大掃除のときにちょっと邪魔だから、外に出し、塀に立てかけただけだと言われれば納得できる。

玄関先の戸別収集のときに困るのは、こういう判別不能な物が置かれている場合だ。ゴミではないのに回収してしまえば取り返しがつかないし、かと言ってそのまま放置していると、「回収し忘れだ」と、後々、区の清掃事務所に苦情の電話がかかってきかねない。たかがすだれ一本のために、わざわざここまで引き返すのはかなりの時間ロスだ。

家庭ゴミが有料の自治体は、そもそも指定の袋に入れた物しか回収されない。無料の二十三区だからこそ起こる混乱だった。

「たしかめよう」朝陽は家のチャイムを押した。回収しても、しなくても、その選択が不正解だった場合、リスクが大きすぎる。

インターフォンがないので、家主が直接顔を出した。年配のその男は、かなり不機嫌だった。

「ゴミだよ。袋のとなりに置いてんだから、たしかめないでもわかるだろ。こっちは忙しいんだよ」

「せめて、すだれ自体も袋に入れて出していただければ、こちらとしてもわかりやすいかと」

「お前ら、バカか？　見りゃゴミだってわかんだろ。ろくな教育受けてねぇから、ゴミ屋なんかやってんだろうが！」

八十代のおじいさんが、唾を飛ばして怒鳴る。朝陽は顔をそむけ、鼻から朝の冷たい空気を思いきり吸いこんだ。怒りの着火点に水をかけつづけ、小さな煙がくすぶるまで待つ。

反論や説得は、火に油を注ぐだけ。しかも、我々は区の清掃職員ではなく、あくまで委託を受けた民間作業員だ。清掃指導ができる立場にもない。

「大変、失礼しました」ミントがヘルメットのひさしに片手をかけ、笑顔を浮かべた。「お手数と、お時間をおかけして申し訳ありません」

実家が清掃、産廃業者なので、ミントは子どもの頃から「ゴミ屋」「臭い」とからかわれてきたと話してくれたことがあった。こういう罵倒《ばとう》には慣れきっているのかもしれないけれど、朝陽としては、我慢ならないものは我慢ならないと叫びたい。その衝動に、懸命にふたをしておさえつける。

ミントがさっさとすだれを小脇に抱え、ゴミ袋を取り上げた。朝陽もしかたなく、周囲の家の回収に走る。

「俺が、たまにこの仕事手伝ってんのはさぁ」

ミントが言った。

「人間の汚い部分まで、のぞけるからなんだよね」

狭小路地を抜け、仮置きの場所まで到達した。

「袋を持った瞬間、わかるんだよ。あっ、こいつは汚い人間が出した、汚いゴミだって」

ミントが、先ほどの老人が出したゴミ袋を、アスファルトに置いた。すると、硬質な音が鳴った。

朝陽も、すぐにわかった。燃えるゴミに、ビンや缶が混入している。たとえ中身を見なくても――どんなにカモフラージュされていても、作業経験が長い人間なら持ち上げただけで分別されていないゴミを感知できるらしい。朝陽は袋をいったん地面に置くなどして、音を聞いてみないとまだ判断がつかない。

「回収していいの？」可燃ゴミに不燃ゴミが混ざっていると、最悪の場合は、清掃工場の焼却炉が停止してしまうこともあると聞く。

焼却炉は基本的に二十四時間稼働している。一度とめてしまうと、ふたたび高温で燃やすのに、莫大なエネルギーを使ってしまうからだ。

「この重さと音の感じだと、ビンと缶が全体の二割ってところだろうな。もう年内の資源の回収も終わってるし、最後の可燃にぶちこんじゃえって考えたのかも」ミントが作業着の長袖で流れる汗をぬぐった。「すだれの件もあるし、ここで回収しなかったら確実にクレームだ」

委託の民間企業の立場の弱さを、朝陽はあらためて実感した。

東京二十三区の場合、可燃ゴミの回収作業のほとんどを、それぞれの区の清掃職員が担っている。彼らは公務員であり、清掃指導ができる立場にある。ルール違反のゴミに関しては、注意や警告のシールを貼り、その場に残置することだってできる。

清掃職員がとりきれない地域やルートが、委託に割り振られるわけだが、区によって民間作業員は注意喚起のシールを持たされていない。残置するか回収するかは、清掃会社の方針や、個々の作業員の判断にまかされている。しかし、何もシールを貼らずに残置すると取り忘れのクレームが入るので、面倒をさけるために何でもかんでも回収してしまう民間作業員もいる。

ミントがゴミ袋の結び目をといて、ためらいなく作業用グローブをした手を突っこんだ。ビンと缶は、スーパーの小さな袋に小分けにされていたらしく、それを取り出すだけで分別は完了した。この袋は別にして会社に持ち帰り、あとで処理するしかないだろう。

家庭ゴミが有料の自治体のなかには、袋に氏名を記入する欄があり、きちんと名前をマジックで書かないと回収すらされない地域もあると聞く。そこまでして排出者に責任感を持たせないと、簡単な分別すらできない人間が多いのかもしれない。

「だからこそ、ね」ミントがポリ袋の口を結んだ。「その子のこと、俺、ちょっと気になるんだよね」

「その子……？」

狭小路地の出口は、小さな商店街だった。通勤時間だ。駅へと通じる道を、サラリーマンが通り過ぎていくのだが、きれいに朝陽たちとゴミをよけ、無視し、進んでいく。

「朝陽のとなりに住んでる、汚部屋の子」

「ああ……」この瞬間、ミントに話さなければよかったと、朝陽は少し後悔している。

ミントはフリーの映像作家をしている。多くは、まだ事務所やレーベルに所属していない無名の歌手、アーティストやバンドのミュージックビデオを制作しているという。

アマチュアのミュージシャンでも、大手のサブスクやユーチューブに作品を発表できる時代だ。ユーチューブに載せる映像を、ミントが請け負い、作成しているらしい。藝大でできたツテを頼れば、アニメやCGを駆使したMVもできるとあって、依頼は引きも切らないとミントがこの前自慢していた。

「今度、朝陽のウチ行っていい？　その女の子、めっちゃ気になるんだ。どういうパーソナリティーなのか」

ミントは好奇心が旺盛で、興味があることがかかわってくると、他人との距離を一足飛びに縮めてくる。人懐こいと言われればそれまでだが、ミントのほうが一歳下にもかかわらず、出会って初日に「朝陽」と呼び捨てにされたときは、さすがにあまりいい気がしなかった。

「いや……、ウチに来たって、その人――佐野さんとしゃべれるわけじゃないし」

仲良くなりそうな気配がただようと、あわてて身を引く癖がついている。だから、高校でも大学でも親しい友人は一向にできなかった。なぜなら「今度、家行ってもいい？」という言葉を、絶対に相手から引き出したくなかったからだ。大学生の家飲みは、誘われて何回か参加したことがあるが、酔っ払うわ、酒をこぼすわ、直箸で鍋料理をつつくわで、最悪だった。絶対に自分の部屋でやるまいと心に誓った。

ミントの言う通り、ゴミも部屋も、その人の生活、心、そのものだ。他人を呼ぶと物理的に部屋が汚れるということもあるけれど、もっと精神的な部分――自分の内面にまでずかずかと土足で踏みこまれるような気がどうしてもしてしまう。

「えー、いいじゃん。最初は、ちょっとその子の前庭のところをのぞくだけ」ミントが食い下がる。「ついでに、朝陽んちで飲もうよ。俺、酒、買ってくから」

ミントは清潔感がある。髪が長く、ポニーテールをさらに折って、一つにくる髪型をいつもしているのだが、ヘルメットをとるとシャンプーの良い匂いがただよってくる。休憩時の昼食のとり方を見ていても、汚い印象は受けない。

「ん、まあ……、年明けならどうかな。もし、あいてる日があれば、だけど」口の奥で煮えきらない返事をしながら、気持ちが傾きつつあることを自覚する。ミントが帰ったあとに掃除をすれば、ちょっとくらいはいいかもしれない。

ゴミ屋敷、イコール、孤独。じゃあ、あのがらんどうの、清潔な家に住む僕は孤独じゃないのか……。

寒い。寂しい。本当はそういう気持ちを、僕は必死に無視し、打ち消しているだけなんじゃないだろうかと朝陽はときどき感じることがある。

「よし、決まり！」ミントがグローブをした両手を打ち合わせた。

ミニマリストという言葉が定着している世の中だから、自分の部屋を変に思われる心配はないはずだと思う一方で、佐野さんの汚部屋よりも異常だとミントに指摘されることを内心おそれてもいた。

家に帰ると、薄暗いアパートの敷地に立つ小柄な人影が見えた。住人がゴミを出す、ストッカーの付近だ。一瞬、佐野さんかと思い、足がとまりかけたものの、ひっつめた白髪が目に入り、朝陽は緊張をゆるめた。

アパートの裏手の一軒家に住む、大家のおばあさんだ。

「こんにちは」朝陽は挨拶の言葉を口にしながら、背後を通り過ぎようとした。

「あら、日下部さん、こんにちは」ホウキを手にした大家の駒形《こまがた》さんが振り返った。

駒形さんはきれい好きらしく、ゴミストッカーや集合ポスト、廊下などの共用部はいつも清潔だった。その点も、朝陽がここを動きたくない理由の一つだ。

「ねぇ、日下部さん、ちょっといいかしら?」

呼びかけられて、朝陽はしかたなく立ち止まる。極端に声を落とした駒形さんが朝陽に手招きした。

「日下部さんのおとなりの、佐野さんのことなんですけど……」

「はい……」朝陽は、来た、と思った。「正直、僕も困惑してまして」

言葉の通り、困ってます、という表情を少し露骨なほどに浮かべてみせた。大家や管理会社の一存で一方的に追い出すことはたぶん難しいけれど、味方を増やし、佐野さんにプレッシャーをかけることはできそうだ。

「この前、二階の空き部屋のベランダに出てみたら、下の前庭があんなになっちゃってて、びっくりしたんですよ」ホウキを体の前に抱えながら、片手を頰に添え、駒形さんも大げさに眉をひそめた。

「実は、前庭だけじゃないんです。僕、たまたま通りがかりにちらっと佐野さんの部屋のなか、見ちゃったんです。そしたら……」

声を低く保つ。まるで怪談話だなと思いながら、朝陽はつづけた。

「それは……、もう、汚くて、物であふれていて。わざわざ外からゴミを集めてきてるみたいなんです」

「あらぁ……、まぁ」

レンガ風のタイルが敷きつめられたアパートのアプローチに、駒形さんの集めた落ち葉が小山をつくっている。寒風が吹いて、落ち葉が散りかけた。朝陽はそばに置いてあったちりとりを手にして、駒形さんの作業を手伝ってあげた。

自分たちのあいだに、なんとなく後ろ暗い共犯関係が芽生えた気がした。

「困ったわねぇ」

「はい、本当に。僕もなんだか嫌な気分で」

「ほら、ゴミ屋敷って、よくテレビでやってるじゃない？　そこに住んでる人って、やっぱり一筋縄じゃいかないっていうか、頑固そうなイメージでしょ。やっぱり、佐野さんも……？」

「ほんのちょっとしゃべっただけなんで、どんな人かは……」

「寂しいのよぉ、結局」朝陽からちりとりを受け取った駒形さんが、つぶやいた。「寂しくて、心細くて、そういうおかしなことしちゃうの、絶対」

やはり「ゴミ屋敷」と聞くと、みんな「孤独」を連想するようだ。

実際、この前応援で入ったゴミ屋敷の現場も、家主の老婆はすでに亡くなっていたものの、長年連れ添った伴侶が死んでから一気に物を溜めこむようになったらしい。依頼した家主の娘がそう語っていた。

「今の若い子のことは、私はよくわからないけど、ＳＮＳでつながってても、実際の人間関係は希薄だなんて、テレビでやってるじゃない？」

「まあ、そういう傾向はあるかもしれません」

駒形さんが、ちりとりからポリ袋へ落ち葉を移す。その袋をゴミストッカーに入れて、掃除は終了したようだった。この地区の最後の回収は明日だ。

「ねぇ、お話を聞いてあげることくらいは、できないかしら？」

「えっ……？」朝陽は背負ったリュックの肩紐を、ぎゅっと握りしめた。

「頭ごなしに、片付けろ、捨てろって言うのは、逆効果だと思うの。すぐに追い出すなんて、薄情なことはしたくないし」

何かアクションを起こさなければ事態が改善しないどころか、どんどん佐野さんの部屋が汚くなっていくことはわかりきっている。でも、それ以上に、面倒ごとには巻きこまれたくないという気持ちが強かった。

「家賃はどうなんでしょう？　滞りはないですか？」

「ええ。きっちり払っていただいてますから、なおさら」

朝陽としては、彼女の悩みもストレスもどうでもいいから、一刻も早く出ていってほしい。対話などいらない。大家といい、ミントといい、なんでそんなにも彼女のことを気にかけるのだろう？

誰も、僕のことなんて、気にかけてくれはしないのに……。

もちろん、自分のほうからシャッターを下ろし、他人を拒絶している事実を朝陽自身きちんと受け入れている。それでも、社会的に逸脱している人が何かとケアされ、まっとうに、真面目に生きている人間こそないがしろにされているような気がどうしてもしてしまうのだった。

　そんな被害妄想が生まれたのも、就活で大手しか受けず全敗し、東京都庁の職員採用試験も一次で落ちてしまった、大学の終わり頃からだ。

「そうだ！　日下部さん、今度、佐野さんといっしょにウチにいらっしゃらない？　そういう子って、きっと温かい手料理なんかに飢《う》えてると思うの」

「ウチって、駒形さんのおうちですか？」

「そう。ここが建った当初は、まだ主人も健在で、よくアパートに住んでる方々を呼んで、お食事を振る舞ったりしたんですよ。いつの間にか、そういう集まりもうっとうしがられるような時代になってしまって、私、残念に思ってたんです」

「はぁ……」駒形さんとのあいだに芽生えていた仲間意識が、急速に冷めて、萎えていくのを感じた。

　自分の家に他人を招くのと同じくらい、人の家に呼ばれることにも抵抗があった。家族やプロの料理人以外の人間が振る舞う手料理が苦手なのだ。

　きっと、駒形さんは自分の家も小ぎれいにしているに違いない。アパートの清潔感で、それはじゅうぶん伝わってくる。でも、日下部家を基準に考えた場合、あくまで小ぎれいなだけで、真にきれいなわけじゃない。

「年明けにしましょうか？　せっかくお年始ですし、何か豪勢なものを作りますから。最近の人は、おせちなんて食べないんでしょう？」

「まぁ……」いつものように煮えきらない返事を繰り返しながら、この場を穏便に切り抜ける方法を必死に探る。

「佐野さんを見かけたら、誘っていただけます？　もちろん、私も声をかけるようにしますので」

勝手に話が進んでいく。もうこうなったら、自然消滅を狙うしかない。なんとなく約束したふりをして、なあなあで話をなかったことにするテクニックは、小学生のときから身につけている。

「どうでしょう……。その、なんというか、僕も帰省したり、いろいろと予定がありまして、スケジュールが合えば、ぜひぜひ、えええええ」焦ると、言葉を無意味に重ねる癖がある。本当は帰省するつもりなど、さらさらない。年始早々、大家に遭遇してしまったらどうしようと焦っている。

年末に食料を買いこみ、こもる。朝陽は決意する。映画や海外ドラマを動画配信で一気に観る。

「ではでは、失礼します」具体的な日にちを提示される前に、逃げ腰で遠ざかった。曖昧《あいまい》な会釈を繰り返しながら、素早く鍵を出し、自室に飛びこむ。

閉ざした扉を背にし、大きく息を吐き出した。冗談じゃない。なんで、汚部屋女のためにそこまでしなきゃいけないいんだ。

朝陽は会社から借りてきた、業務用のスプレーをリュックから取り出した。ゴキブリをはじめとした害虫を寄せつけないための、侵入防止の薬剤だ。

真冬だが、油断はできない。隙間はいくらでもある。朝陽は手を洗うことも忘れ、玄関や、冷蔵庫の裏、洗濯機の下、窓のサッシにスプレーを噴射していった。最大の鬼門は――前庭だ。

まず、掃き出し窓のカーテンをちらっと開けて、外の気配をうかがう。相変わらず静かだ。

そっと窓をスライドさせ、顔だけを出す。スプレー片手にサンダルを履いて、砂利の上に下り立った。

コンクリートの土台と、鉄製フェンスのあいだの隙間をそっとのぞいてみた。昨日見た光景が夢だったならどれほどいいかと思ったが、もちろんそれは淡い願望に過ぎず、相変わらずありとあらゆる廃物が前庭を埋め尽くしていた。

フェンスの土台の隙間に沿って、線を引くようにスプレーを噴射していった。つんとした刺激臭が空中をただよう。

薬剤で見えないバリアを張る。それだけで、気持ちはだいぶ軽くなる。向こうとこちらを明確に隔て、拒絶できるような気がした。

満足して一つ大きくうなずき、朝陽は踵を返す。その足がとまったのは、何かが激しく破裂するような音が響いたからだ。

咳《せき》だと気がつくのに、しばらく時間がかかった。フェンスに駆けより、数センチの隙間から、ふたたびとなりを垣間見た。

ボロボロのマットレスの上に、マネキンが二体、横たわっている。昨日は、男女とおぼしき二体が仲睦まじく、からみあうようなポーズをとっていたが、それらの位置が変わっていた。両者は左右に引き離され、そのあいだに毛布がこんもりと小山を形成している。

毛布がもぞもぞと動いたと思ったら、本物の人間が勢いよく上半身を起こした。佐野さんが、口をおさえ、咳を繰り返す。

「あのっ、すみません！　まさか、いるとは思わなくて……」フェンスに顔をつけ、あわてて叫んだ。「業務用のけっこう強烈な薬剤なんで、うがいとか……」

「ちょうど風下だったみたいです。刺激臭で夢の世界にトんじゃうかと思いました」

佐野さんは、上半身を起こした体をくの字に折り、荒い呼吸の合間に激しく咳きこんでいる。

佐野さん自身が害虫ならそのまま一目散に出ていってくれるのにと、あまりに残酷な考えが浮かぶのを必死に打ち消し、朝陽はたずねた。

「その……、ぶしつけな質問なんですが、なんでそんなところで寝てるんですか？」

「ぶっしつけ……って、なんですか？　ぶっこんでくる質問、みたいな意味ですか？」

「……当たらずとも遠からずですが、そこは引っかからなくていいです」

佐野さんが、マットレスからゆっくりと立ち上がった。今日は黒いダウンジャケットを着ている。最高気温は九度だ。毛布を何枚もかぶっているとはいえ、外で寝るのは正気の沙汰ではない。

「これから夜勤なんで仮眠をとってたんです。ぐっすり寝ちゃって寝坊するのを防ぐために、わざと寒いところで、こうしてます」

コホゥと、わざとらしい咳をして、人差し指の腹で涙をぬぐっている。

「あと、室内は、じゅうぶんに足を伸ばして寝られないっていうのもありまして」

聞かなければよかったと朝陽は後悔した。となりの部屋は足の踏み場もない有様だろう。

「やっぱり、迷惑ですよね？」佐野さんが、問う。

「いや、迷惑というか……」

「ふざけんな、早く出てけって思ってますよね」

「冬はまだしも、夏場のゴキブリとか蠅《はえ》とかそういうのが……」

きっぱり言えない自分を情けなく感じるとともに、マネキンの男女に両脇を挟まれ、川の字で寝ていた彼女の寂寥《せきりょう》を想像するとやるせない思いにも駆られた。

「私、こんなつもりじゃなかったんです」

彼女の着るダウンジャケットは、やはり小柄な女性にはあきらかなオーバーサイズで、手が見えない。袖をたくし上げて、薬剤のためか流れる涙を指でぬぐう。

「私だって、きれいな家に住みたい」

朝陽は、いまだにしゃがみこみ、フェンスと土台のあいだのわずかな隙間から、涙ながらに語る彼女をのぞいている。相手からは、こちらの目元しか見えていないはずだ。

「私、前の職場でいじめられて、最初は買い物でストレスを発散させてたんです。服とか靴とか、めっちゃネットでポチポチしちゃうようになって。でも、お金がつづかなくなって、いつしかゴミを集めるようになって」

「そう……なんですか」

まるで刑務所の面会のように、こちらと向こうで隔てられたまま、ぎこちない会話を交わす。では、どちらが犯罪者で、どちらが面会者なのか――。

自分のほうが、彼女を追いつめる卑劣な人間であるような気がどうしてもしてしまうのは、佐野さんが今や、しゃくり上げるように泣いていたからだ。薬剤が目にしみたという言い訳がきかないほど、佐野さんは肩を上下させ、嗚咽《おえつ》をもらしている。

「こんな生活ダメだって、本当はわかってるんです。人に迷惑かけるから、絶対にいけないって頭ではわかってるんです。でも、逃れられないんです！」

「逃れられないって、いったい、何から？」

朝陽はおそるおそるたずねた。佐野さんが、すんすんと鼻を鳴らしながら、途切れ途切れに告白する。

「私……、子どものとき……、ゴミの山から発見されて、保護されたんです」

「は……？」

佐野さんが、上唇で、下唇をおおう。朝陽はフェンスに額をくっつけ、その切なげな表情を懸命にうかがおうとした。すでに暗い。よく見えない。頭が痛くなるほど、鉄製のフェンスは冷たかった。

「嘘……ですよね？」

「本当です。私は、母親が築き上げてきたゴミの王国の、唯一の生きた国民でした」

第二章　透明なお母さん

あの前庭での過去の告白が嘘偽りだったのではないかと疑うほど、佐野友笑《ともえ》は酒を飲み、頰を赤く染めてはしゃいでいる。

「お肉、とけちゃいますぅ！　口のなかで！」佐野さんが、箸を持ったまま両手を頰にそえた。

「さすがA5ランクだよね、友笑ちゃん」完全に火が通っていない桜色の肉を鍋から出し、ごまダレにワンバウンドさせてから、ミントも大きく頰張る。

「私たちの家賃で、大家さん、こんないいもの食べてるんだぁ」

佐野さんの冗談に、大家の駒形さんも「まさかぁ、今夜は特別よ」と答えながら、少女みたいな甲高い笑い声をあげた。

朝陽は、一人だけ、この妙に浮ついた雰囲気についていけない。ほかの三人が、自分の箸を鍋につっこんで、しゃぶしゃぶをするので、せっかくのA5ランクの霜降りも食べられない。佐野さんもミントも、今日出会ったばかりの他人と鍋をつつきあって、吐き気をもよおさないのだろうか？

煮沸《しゃふつ》消毒されてんだから大丈夫だろと、ミントなら言いそうだ。

「どうしたの？　日下部さん、具合悪い？　もしかして、お肉、苦手かしら？」駒形さんが、心配そうにたずねてくる。

せめて取り箸を使いませんか？　その一言が出てこない。しゃぶしゃぶだから、取り箸が一膳しかないと、一人ずつしか食べられないことになる。かといって、まとめて肉を鍋に放りこんでしまうのもたしかに違う気がする。

「あんまりお腹がすいてなくって……」胃がきゅうっと絞られるような痛みをこらえながら、朝陽は食卓を眺めた。しゃぶしゃぶのほかには、天ぷら、ローストビーフ、グラタン、ポテトサラダと、オールスターのメニューが勢揃いだ。そのほかには、おせちの余りなのか、数の子や、かまぼこ、伊達巻きがならんでいる。

朝陽は既製品のかまぼこをかじり、ビールで流しこんだ。手料理にはいっさい箸をつけないので、駒形さんは不審に思っているようだ。

「日下部さん、グラタンおいしいですよ。ぜひ一口食べてみてください」あまりの小食に心配したのか、佐野さんが勝手に料理を取り分け、こちらに差し出してきた。その手にビールの入ったグラスがぶつかり、派手に倒してしまう。

駒形さんがあわてて立ち上がり、布巾でビールを拭く。手伝おうとした佐野さんが、今度はホットプレートのコードに引っかかって、つまずいた。危うく湯気の立つ鍋がひっくり返るところだった。

「落ち着きなさい！」たまりかねた様子の駒形さんが、人差し指で佐野さんの席を指さした。

「あなたは、とりあえず座って食べてなさい。人のことはいいから、自分の食事に集中よ！」

佐野さんが、「はい……」とうなずき、肩を落として座る。張りきってしたお手伝いがことごとく裏目に出て失敗し、叱られる子どものような、切なげな表情を浮かべていた。が、次の瞬間には、Ａ５ランクのお肉をふたたび頬張って、笑顔を復活させる。

本当に、子どもだ……。佐野さんの無邪気な反応と、ころころ変わる表情を、朝陽は鍋から盛んに立つ湯気越しに眺めていた。

いったい、なんでこんな事態になったのか、朝陽は自分でもよくわからない。

年末のあの日——あの前庭で、佐野さんの告白を聞いた。

母子家庭だったが、その家は、近所でも有名なゴミ屋敷だったこと。

ゴミ屋敷で生まれ、育ったが、ほかの家庭を知らないので、幼児ながらそれを当然だと思っていたこと。

近所の人たちは、その一軒家にまさか子どもがいるとは認識していなかったこと。

四歳のとき、となりの家の住人に姿を目撃され、あのゴミのなかに子どもが隠されていると、近所中が大騒ぎになったこと。

警察、児童相談所に通報がなされ、佐野さんはゴミの山から発見、保護されたこと。

ずっと児童養護施設で育ち、二十一歳になった今まで、母親とは一度も会っていないこと……。

涙まじりのその打ち明け話を、朝陽ははっきり言って受けとめきれなかった。なんと声をかけていいのかわからず、前庭から立ち去るタイミングを完全に逸して、思わず口がすべってしまった。

「あの……、よかったらでいいんですけど、今度お食事でもどうですか？」

たいした防寒もしないまま、佐野さんの独白を聞いていたので、顔が冷えきって口がうまくまわらなかった。

「あっ、二人きりでってわけじゃないですよ。ついさっき大家さんから、年明けにウチに来ないかって誘われて、それで、佐野さんもどうかなぁなんて思いまして」

業務用の害虫駆除スプレーを持ったまま、フェンスに顔をくっつけて、まくしたてた。

「何か豪勢なものを作るって、大家さん言ってました。ぱぁっと食べて、飲んで、今年の嫌なことは忘れて、また一年、頑張ろうみたいな会で」

柄にもなく明るい声を取り繕い、必死に誘い文句をならべたてた。そうでもしなければ、佐野さんの暗い告白がこじ開けたブラックホールに、こちらの精神まで根こそぎ吸いこまれてしまいそうだった。年の暮れに、赤の他人の悲惨《ひさん》な生い立ちで沈みこみたくない。

佐野さんは、予想以上に食事会に食いついてきた。涙と鼻水でぐしゃぐしゃになった顔をフェンスの隙間に近づけ、「行きます！」と宣言した。

こちらが誘った手前、まさか話をうやむやにすることもできず、一月六日の今日に至る。ミントを呼んだのは、彼なら勝手にしゃべって、勝手に場を盛り上げてくれると期待してのことだ。佐野さんにも会いたがっていたわけだし。

案の定、ミントは佐野さんとも早々に打ち解けて、すでに下の名前で呼んでいる。ミントのおかげで、佐野さんの名前が「友笑」であることも知ることができた。

しかし、ミントはのんきに食事を楽しんでいるように見えて、油断なく佐野さんの様子に気を配り、過去の話にいつ切りこむかタイミングをはかっているようだ。ミントには佐野さんの来歴をあらかじめ説明してあった。

とにかく、佐野さんは駒形さんとミントにまかせることにして、問題はこの食事の場をいかにごまかし、のりきるかだと朝陽は考えた。いっそのこと、もっと飲んで、酔っ払って、麻痺した感覚で手料理を楽しんでしまおうか――。

「しかし、よく食うね、友笑ちゃん」ミントが目を丸くして、となりに座る佐野さんの健啖ぶりを眺めていた。「朝陽の三十倍は食べてるよ」

佐野さんは、エビの天ぷらに頭からかぶりつき、尻尾まで食べきるような勢いで、一気にのみくだした。

「だって、こんなにおいしいお食事、はじめてなんですもん」

次はローストビーフに手を伸ばし、グラタンのソースとチーズをからめて頬張る。

「しゃぶしゃぶも、天ぷらも、ローストビーフも、本当に夢みたいにおいしい！　生きててよかったです！」

「大げさよぉ」と、つぶやきながらも、駒形さんは満更でもないようだ。

誰かに食事を奪われるのをおそれるかのように、佐野さんは次々かきこむ。口の端にグラタンのソースがついている様子は微笑ましくもあるけれど、ネグレクトを受け、家族の団らんも知らず、親の愛情も与えられず、これまで生きてきたことを考えると、もの悲しい気分にもさせられる。

一通り食事が済むと、さっそくミントが佐野さんに踏みこんだ質問をした。

「朝陽に聞いたけど、友笑ちゃんは施設で育ったんだって？　やっぱ、食事はそんなにおいしくなかったの？」

ミントの問いかけに、佐野さんが一瞬首を傾げ、宙を見上げた。

「おいしかったですよ。でも、今思うと、大雑把《おおざっぱ》な味だったですかね」

今日は、多少なりともおしゃれを意識しているのか、てろっとした素材のチュニックワンピースで、サイズのぴったり合ったものを着ている。黙って座っているだけなら、ごくごくふつうの女の子に見えるのだが、せっかくきれいな服の袖で口を拭くので、見かねた駒形さんがティッシュを差し出した。

「ご飯で何よりつらかったのは、ゴミ女、臭いっていじめられて、施設の男子からおかずをとられたことですかね。その頃から、自分の部屋、汚かったんで」

「なんだ、俺とおんなじじゃん」なるべく深刻にならないような空気を保つためか、あっけらかんとした口調でミントが言った。「俺の実家、清掃とか産廃業者だからさ、子どもの頃は、よくからかわれたよ。ゴミ屋とかクセぇとか」

「えっ……？」佐野さんが、突然、顔を曇らせた。

その表情のあまりの落差に、朝陽は「ど、どうしたの？」と、おそるおそるたずねた。

「清掃会社の人、呼んでくるっていうことは、やっぱりすぐに片付けさせたいってことですよね？　そうなんですよね？」

泣きそうな顔になりながら、今度は駒形さんに目を向ける。

「楽しいお食事会っていうのは、嘘なんですよね？　私をおいしいご飯で手なずけて、片付けさせようって計画なんですよね？」

「誤解だよ、誤解！」ミントが大声をあげた。「俺の実家が清掃やってるのは、たまたまだから！　だいたい、俺、ほとんど家業とはかかわりないし」

「本当だよ！」と、朝陽も必死で訴えた。「ミントはね、映像作家なんだ。作品、ユーチューブで観てみるといいよ。僕もこの前観てみたんだけど、めちゃくちゃすごいから」

このままの生活ではダメなことはわかっていると、年末のとき佐野さんはたしかに話していたはずだ。それなのに、いざ他人から片付けを強要されると、武装解除を迫られるような、心許なさと憤りを感じてしまうのかもしれない。

ゴミは鎧《よろい》で、彼女の心を守っている。分厚い鎧を脱いだら、彼女は傷だらけの、むき出しの精神で、社会に立ち向かわなければならなくなる。

同情はする。でも、となりにはいてほしくないというのが、間違いのない朝陽の本音だった。

「朝陽がさぁ、めちゃくちゃかわいい子が引っ越してきたって、盛んに自慢してくるから。一度会わせてってお願いしたんだよ」

フォローのつもりなのか、ミントが突然でたらめなことを口走った。朝陽は向かいに座るミントの足を、あわててテーブルの下で蹴った。まったく悪びれる様子もなく、ミントがつづける。

「実際会ってみたら、想像以上にかわいくてびっくりしたよ。朝陽なんか、もうデレデレでさ」

佐野さんの目が、とろんとゆるんだ。そんな、かわいいなんて……と、口の先でもごもごつぶやきながら、照れ隠しなのかコップに入ったビールを一気にあおった。ミントがすかさずつぎ足しながら、言葉をつづけた。

「それに、部屋が汚いなんて、俺は個性の一つに過ぎないって考えてるから。いいんだよ、君はそのままで。自分の部屋の領域から出なければさ」

「そうですかね？」少し飲み過ぎじゃないかと朝陽が心配するほど、佐野さんがビールをがぶ飲みしている。

「そうだよ。自分の部屋をどうしようが、その人それぞれの自由だ。無理する必要なんてないんだよ」

汚い、片付けろ、お前は孤独だ――そんな指摘は、今さっきの反応からしてあきらかに逆効果だ。それなら、いったん彼女の生い立ちも人間性も丸ごと包みこみ、肯定してしまえばいい。信頼を得て、懐に入りこんでから徐々に片付けを諭す。ミントの作戦は、いちいち説明されないでもよくわかる。

しかし、一人だけまったく空気が読めない人間がいた。

「ちょっと、待ってちょうだい！」

駒形さんだった。

「あの前庭の汚さは、個性なんて次元を超えてるわ。いくらなんでも非常識なレベルよ。それに、自由というのは、人に迷惑をかけない範囲で楽しむものだと思います」

頭ごなしに汚部屋を否定したくないと、駒形さんだって年末に言っていたくせに、やはりアパートが汚れることは我慢ならないのか、身をのりだして佐野さんに顔を近づける。ますますその語勢はヒートアップしていった。

「亡くなった夫から受け継いだ、大事なアパートなの。なるべく末長く、きれいに守っていきたいの」

言葉にたっぷりと感情をこめながら、駒形さんが胸に手をあてた。和気藹々《わきあいあい》とした食事会の雰囲気を演出しながらも、今まで虎視眈々と片付けを提案するきっかけを待っていたのかもしれない。

「匂いとか、害虫とか、火災とか、いろんなリスクがあるのは、佐野さんもしっかり認識されてるんでしょう？　たしかに、守山さんのご実家が清掃会社というのは、私も今知ったし、たまたまですけど、この際、いい機会なんじゃないかしら。もう気持ち良く、すっぱり片付けてしまわない？　費用のことは、相談に乗りますから」

今度はミントがこちらの足を蹴ってきた。大家の暴走を止めろ、という言外のメッセージを受け取った朝陽は、軽くミントに向けて肩をすくめるにとどめた。

せっかくの懐柔作戦が駒形さんのせいで台無しだ。とはいえ、この場で意見する権利をもっとも有しているのは大家である。

「日下部さんも、迷惑だって、嫌だって、そう言ってたじゃない」突然、駒形さんが加勢をうながしてきた。

「え……、ええ……、でも、そんなに嫌じゃないというか、個性だっていうミントの言葉も納得というか……」

佐野さん、ミント、駒形さんの視線が、すべてこちらに突き刺さってくる。今さらながら、自分の立ち位置がよくわからなくなってきた。

汚部屋の片付けに効果があるのは、北風か、太陽か……。きちんと真正面から迷惑を訴え、掃除をうながすべきか、多少遠まわりでも、燦々《さんさん》と照りつける太陽でまず孤独を温めてやるべきだろうか。

「今のところは、まだ、となりにいても実害はないです。実際、気がついたのも、ごく最近のことだし」朝陽は意を決して、斜め向かいに座る佐野さんを見やった。「でも、おそかれ早かれ、周囲に迷惑をかけるような汚さの限界は季節とともにやって来ると思います。どちらかというと、佐野さん自身のことが僕は心配で……。体ももちろんだし、心の健康面も」

結局、北風と太陽を両方取り入れることにした。

多少おっちょこちょいだが、佐野さんが良い人であることは、この食事会でよくわかった。彼女の心身が心配なことに嘘偽りはない。すぐに出ていってほしいとは思うが、出ていったところで、また新たな住処の周辺に迷惑を及ぼすわけで、結局、同じことが繰り返されるだけだ。

少し――ほんの少しだけ、ミントの作戦に乗っかって、彼女の身の上を深く考えてみてもいいかもしれないと、気持ちが傾きつつあった。

佐野さんが、ぐすっと鼻を鳴らした。

「日下部さん……。ごめんなさい」かわいいと持ち上げられ、片付けろと迫られ、ジェットコースターのように気持ちを揺さぶられたせいか、みるみるうちに佐野さんの目に涙がにじんでいく。

その涙ではたと我に返ったのか、駒形さんが急に猫なで声を出した。

「ごめんなさいね。でも、私もあなたの気持ち、よくわかるのよ。五年前に主人を亡くして、子どもも滅多に顔を出さないし、本当に寂しいときがあるの。何か物に囲まれると安心するのよね」

駒形さんも、急に「太陽」作戦に便乗しはじめた。いくぶん芝居がかった口調で、軽く首を横に振り、眉を八の字に下げる。

「でも、こうして家やアパートをきれいに保ってると、気持ちが晴れるでしょ？　ね、そう思わない？」

ミントは背もたれに上半身をあずけ、傍観を決めこんでいる。大家の変わり身の速さに、多少呆れてもいるようだ。

「そうだ！　佐野さん、これからもたまに食事しにいらっしゃいよ。いつでもおいしいご飯作るから。つらくて、寂しいのなら、私のこと本当のお母さんと思ってくれていいのよ」

佐野さんが、うつろな涙目を駒形さんに向けた。それでも、きっぱりとした口調で告げる。

「ごめんなさい。私の本当のお母さんは、この世でたった一人なんです」

そうつぶやいて、ワンピースの袖で目元を大雑把に拭く。大人っぽい服装に反して、やはり子どものような仕草だった。料理の油分やら涙で、もう袖口はぐちゃぐちゃだ。

「たしかに、世間的に見たらひどいお母さんかもしれないです。でも、ずっと会っていなくても、ゴミ屋敷で暮らしていても、私のお母さんは今も、孤独に耐えて生きてるはずなんです」

複雑な生い立ちのせいだろう。どうやら「お母さん」という言葉が、佐野さんの心の地雷の起爆スイッチだったようだ。涙がとまらない。

返す言葉が見つからず、佐野さん以外の三人は黙りこんだ。

「いつか面と向かって、お母さんのことを、お母さんって呼べる日が来るまで、私、誰のこともお母さんって呼びたくないです」

さすがの駒形さんも、気まずそうに目を伏せた。四人のあいだで、保温状態になっているプレートの上の鍋が湯気を上げている。

「あっ、そうだ、ケーキでも食べましょうか。ねっ?」ミントがわざとらしく両手を叩いた。

「おいしいって評判のところで買ってきたんで、俺、楽しみにしてたんですよ」

「そうね、そうね!」駒形さんも、救われた様子で立ち上がった。プレートの電源を切り、冷蔵庫にしまっていたケーキを取りに行く。

ミントのお土産のケーキは、おいしかった――と思う。気まずい雰囲気のなかで、朝陽はほとんど味を感じなかった。モンブランのてっぺんにのっていた栗が、噛《か》んでも噛んでも、ごろごろといつまでも口のなかで主張をつづけている。

ぎこちない空気のまま会がお開きになると、佐野さんが駒形さんに頭を下げた。

「お招きいただいて、本当にありがとうございました。とってもおいしかったです。周りのご迷惑にならないように、少しずつでも片付けをしようと思います」

そう言って、そそくさと玄関に向かってしまう。

次いでミントが、「ちょっと、フォローしてきます」と、腰を上げる。朝陽もしかたなく後につづいた。こうなると、一人取り残される駒形さんが途端に不憫に思えてきて「また、うかがいますんで」と、リビングを去り際、心にもない言葉をかけてしまった。

「私、間違ったこと言っちゃったかしら……」駒形さんは呆然と座りこんだままだった。

「僕もミントも、片付けさせたい気持ちはいっしょなんです。ちょっとだけ、僕たちにまかせてくれませんか?」

返事を待たず、リビングを出る。

玄関で二人に追いついた。ワンピにタイツの佐野さんの足元は、茶色い便所サンダルだった。駒形さんの家の敷地をいったん出て、塀をまわりこみ、三人でアパートに向かう。石油ストーブで温まっていた体が、一気に寒風にさらされる。すぐそこに行くだけなので、朝陽はコートを着ていなかった。パーカーに両手を突っこんで歩く。

「あの……、先ほどは場を乱してしまって、本当にごめんなさい。気持ちがおさえられなくって」佐野さんが大きなため息をついた。赤らんだ頬を両手の甲で挟みこんでいる。

「いや、あれは大家が悪いよ。突然、母親になるだなんて言われても困るだけだよ」ミントが気安い口調でたずねた。「ところでさ、やっぱり物がいっぱいあると部屋もあったかいの？」

「えっ、あっ、けっこう、あったかいです」佐野さんも、緊張をゆるめた様子で答えた。「でも、夏は大地獄ですけど」

「友笑ちゃん、俺、本当に部屋を片付けさせに来たわけじゃないからね」

「あっ、はい。それはわかってます」

「だからさ、気持ちをリセットして、もうちょっと付き合ってくれない？　朝陽の部屋で飲み直そうよ。友笑ちゃんはとなりなんだから、嫌だったらすぐ帰ればいいわけだし」

ワンピースの裾を握りしめながら、おずおずと佐野さんがうなずいたので、寒さをこらえながら三人で近所のコンビニまで酒やつまみを買いに行った。お代はすべてミントが出し、割り勘にしようという朝陽の提案を頑として受けつけなかった。

ふたたびアパートに戻る。

自分の部屋で飲み会をするなんて、人生ではじめてだ。朝陽はもうどうにでもなれという開き直りの気持ちで、鍵を開け、二人を招き入れた。

「おいおい」ミントがつぶやく。

「何ですか……、この部屋」と、佐野さんも戸惑いを隠しきれない表情で、きょろきょろとあたりを見まわしている。

「ただ広いだけの監獄だな。マジで何もないじゃん」

「ですね。逆に息がつまるかも」

朝陽はエアコンのスイッチを入れた。そして、指示を出す。

「二人とも、まず靴下脱いで、風呂場で足、洗ってきて。もちろん、手もね。ガスつけるから」

この部屋に上がりこむのならば、これはマストだ。

「あの……、私、タイツなんですけど」

「タイツ、脱いで。絶対、洗濯してなさそうだから」

「ひ、ひどい……」

「寒いなら、下にはくジャージ貸すよ」

「朝陽、お前、自分の部屋に帰ってきた途端、人格変わってるぞ」

佐野さんとミントが、目を見あわせ、眉をひそめている。あきらかに引かれている。その自覚はある。それでも、強引に二人を風呂場に追い立てた。

そのあいだに、朝陽も手を洗い、昨日から仕込んでおいたおでんを温めた。正直、腹が減っている。飲み直し、というか、食べ直しだ。ようやく清潔な自分の城に帰ってこられた安心感が、熱いがんもを噛みしめたときのようにしみじみと心のうちにあふれ出してくる。

足を拭いて出てきた二人は、まだ困惑しているようだった。

「でさ、俺ら、どこに座ればいいわけ？　このままじゃ、フローリング、直だよね」

椅子は一つしかない。ベッドは折りたたんで、部屋の隅に寄せている。

ベッドを広げて、そこに座ってもらうのは、絶対に嫌だった。もっとも清潔を心がけているのが、マットレスと布団なのだ。

「私の部屋から、クッション、持ってきましょうか？　いっぱいありますよ」

「いいね！　なんなら、こたつみたいな座卓ない？　テーブルも必要でしょ」

「ありますよ。運びましょう」

「ちょっと待ってよ！」とっさに二人の会話をさえぎった。「嫌だよ。なんで、わざわざ物を増やすんだよ」

「今日だけだから。終わったら、また友笑ちゃんの部屋に戻すから」ミントが手招きする。「朝陽も来てよ。座卓、運ぶから」

「嘘でしょ。なかまで入る気？」

「どれくらいひどい状態か、朝陽もたしかめておきたいだろ」ミントがささやいた。「俺は、めちゃくちゃ興味があるぞ。とくに前庭は」

ガスの火を切ってから、しかたなく外に出る。朝陽はマスクをつけた。一〇二号室の扉の向こうは、玄関から地獄の一丁目だ。

「ちょっと、恥ずかしいんですけど……」佐野さんが鍵を開けながら、ためらいがちにこちらを振り返る。

「大丈夫、大丈夫。俺ら、仕事の手伝いでもっとヤバいとこ見てるから」ミントが顔の前で大げさに手を振った。

「じゃあ、どうぞ……」佐野さんがゆっくりと扉を開け、電気をつけた。

朝陽は、マスクの内側でつばをのみこんだ。真っ先に目に飛びこんできたのは、玄関先に積み上げられた、大量のマンガ雑誌だった。その多くは雨に濡れていたのか、ページがヨレヨレになっている。少年誌、少女誌、青年誌がごっちゃになっていて、ゆうに人の背丈ほどのタワーを形成している。よく倒れないものだと逆に感心してしまった。

「靴、私のものに、重ねちゃっていいんで」佐野さんは、そう言って薄汚れたスニーカーを踏みながら、便所サンダルを脱いだ。

朝陽はなんとなく申し訳ない気がして、扉の外で靴を脱ぎ、パンプスやブーツの山をジャンプして飛び越えた。

「ひゃぁ！」着地した瞬間、何か弾力のある感触の物を踏みつけてしまい、ひどい声がもれ出た。

宅配ピザや寿司のチラシが折り重なっている層を掘ると、足元からこんにゃくのパッケージが出てきた。

「ちょうどいいや。さっきのおでんに入れようぜ」ミントが笑いながら肩を叩いてくる。

「賞味期限とっくに過ぎてるよ！」朝陽はこんにゃくをフリスビーのように、横向きに放った。

薄暗いシンクのほうには、こわくて目が向けられない。なんだか、饐えたような匂いもする。

つま先立ちで歩きたいのだが、物という物が雪崩《なだれ》を起こし、迫ってくるので、きちんと重心をかけて踏みしめないと転倒のリスクがある。床はまったく見えない。この奥底にゴキブリが潜んでいるかもしれないと考えると、腕にびっしり鳥肌が立った。

パンパンに膨れたポリ袋に、古着なのか、大量の衣服がつめこまれ、ピラミッド状に積み上げられている。スーパーマーケットのカゴには、皿やグラスなどの食器類が納まり、何段か縦に積まれている。

「これ、万引きしたわけじゃないよね？」

「まさか！」ミントの問いかけに、佐野さんがかぶりを振った。「スーパーのカゴも雑木林みたいなところに、うち捨てられてたんです」

苦労してリビングに到達する。弁当ガラ、空き缶、カップラーメンの容器が当たり前のようにあたりに散乱していた。なぜか炊飯器が五つくらい、ストーンヘンジのように輪を描いて、並んでいた。

「そのうちの、いくつかにご飯を放置してて、ずっと忘れてて、こわくて開けられないんですよ。でも、どれがそうなのかわからなくて、最近、ご飯が炊けてません」佐野さんが、服や紙袋、空の段ボールの山を掘り返しながら言った。

まるで遺跡の発掘のように、埋まっていたクッションを探し当てる。細かいホコリがきらきらと舞い上がった。

ドライヤー、ジューサー、スピーカーなどの家電が、ゴミの小山の頂上に無造作に転がっている。慎重に踏み越え、たしかな足場を確保し、また次の一歩の踏み場を目で探る。本当に登山みたいだなと辟易《へきえき》しながら、ようやくリビングの端まで到達した。

「そのクッション、外で入念に払ってね」朝陽は掃き出し窓を開け放った。マスクの内側で、すでに鼻がむずがゆくなっている。

「脚を折りたためるちゃぶ台が、たしか前庭にあったと思います。サンダルもいっぱいあります」

三人で前庭に下り立った。あらためて、こうして間近でこの異様な空間を目の当たりにすると、彼女のむき出しの、じゅくじゅくと膿んだ心の傷口を見せつけられているみたいで、気圧されるような、目を背けたくなるような、変な気分にさせられる。小型の古い二層式の洗濯機には、いったいどこから拾ってくるのか、ペンキが剝《は》げ、錆《さ》びきって字がほとんど判読不能のバスの停留所のポールが刺さっていて、それがまるでこの廃物でうめつくされた墓場に立つ卒塔婆《そとば》のようにも見えてくる。

「本当に、すごいなぁ。大きい物はどうやって運んだの？」ミントが前庭を見まわしながらたずねた。

「まだ部屋がきれいだったときには、大きい家電も通れたんです。アパートまでは台車を使って、部屋に入れたあとは、毛布を下に敷いて引きずると楽に運べます。夜勤明けの早朝だったので、誰にも気づかれませんでした」

朝陽は頭上に目をやった。真上の二〇二号室は空き部屋で、たとえ内見する人があらわれたとしても、バルコニーからこちらを見下ろした時点で、常人なら入居を断念するだろう。とすると、やはりもっとも気の毒なのは大家なのかもしれない。

佐野さんは、ちゃぶ台を探して、あたりを物色中だ。ミントは渡されたクッションを懸命にアパートの外壁に叩きつけ、ホコリを払っている。朝陽はふと、視線を感じた。二人のものではない。もう一度上を見やるが、階上のどの部屋のベランダにも住人はいなかった。

引き寄せられるように前庭の奥へ目をこらす。

最初は、例の二体のマネキンが立っているのかと思った。夜の闇に目が慣れてきて、相手と目が合った瞬間、朝陽はふたたび「うわぁ！」と、叫んでしまった。その叫びにも、前庭の奥にいる相手は微動だにしなかった。

「おい、どうした？」ミントの呼びかけは、耳を素通りした。

目を細め、廃物をよけながら、おそるおそる歩み寄っていく。室内の光がもれ出て、あたりをうっすらと照らしている。相手の着ている服は、こちらの視線をしっかりと受けとめ、暗闇にぼんやり浮かび上がって見えるのに、肝心の体の部分が網膜《もうまく》に光を跳ね返してこない。透明人間だ──足をとめた朝陽は、ようやくその体が何で組成されているのか気づく。

それは、巨大なペットボトル人形だった。

大量のペットボトルを切り、つなぎ、成形し、等身大の人型に仕立てられている。それが、三体。

一人は、大人の男性だ。灰色のスーツを着せられているが、古着なのか、ところどころほつれ、破れて、ボロボロだ。ワイシャツはなく、半透明の体に、臙脂色のネクタイがぶら下がっている。百六十センチくらいの身長に比して異様に大きい革靴を履いている。

そのとなりには、女性が立っている。

いわゆる裸にエプロンをかけた状態で、下半身は醬油《しょうゆ》で煮染めたような渋い色あいの膝丈のスカートだ。切断したペットボトルの先端を二つ、胴体にくっつけ、わざわざ胸のふくらみまで再現している。

男女二体のあいだに、女の子がいた。初対面の人間に人見知りでもするかのように、母親の体に半身を隠して、こちらを見返してくる。その表情がまるではにかんでいるかのごとく朝陽の目に映るのは、直感的に、この子が佐野さんの分身なのだとさとったからだ。ペットボトルの白いふたが二つ、目の部分に取り付けられているだけで、もちろん顔も透明なのだが、そんな気がしてならなかった。着せられた服は白いふりふりのレースがついたかわいいワンピースで、靴は赤い。西欧の絵本に出てきそうな、メルヘンな格好だった。

「私とお母さんは、この男に捨てられました」

いつの間にか、となりには佐野さんが立っていて、スーツの男の人形を真っ直ぐ指さしている。

「あとから断片的に聞いた話なんですけど、お母さんは、同じ会社の既婚の上司と交際していたそうです。それで私を身ごもって、晴れてその上司と結婚できると思ったわけですが、上司は妻との結婚生活を選び、逆にあっさり捨てられてしまいました。これも詳細はわかりませんが、なぜか母のほうが会社まで辞めなければならなかったそうです。まるで、追われるように」

ミントもクッションを叩くのをやめて、佐野さんの話に聞き入っている。

「母は四十を過ぎていました。出産できる、ほぼ最後のチャンスでした。それで、私を産みました。けれど育児のストレスと、経済的な不安と、男に捨てられたショックで、亡き両親から引き継いだ一軒家はどんどん荒廃していきました。自業自得と言われればそれまでですけど、その男のせいで三十代後半のほとんどを棒に振ったわけですから」

佐野さんは、四歳で児相に「発見された」と語っていた。近所中が大騒ぎになった、とも。佐野さんのお母さんは、子どもをほとんど外に連れ出さず、ゴミの山に隠して育てていたらしい。

「お母さんの気持ち、すごくよくわかるんです。私たち親子は、ゴミみたいに捨てられたんです。男や社会にとって役立たずだったんです。だから、お母さんは同じように捨てられた役立たずのゴミたちを集めて、それに守られる、自分だけの王国をつくったんです。その国のなかでなら、私たちは誰に傷つけられることもなく、安心して暮らしていけたのです」

まるでおとぎ話に出てくる王国の一節を子どもに語り聞かせるような、穏やかで優しい口調だった。

「でも、私だけはゴミの王国から、冷たい世界に引きずり出されました」

佐野さんの表情がこわくて見られない。朝陽は、三体のペットボトル人形に視線を注ぎつづけた。

「施設で育った私は、社会の役に立つ人間になろうと思いました。でも、高卒で入った会社の営業事務で、まったく言われたことがこなせなくって、仕事ができないって罵倒されて、先輩たちからいじめられて。それから、一人暮らしの家も徐々に汚くなっていきました」

今は、コンビニやスーパーに卸す弁当や惣菜を作る工場で、主に深夜に働いているという。同僚とはうまくやっているが、そのほとんどが主婦か外国人で、同世代の女性は少なく、友だちはいないらしい。

「前のアパートは、敷金を全額納めることを条件にゴミを全部置いていっていいから、とにかく出ていってくれって大家さんに懇願されました。必要な物だけ持って、心機一転、ここではきれいにしようと思ったんですけど、この有様です。ああ、やっぱり私も社会のゴミなんだなぁと思って……。というか、男に捨てられた母親に捨てられた時点で、私、ゴミ以下だって話ですよね、はは」

かわいた笑いが、寒風にかき消される。

寒さなのか、寂しさなのか、佐野さんは小さい肩を震わせている。不覚なことに、その肩を抱き寄せたいと、一瞬、感じてしまった。体の横にたらした拳を握りしめて、朝陽はなんとか耐えた。

砂利の音がした。振り返ると、ミントが立っていた。

「この人形たちも、ゴミの王国の国民なのかな？」

ミントはクッションを胸元にぎゅっと抱きしめている。

「お母さんも、お父さんも、つくってあげたんだね」

「休みの日に暇を持て余して、ペットボトルを切ったり、つなげたりしてたら、いつの間にかできてました。できあがったら、ちょっとすっきりしたかもしれません」佐野さんが、ため息を吐き出しながらつぶやく。白い息が空中に広がった。「許すとか、許さないとか、私にはそういう次元を超えた、顔のない存在です。ミントさんの言う通り、私のゴミの王国の国民にくわえてあげてもいいかもしれないです」

「透明の、役立たずの、それでもここに立って、領土を守ってる国民だ」ミントが優しくうなずく。

「領土」とは、この部屋のことではなく、佐野さんの心の荒れ地をさすのかもしれない。この世でたった一人のお母さん――それと同時に、四歳で生き別れた、顔のない透明な存在。佐野さんの複雑な心境を想像すると、まだまだ自分は恵まれているのだと朝陽は思う。

さぁ、寒いし、朝陽の部屋で飲み直そう――ミントが佐野さんに微笑んだ。

「話してくれて、ありがとう。俺たち三人は、もう友だちだよ」

今どき安いドラマでも聞かないような、臭いセリフだったけれど、ミントの言葉に救われた思いがしたのは、佐野さんだけではなかった。朝陽もまた、小さいちゃぶ台を佐野さんから受け取りながら、こごえた心が少しだけゆるむのを感じていた。

まあ、たまに話したり、食事をしたりする友だちくらいなら、いいか……。

考えてみれば、親しくなりそうな女性とも一定の距離をとりつづけて、結局は疎遠になることを繰り返してきた。頭のなかにあるのは、母親のことばかりだった。いつも家のどこかを掃除している、あの哀れな母親だ。将来、自分の結婚相手にもまったく同じことを強いてしまいそうで、それがひたすらこわかった。

ちょっとくらいは、佐野さんに優しくしてみるか。ミントにも、こちらから歩み寄って、もっと打ち解けてみるか――。

そんな雪解けの春の季節みたいな気持ちは、自分の部屋での飲み会がはじまった途端、一気にかき消えた。

「おい、佐野さん！　おでんを食べこぼすな。がんもを床に転がすなって！」

「ミント、もう毛が落ちてるぞ！　ほら、ミントがいちばん髪が長いんだから。しっかり落ちないように縛《しば》ってくれ！」

「だから、佐野さんって。汁も垂れてるから。赤ちゃんじゃないんだから」

「ミントは、取り箸使えって。そこにあるだろ。取り箸で取ってから、自分の箸で食うんだよ。何回言ったらわかるんだ！」

最初は笑っていた二人も、徐々にうんざりした表情で、鼻と口のあいだの皮膚にしわを寄せている。

「なぁ朝陽、お前、人生楽しいか？」

ミントが箸を置き、こちらに向き直る。除菌シートで、がんもが転がった床を拭いていた朝陽は、一気に酔いがさめていくのを感じた。頭にのぼっていた血が、全身へ逃げるように散っていく。

「失礼なこと言うようだけど、俺の目には、友笑ちゃんよりも、朝陽のほうがよっぽど異様に映るぞ」

とうとう指摘されてしまった。除菌シートを強く握りしめる。

楽しくない……。

こんなの、全然、楽しくない。僕の人生、ちっとも楽しくない！　ちょっと泣きそうになってしまった。

「この数時間くらいは、自分の部屋がどうなろうがお構いなしに楽しんでみないか？　もちろん、俺たちわざと汚くするわけじゃないぞ。ほんのちょっとの食べこぼしとか、毛とか、ホコリに目をつむるだけだ」

「そうだ。良い考えがありますよ！」佐野さんが立ち上がって、そのまま部屋を出ていった。

玄関の扉が開く音がして、直後、となりの部屋に戻ったのか、壁の向こうから物音がする。朝陽はミントと無言で顔を見合わせた。同時に首をひねる。

佐野さんは、数分で戻ってきた。

突然、部屋が真っ暗になった。電気を消した佐野さんが、アロマキャンドルを二つ持ち、リビングに入ってくる。ゆらゆらと揺らめく炎に、佐野さんの顔に落ちる影も不安定にたゆたった。

キャンドルをちゃぶ台に置いて、みずから小さく拍手する。

「雰囲気出ますし、これくらい暗ければ細部に目が行きません」

「ナイスアイデアだよ、友笑ちゃん。これなら朝陽も、飲み会に集中できる」

朝陽はあたりを見まわした。ぼんやりと浮かび上がるのは、ちゃぶ台の周辺と、二人の顔だけ。アロマの柑橘系の香りがただよってくる。

「まあ……、いいけど、さすがにがんもを転がしたら気づくからね。おむすびじゃないんだから」

「えへへ」

和気藹々とした空気が戻り、朝陽は自分に言い聞かせる。たとえ汚れても、あとから掃除すればいいだけだ。あのおやつタイムと同じだ。何も見えないし、見ない。今だけは、リラックスして楽しもう。

「前から気になってたんだけど、ここまできれい好きなのに、なんで朝陽はゴミ収集をしようと思ったわけ？　いちばんやらなそうな仕事じゃない？」

ミントの質問に対する答えは単純明快だった。まさしく彼の言う通りで、もっとも遠い職業だと思ったからだ。

絶対に父親が見向きもしない仕事に従事することで、父親から遠く、遠く、離れたかった。自分を変えたかった。

朝陽は、スミノフをぐっと飲み干し、思いきって実家の様子を二人に語った。他人に話すのははじめてかもしれない。

「結局、僕は無駄な見栄を張ってるだけなんだよ。誰が見てるわけでもないのに。区役所を受けずに都庁に挑戦してるのも、茨城県庁で働いてる父親を超えたいって思ったからで。大学四年のときは一次で、去年の六月は面接であっけなく落ちたけど。本当の動機があまりにも不純だから見抜かれちゃうのかもね」

ミントの兄、賢人《けんと》が同じ大学の同じゼミで、唯一学食をいっしょに食べるような仲だった。このままじゃ路頭に迷ってしまうと冗談半分で愚痴《ぐち》ったら、人手が足りないからと、賢人が実家の収集の仕事を持ちかけてきたのだ。拘束時間が少ないし、試験や資格の勉強もしやすいと言われたのだが、最初は論外だと思った。自分にそんな仕事ができるはずない、と。

「二人もさっき、僕にうんざりしたと思うけど、自分も自分の潔癖症にうんざりしてて。どうにかして、父親を否定したくて、しきれなくて……」

エアコンの生暖かい風で、ロウソクの火が揺れる。真剣な表情で聞く二人の目の虹彩は、炎のオレンジに塗りこめられて、やはりゆらゆら揺れている。こうしてすんなり両親や実家のことを告白できたのは、この静謐な雰囲気も一役買っているのかもしれない。

「ここで思いきって違う世界に飛びこまないと、ずっと僕は一人ぼっちで、自分の部屋をせこせこ掃除しつづける、つまらない人生で終わっちゃうかもしれないっていう焦りもあって」

二つの炎に挟まれたスミノフの瓶が、ちゃぶ台の上に屈折した影を伸ばしている。

「さっき、ミントに人生楽しいかって聞かれて、もちろん自分のことも考えたけど、やっぱり真っ先に思い浮かんだのは母親のことで、胸が痛くなって。僕は、将来絶対に同じことを繰り返しちゃダメなんだっていう気持ちは確実にこの胸のなかにあって……」

「偉いです……」

そうつぶやいた佐野さんの瞳が潤《うる》んで、炎の光を鈍く跳ね返す。

「とっても偉いですよ。朝陽さんは毎日街をきれいにしてるし、こうして私たちを家に入れてくれたんだから、すごい大きな進歩ですよ」

佐野さんのとなりで、ミントが盛んにうなずいた。

「さっきは、がんもを床に転がしてしまって、すみません。私も、自分のお部屋を少しずつでも頑張ってきれいにしますから」

「じゃあ、僕は頑張って、部屋を汚くしようかなぁ」

精いっぱいの冗談に、ミントが鼻から息を吐き出すようにして笑った。キャンドルの炎が一瞬消えかけ、またもとの勢いを取り戻す。

鼻で笑われ、馬鹿にされたのかと思ったが、ミントを見て驚いた。何か思うところがあるのか、ミントの目も少し濡れているようだった。

「二人ともちょっとずつでいいんだよ」目をぬぐうのは照れくさいのか、ごまかすように鼻の下をこすっている。「友笑ちゃんは、まず弁当ガラとかカップ麺の容器なんかのあきらかなゴミから片付けようか。必要なら、今度手伝いに来るよ」

朝陽は、自分のなかで、何かカチッとスイッチが入るような感覚をおぼえた。

何のスイッチかと問われても、よくわからない。実際の視界は暗いのに、まるでLEDの電気が心のなかで灯ったかのように、目の前が明るくなった気がしたのだ。

思いきって、よかった。

思いきって、ゴミ収集の仕事をはじめてよかった。

思いきって、二人を誘ってよかった。

アニメの主人公のように劇的でなくていい。少しずつでいいから、運命のループの輪に切れ目を入れていく。

そのあとは、ミントがつくった映像を観て過ごした。暗い部屋のなかに、ノートパソコンの明かりが浮かび上がる。佐野さんはミントの作品に感激しきりだった。ユーチューブはやがて、まったく関係のない動画に飛んでいく。ラップのフリースタイルバトルの大会で、強面《こわもて》の男たちが荒々しい言葉を飛ばしあっている。

小さい炎に吸いこまれるような錯覚に体が揺れて、ふと我に返ると、自分がかなり酔っていることに気がついた。ふわふわと浮遊するような快感で、床に転がる空き缶ももはやどうでもよくなってくる。ああ、片付けられない人の大雑把な感覚って、こういう状態なんだと、かなり失礼なことを考える。

誰もしゃべっていないのに、うははと、ミントが笑っている。佐野さんが座ったまま、うつらうつらと船を漕いでいた。その鼻の穴に、ミントがピーナツをつめているのだった。無意識なのか、フンッと荒い鼻息を吐いて、佐野さんがピーナツを大きく飛ばす。

怒るどころか、朝陽も手を叩いて大笑いした。笑いながらスマホに手を伸ばした。何度かつかみそこねて、ようやくボディーの横のボタンを押す。信じられないことに、この部屋に帰ってきてから四時間以上が経っていた。日付が変わり、夜の一時を過ぎている。

アロマキャンドルはかなり短くなっていた。刻一刻と燃え尽きていく灯心が、この楽しい時間のタイムリミットを示しているようで、胸がぎゅっと締めつけられるような痛みをおぼえた。

いつの間にか、佐野さんは床に寝そべって、軽い寝息を立てていた。ミントがマフラーを首に巻きながら立ち上がり、電気をつけた。

二人そろって、目をしばたたいた。まぶしい人工的な光で、急に現実に引き戻される。

「お酒もなくなったし、俺は帰るよ。マジで楽しかった。ありがとう」

「えっ、ちょっと待ってよ！」

床に転がる佐野さんは、両手を万歳する格好で空き缶に囲まれている。幼児のように、腹がぽこんと膨れている。ミントが、いきなり彼女をお姫様抱っこで抱え上げた。

「朝陽、ベッド広げてくれ」

「えっ……、嘘でしょ？」

「嘘じゃないよ。床の上じゃかわいそうだろ」

「じゃあ、となりに帰そうよ」

「それもかわいそうだろ。手足も伸ばせないような場所に放り出すのか？」

そんなの自業自得だし、そこが彼女の巣なんだよと反論しかけて、朝陽は言葉をのみこむ。突然翼をもがれたように、酔いの心地良い浮遊感が消え、強い重力に叩きつけられた。

「だって佐野さん、お風呂も入ってないし、歯も磨いてないし……」

ミントの腕のなかでだらんと力なく手足を伸ばす佐野さんを見やる。ワンピースの下に、貸してあげたジャージをはいている。ワンピースは酒でもこぼしたのか、シミだらけだ。だからといって、勝手に脱がせて着替えさせるなんてできないわけで……。

「朝陽、今日、最後のミッションだよ。彼女を自分のベッドに寝かせてあげる。変わるんだろ？ 変わりたいんだろ？ こういうところから変えていかないと」

たしかに、そうだ。いずれ結婚したいし、結婚相手には自分の家でリラックスして過ごしてほしい。べつに佐野さんと結婚するわけじゃないし、そんなの絶対にごめんだけど、このくらいの試練を通過できないと、結婚なんて夢のまた夢だ。

「汚れた床は拭けばいい。人が使ったシーツは洗えばいい。ただそれだけの話なんだよ」

朝陽はうなずいた。ベッドを広げる。こんな薄汚い野良猫みたいな女の子を自分のベッドに寝かすなんて、父親は死んでもしない。僕はそんな薄情な人間じゃない。

ミントが、ゆっくりと佐野さんを下ろす。バレないように、朝陽は枕を布団のなかに隠したのだが、ミントがめざとく見つけて佐野さんの頭の下に置いてやる。もうどうにでもなれという気持ちで、朝陽も布団をかけてやった。それでいい、と満面の笑みでミントがうなずきかけた。

佐野さんは、幸せそうな寝顔だった。うっすらと微笑んでいるようにも見える。

あったかいかな？ 今日は楽しかったかな？ 少しはつらい人生を忘れられたかな？ 朝陽はその寝顔に、心のなかで語りかける。

「じゃあな、友笑ちゃんに変なことするんじゃないぞ」

「ベッドに寝かすのが精いっぱいなのに、そんなことするわけないだろ！」

ミントは自転車を押しながら去っていった。

いざ取り残されると、自分の部屋にいるのに、何をしていいのかわからなくなった。空き缶や瓶は、さっきミントがざっと片付けてくれたが、今はこれ以上掃除をする気にはなれない。そういえば、佐野さんの部屋から運んできたちゃぶ台もクッションもそのままだ。

とりあえず、もう一度電気を消してみる。キャンドルは、まだかろうじて生きている。床に寝転んでみたが、体が痛くなってすぐに起き上がった。

スリープ状態のノートパソコンをつけ、動画配信サイトで観たかった映画を再生する。佐野さんの寝息がかすかに聞こえてきて、まったく集中できない。イヤホンをつけてみたものの、やはり部屋の片隅に濃厚な他人の気配がただよっていて、ストーリーやセリフが頭に入ってこない。イヤホンをむしり取り、風呂に入った。湯船にお湯をためて、ゆっくり浸かると、徐々に酔いもさめてくる。明日は——日付が変わっているので今日は日曜なので、仕事がなく、気持ちに余裕がある。

ちょっとは僕も変われただろうか？　顔を半分お湯にうずめて、ぶくぶくと息を吐き出しながら自問した。

わからないけれど、この三人でならまた飲み会をしてもいいかもしれない。ちゃぶ台も、クッションもこのまま置いていてもいいかもしれない。

風呂を出て、髪をかわかし、歯を磨いた。リビングに戻ると、佐野さんが「うん……」と、かすかなため息のような声をもらした。

「日下部……さん？」枕の上で顔を傾け、じっとこちらを見つめてくる。「ここ、日下部さんの部屋？」

「ああ、佐野さん、起きた？」さあ、今すぐとなりに帰ってくれ――そんな非情な言葉を喉の奥でおさえこむ。「まだ三時くらいだから、もうちょっと寝てていいよ」

「日下部さんは……？」

「僕は映画でも観てるよ」

布団から手を出した佐野さんが、両腕をこちらに伸ばしてきた。

「もう夜おそいですよ。こっち来てください。寝ましょう」

「いや……、でも、シングルで狭いし」

「ん……」佐野さんがさらにぐっと両手を突き出す。まだ寝ぼけているのか、しょぼしょぼと瞬きを繰り返す目は、完全に開ききっていない。

朝陽は、頭をかきむしった。心が揺れた。二つのキャンドルのうち片方は、風呂に入っているあいだに燃え尽きていた。

佐野さんのとなりにすべりこむようにして、布団のなかに入った。

「本当に狭い。ふふっ」

笑った佐野さんの体の振動、息づかいが、密着した腕を伝わって響いてくる。朝陽は息をとめた。苦しくなって、かすかに息を吸った。心臓が暴れる。

「でも、私の部屋で寝る狭さより、よっぽど心地の良い狭さです」

不思議な気持ちだった。たしかに、佐野さんの言う通りだった。何も物がないすっからかんの部屋とは正反対で、満ち足りた温かい気持ちがあふれてくるような、ぎちぎちの狭さだった。まるでパズルのピースがぴたりとはまったような……。

やがて、佐野さんの規則正しい寝息が戻ってきたと思ったら、ごそごそと動く気配がして、彼女が寝返りを打った。横向きの体勢で体をくっつけてくる。まるで抱き枕のように、朝陽の腕を抱きしめる。

朝陽は浅い息を繰り返した。なぜだか、良い匂いがした。自分のシャンプーか、アロマキャンドルの香りかと思ったが、それとは違った。風呂にも入っていないのに、そこはかとなく甘いような匂いが、佐野さんからただよってくる。

ここまで他人と密着したのは、人生ではじめてだった。小学校の高学年になってからは、両親とも体をくっつけたことはない。

風前の灯火となった、もう片方のキャンドルの炎が、暗い天井に輪郭のぼやけた輪を描いている。そのオレンジ色の光が、さらににじんで、揺れた。

「あれ……？」

佐野さんにとられているのとは反対の手を布団から出して、誰が見ているわけでもないのに、あわてて目を拭く。拭いても、拭いても、涙があふれてくる。

他人の息づかいと体温が、あったかい。安心する。夜がこわくない。

朝陽は気がつく。

僕は、寂しかったんだ。このがらんどうの部屋のなかで、人の温もりを、僕のほうこそ求めていた。温かい太陽で照らしてほしかったのは、僕だった。

認めてしまったら、楽な気持ちになった。涙がこめかみをつたう。もう拭くことはあきらめて、手を布団のなかに戻した。

誰かに突然吹き消されたように、最後のキャンドルの炎が燃え尽きた。闇が落ち、朝陽も吸いこまれるように、眠りの底に落ちていった。

第三章　味のないスパゲッティ

朝陽は自分の名前が嫌いだった。

世界をくまなく照らし出す、夜明けの光——そんな願いがこめられていると知ったら、誰もが「いい名前なのに」と、口をそろえて言うだろう。

カーテンを開ける。朝いちばんの白い光の帯が部屋になだれこんでくる。するとと、見えるのだ。空中を浮遊し、落下していく細かいホコリ、床に落ちた髪の毛、窓ガラスについた曇り、すべてが白日のもとにさらされる。

あの朝もそうだった。

三人で飲んだ翌日の朝だ。

最初は、いったい誰がとなりに寝ているのかわからなかった。上半身を起こし、いびきをかいている佐野さんを見下ろし、朝陽は現実から逃れるために、ふたたび寝転がってみた。

狭い。どんなに体をすぼめても、肌と肌があたる。

徐々に、自分が何かとんでもないことをしでかしたような気がしてきて、今度ははじかれたように飛び起き、ベッドから出た。裸足に刺すようなフローリングの冷気で、一気に正気に揺り戻された。

わざと音をたて、勢いよくカーテンを開ける。

朝日に隅々まで照らされた自分の城は、惨憺たる有様だった。ちゃぶ台の上には、ぶよぶよにふやけたちくわぶが浮いた鍋が残されていた。佐野さんの座っていた周辺の床には、おでんの汁がこぼれたあとが、点々とシミをつくっていた。

節分の直後のように、おつまみのピーナツが部屋中に散らばっていて、必死に昨夜の記憶をたぐる。ミントの爆笑が、耳によみがえってくる。

そうだ……、佐野さんが鼻から飛ばしたんだ……。

まさに、魔法がとけたとしか言いようのない状況だった。ゴミの王国のお姫様は、脂の浮いた顔で、いびきをかいている。

朝陽は目をこすった。昨日の涙のかわいた痕跡が、こめかみのあたりの皮膚にごわついた感触を残していて、消え入る直前のキャンドルのようなあのときの心細さと、佐野さんの温もりに感じた安堵《あんど》の気持ちが自分でも信じられない。あまりの恥辱に消え入りたくなる。

「あ……、おはようございます」佐野さんが、もぞもぞと布団のなかで身じろぎをした。

「おはようございます」

「ども」

「はは、どうも」

「布団、すいません。あと、ジャージも洗濯してお返ししますので」

「いや、いいっすよ。そのままで」

「えぇっと……、じゃ……、私、帰りますね」

「そう……」

「あっ、お掃除手伝いましょうか？」

「いえ、けっこうです」

寝起きに二日酔いが重なり、会話がままならない。そもそもそこまで深い仲でもないから、互いによそよそしい空気をどうすることもできない。目もまともに合わせられず、佐野さんは逃げるように帰っていった。

洗面所には、佐野さんの抜け殻みたいな黒いタイツが、でろんと残されていた。毛玉が浮いた、汚いタイツだった。捨てても、たぶん気づかれない。でも、なんだか捨てられない。一週間迷った挙句、朝陽は出勤前の早朝、丸めたタイツを手に部屋を出た。

慎重にあたりを見まわす。まだ暗い。足を忍ばせ、となりの扉の前にしゃがみこむ。ドアの郵便受けをそっと押した。そのまま、タイツを奥へと押しこむ。

まるで変質者だ。けれど、わざわざチャイムを押して、対面で返すようなものでもないし、また顔をあわせたら気まずい思いを繰り返してしまうだけだ。

足早にアパートの駐輪場に向かい、サドルに飛び乗る。街灯に照らされた、真冬の早朝の住宅街を急ぎ、守山産業に出勤した。

今日のシフトは、事業ゴミの回収だ。

守山産業と契約を交わしている、飲食店、コンビニ、ファミレス、病院や介護施設、オフィスビルなどをまわって、そこから排出されたゴミを引き取っていく。

着替えを終えた朝陽は、朝五時半に守山産業を出発した。いつも乗っている小型プレス車よりも、ひとまわり大きい中型特殊車を運転する。

車道に出た瞬間、朝陽は「うわあ！」と、無意識のうちに叫んでいた。

タイツを放りこんだのはとんでもない間違いだったのではないかと、今さら後悔が襲ってきたのだ。

すると不思議なことに、芋づる式にあの夜のみずからの振る舞いが思い出されて、朝陽はハンドルを握りしめながら「あぁー」と、うめきつづけた。事業ゴミの回収は一人でまわるので、際限なく負の思考がわいて出る。

寝たままの姿勢で、両手をこちらに突き出して、添い寝を求めてくる佐野さんの甘えた顔と、腕を抱きしめられて涙した己の無力感が脳裏にちらついて、頬が熱くなった。極力、人との交わりをさけてきた人生だったから、ここまで対人で恥ずかしい思いをしたことがなく、朝陽にはまったくと言っていいほど羞恥心への免疫がなかった。

赤信号で、額をハンドルに叩きつける。集中だ。事故を起こしたら、シャレにならない。

雑居ビルが建ちならぶ繁華街を、慎重に運転していく。土曜日の朝五時半過ぎだ。夜通し飲んでいた人たちが、始発を目指して店を出る時間帯なので、急な飛び出しにそなえる。路上に寝転がっている酔っ払いがいないともかぎらない。

朝陽はハザードを点滅させて、車を停め、素早く運転席を降りた。

守山産業のゴミ袋を回収し、トラックの後部に積みこみ、プレスを回転させる。手順は、家庭ゴミの回収と変わらない。

最近では、商店街や街ぐるみで、回収を一括受注するケースも増えている。守山産業との契約に賛同した店舗は、決められた有料のゴミ袋を購入するシステムだ。参加するお店が増えれば、守山産業も収益が増えるし、何よりその地域一帯の美化にもつながる。中小企業や店舗の事業ゴミは、有料のシールを貼付すれば区の家庭ゴミに出すこともできるのだが、回収は週に二回程度だし、出せる量もかぎられる。守山産業と契約すれば、日曜日をのぞいた毎日、回収が行われる。

新年会でもあったのか、居酒屋の店先に十人くらいが集まり、一本締めをしていた。騒々しい集団を横目に、朝陽は回収をつづける。

早朝の、まだ薄暗い繁華街をめぐって、無心でゴミを回収していると、世界のサイクルや営みから自分だけが置いてきぼりを食らっているような、世間からつまはじきにされているような、そんな心許なさに支配される。

酔っ払いたちの楽しそうな笑い声が響く。カップルが手を握り、互いを温めあうように寄り添いながら駅への道を急いでいる。タクシーを停めて、颯爽《さっそう》と乗りこんでいくのは、見るからにハイブランドの服やカバンで身をかためた、金持ちそうな若い女性だ。

頭上を見ると、五線譜に散らばる音符のように、電線にたくさんのカラスがとまっている。カラス以外、誰もこちらを見向きもしない。誰も「ありがとう」なんて、言ってくれない。目の前にいる、楽しそうに笑う人たちとは、まったく違う世界線に自分は立っているのかもしれないと錯覚しそうになる。

安いチェーン居酒屋の宴会コース料理は、ほとんどが食べきられることなく、袋にぶちこまれて、焼かれ、灰になる。袋いっぱいの残飯はずしりと重い。腕の筋肉がきしむようなこの重さだけが、自分にとってたしかな現実だった。僕はいったい、何をしてるんだろうと徒労感に襲われる。

佐野さんの気持ちが、少しだけわかるような気がした。

役立たずで、誰からも見向きもされず、放り出されるゴミたちが、哀れで、かわいそうだ。だからこそ、僕はもとから余計なゴミを出さないように、物を極限まで減らして生活しているんだと朝陽は思った。

佐野さんと僕は、ネガとポジのように反転しているだけで、根っこは同じなんじゃないのか？

そして、佐野さん同様、僕自身も社会から有用とされる人間たちがまわすサイクルからはじき出された役立たずなんじゃないだろうか……？

朝陽は車に乗りこみ、一人、首を横に振った。いくらなんでもネガティブすぎる。

次はコンビニだ。朝陽は店舗の前の駐車場に車を停め、物置につめこまれたゴミ袋を回収車の後部に積みこんでいった。

なるべく、袋の中身は見ないようにする。コンビニも、売れ残りの廃棄の量がものすごい。このなかには、佐野さんが工場で働いて作った弁当もあるかもしれない。感情を無にして回収を急いでいると、「ごめーん！　これもいい？」と、声がかかった。

オーナーの初老の男性が、ポリ袋を持って店から出てきた。一つを受け取り、オーナーがもう一つ手にしている、小さいビニールを朝陽は指さした。

「それは、捨てないでいいんですか？」

「これさ、使用期限が過ぎちゃった使い捨てカイロなんだけど、よかったらあげるよ」ビニールの持ち手を両手で広げて、中身を見せてくる。「ほんの少し過ぎてるだけで、問題なく使えるから」

「いいんですか？」

「食品をあげるのはまずいけど、カイロならいいでしょ。捨てるのはもったいないしさ。こんなに寒いなか、いつも回収してくれてるから、ほんのお礼だよ」

「ありがとうございます！」

運転席に戻り、さっそく開けてみる。貼るタイプだったので、作業着をまくって下着の背中側につけた。すぐに温かくなってくる。

すると、コンビニのロゴが大きく入ったトラックが駐車場に入ってきた。搬入の時間なのだろう。オーナーの男性は、その運転手にもカイロをあげていた。

体が温まっていくのと同時に、ほんの少しだけ心も満たされていくような気がした。

自分だって、社会の一員だ。役に立つ仕事をしているんだ。

世の中の物流は、人体をめぐる血管・血液のように、動脈と静脈にたとえられると、守山産業の社長——ミントの父親は常々社員に説いている。

動脈はこれから使われる酸素や栄養素を、体の隅々まで運んでいく。「物流」という言葉を聞いたとき、誰もがこちらを思い浮かべるはずだ。あの搬入のトラックのように、食品、製品を店舗に運ぶ。郵便や宅配のネットワークは、どんな離島でも、人が住んでいるかぎり毛細血管のように張りめぐらされている。

けれど、滞ると死んでしまうのは静脈もまた同じだ。二酸化酸素や老廃物を回収し、腎臓などの処理工場に運ばないと生命が維持できないように、この世界だって使い終わったものを適切に処理できなければ、途端に機能不全におちいる。

ゴミが放置されれば、害獣、害虫、細菌やウイルスがはびこり、疫病が発生する。この大量生産、大量消費の世の中で、静脈が正しく機能しなくなったら、世界はすぐに破綻《はたん》してしまう。

べつに、感謝される必要はない。ただただ、社会が健全に維持されるように、老廃物を運びつづけるだけだ。動脈と違い、静脈は影でいい。

やがて、日がのぼる。

あまねく世界が朝日に照らし出される。濃い影もアスファルトに伸びる。朝陽は体の中心から広がる温かさを感じながら、次の目的地へ向けて車を発進させた。

清掃工場への搬入を済ませて、守山産業に帰ってくると、会社の駐車場でミントが待ち構えていた。なぜか、にやにやとわざとらしい笑みを浮かべている。

「おい、お前か？　タイツをドアポストに放りこんだ、不審者は」

ミントは自転車にまたがったまま、スマホの画面を向けてきた。

「友笑ちゃんから、写真が送られてきたぞ。郵便受けに投函されたタイツ。あやうく通報する寸前だったたってよ」

心臓が跳ね上がるが、平静をよそおう。ミントを無視して、ホースを引っ張り、中型特殊車の洗車をはじめた。

「朝陽、あれからまったく友笑ちゃんとしゃべってないんだって？　俺は連絡先交換したから、ときどきやりとりしてるけど、朝陽とは全然だって、友笑ちゃんしょんぼりしてるぞ」

　まさか、ベッドで添い寝しながら、涙を流したことを佐野さんが気づいていて、ミントに告げ口してないだろうなと、朝陽は内心肝を冷やした。

「べつに、会ったり、話したりする理由がないから」ぼそっとつぶやいた。ホースからほとばしる水は、手の感覚がなくなるほど冷たくて、自然と仏頂面になる。

「まったく……。付き合う前の中学生かよ。なんで、俺があいだに入ってやらなきゃしゃべれないんだ」

「付き合うわけないだろ！」ホースの水をミントに向けた。

　地面につけた両足をばたばたと動かして、ミントが自転車を後退させる。

「だいたい、ミントが最初に変なこと言うから、互いにおかしな空気になるんだろ」

「俺、何か言ったっけ？」ハンドルに肘をのせる極端な前傾姿勢で、ミントが宙を見上げた。

「僕が佐野さんのこと、かわいいって言ったって……。だから、佐野さんは、僕が佐野さんに気があるって思いこんでるんじゃないかって……」

「互いに意識しちゃってるわけだ。かわいいな」

「僕はなんとも思ってない！」さらにホースの角度をつけて水しぶきをかけた。

「おい、本気でかけるヤツがあるか！」

　今日は仕事に入っていないからか、長い髪をおろしている。濡れそぼった黒い髪をかき上げながら、ミントが自転車を降りた。スタンドを立て、一転、真剣な表情を向けてくる。

「で、真面目な話なんだけど、このあと、いいかな？」

ふたたびミントが笑う。口角が上がっただけで、目は笑っていない。心の底から嫌な予感がした。朝陽はホースをまとめ、蛇口をひねり、水を止めた。

「今年のはじめに、一件、ミュージックビデオの依頼が来たんだけど、友笑ちゃんの作品をぜひとも映像に出したいって思ってるんだ」

「佐野さんの……作品……？」

「そう。ペットボトル人形と、前庭にある廃棄物のゴミたち」

あれは、作品なのだろうか……？　作品と言われればそうかもしれないし、ただのゴミだと言われれば、ゴミにしか見えない。

冷たい水のせいで、手が痛いほどかじかんでいる。両手を背後にまわし、まだ温もりを保っている背中のカイロにあてる。そして、考える。

作品かゴミかどうかはともかく、映像に使いたいなら使えばいい。僕に相談する必要なんかこれっぽっちもない。

そこで、朝陽は嫌な予感の正体にぶちあたった。

「で……、僕に何をしろっていうわけ？」

「そんなの決まってるだろ。友笑ちゃんの制作を手伝って、生活をバックアップしてほしい。もっと大量のペットボトル人形が必要だからな。友笑ちゃんからはオーケーが出てるから、今日はその打ち合わせ。もちろん、朝陽の部屋で」

清掃工場への廃棄が終わった回収車が続々と帰ってくる。朝陽はミントの言葉を無視し、洗車を終えた車に乗りこんだ。駐車場の隅に手際よくバックさせる。

「でさ！」車高の高い運転席に向けて、ミントが大声をあげる。「友笑ちゃんを、お母さんに会わせる手伝いもしてほしいんだけど！」

なんで僕が……？　バックのために開けていた運転席のウィンドウを閉めて、声をシャットアウトした。ミントが、まだ何か叫んでいる。エンジンを切るが、一向に車を降りる気になれない。断る言い訳を考えつづける。

「僕、今年こそは、いろいろ公務員の試験を受けようと思ってるんだ。都庁だけじゃなく、区役所とか、あとは国立大の大学職員とか」

頭のなかで、しっかり整理した言葉を用意し、朝陽は高い運転席から飛び降りた。

「だから、勉強しないといけなくて」

深刻な顔をつくって、ミントに伝えた。

毎日洗車しても、回収車には生ゴミの匂いが濃くしみついている。たくさんの車が帰社してくると、むせかえるような、饐えた匂いにあたりが包まれる。

作業着にも――もしかしたら、体にもしみついているかもしれない。自分ではよくわからない。僕が佐野さんの匂いを感じたように、佐野さんは僕の匂いをなんとも思わなかっただろうか？

そんな不安も、よそよそしさの原因かもしれない。

「朝陽は、やっぱり人生は堅実にいきたい派？」

「そりゃ、そうだろ」

「でも、とくに公務員になってやりたいことなんてないんだろ？」

「ん……、まあ、実際に働いてみないと、なんとも……」

「実は、今度のMVで成功したら、近々会社を立ち上げようと思ってるんだ」今日は晴れて乾燥しているからか、濡れていたミントの髪はもうかわきつつある。決意をかたく表明するように、ミントはその髪を手首につけていたゴムで縛った。「で、朝陽にぜひ立ち上げのメンバーに入ってほしい」

見つめあう。ミントは、どうやら本気で言っているようだ。目を見ればわかる。

うれしい。めちゃくちゃうれしい。なぜか、その素直な感情が表に出ないように、朝陽は奥歯を嚙みしめて無表情を取り繕った。

「でも、僕はミントみたいに才能ないし……」

ぽろっと口に出してから、しまったと思った。

僕に映像を撮らせようなんて、ミントはまったく思っていないはずだ。撮影の手伝いや雑用なんかのアシスタントとしての業務をこなしてほしいに決まってる。

ところが、ミントはいつものあっけらかんとした口調で答えた。

「俺も才能ないよ。いや、ホントに、マジで」

一日の仕事を終えた男たちの談笑が、駐車場に響いた。

「この仕事でいちばん大事なのは、聞く力なんだ」

「音楽を聴く力?」

「それもあるけど、そのアーティストが何を言いたいか、何を叫びたいか、何に悲しんでるか、よろこんでるか――音楽のバックに流れてるストーリーを聞く力。それで、聞き取ったストーリーをそのまま映像にするわけ」

簡単に言ってくれるが、音楽や歌詞の底に流れる漠然としたストーリーを具体的な映像に翻案《ほんあん》できるのだから、それは才能があるということなんじゃないだろうか？

「友笑ちゃんの部屋とか、ペットボトル人形にも、強烈なストーリーを感じるんだ」

佐野さんの過去を知ったからかもしれないが、朝陽もたしかに、あの混沌とした前庭から痛切な叫び声が聞こえるような気がする。

「俺さ、朝陽は他人の痛みがわかる人だと思うんだよね」

突然、ミントがあらぬことを口走った。

「そうじゃなきゃ、誘わないよ。きっと友笑ちゃんのことだって、なんだかんだ言って放っておけない。優しくて、人の痛みに真摯《しんし》になってくれる。話を聞いて、寄り添ってくれる。そういう人じゃなきゃ、俺はいっしょにやろうなんて思わない。こっちだって人生かかってるからね」

背中のカイロ以上に頰が熱くなった。が、なんとなく悔しい気がして、やはり表情には出さない。

「水面に出るか出ないかのところで、あっぷあっぷで、溺れて、沈みそうになってる友笑ちゃんを、俺たちで引っ張り上げる。あの子は自分への劣等感がすごい。今回、ＭＶが話題になって、友笑ちゃんの持ってる感性が少しでも世間に認知されたら、確実に彼女は自信をつけてくれる」

クライアントは、ＳＡＢＯという女性のソロアーティストだという。

朝陽も知っている。ミントが、今までに何曲か彼女のＭＶを手がけていたからだ。ゆうに五十万回以上の再生を達成しているそれらの楽曲は、日本を飛び越え、欧米で人気に火がつきつつあるという。近々メジャーレーベルの争奪戦が起こると予想する、ネットの紹介記事も見たことがある。自然とＭＶの監督であるミントの名前も認知されはじめ、「守山民人」のＳＮＳのフォロワー数は、現在三万五千人いるらしい。

「もし一千万回、それ以上――億超えの再生回数いくようなＭＶに友笑ちゃんの作品が使われたら、部屋がきれいになるかもしれないぞ。人に認められて、心そのものが強くなれば、ゴミで部屋を囲って傷だらけの自分を守る必要もなくなる。朝陽としても、願ったり叶ったりだろ？」

たしかに、親子三人のペットボトル人形を衝動的につくってみたら、すっきりしたと彼女は語っていた。心の底に澱のように溜まっている鬱屈を吐き出せば、部屋の汚さも好転するかもしれない。

「じゃあ、お母さんに会わせたいっていうのも……？」

「そこは友笑ちゃんの希望を聞いた上で、慎重に行動しなきゃいけないけど。でも、いつかは絶対に決着をつけなきゃいけない問題だろ。大家の言葉に対する、あの過剰な反応を見ても、お母さんが彼女の心のダムをせき止めてる存在であることは間違いない」

ミントを待たせて、社屋に入り、朝陽は着替えをはじめた。

いつものように、作業着についた匂いを入念に確認しながら考える。

親に捨てられ、施設や職場でいじめられ、自分への肯定感が低すぎる佐野さん。どうにかして、自信をつけさせてあげたい。自分を鎧う必要なんかこれっぽっちもないんだと、言ってあげたい。

そして、人形ではなく、現実の母親と再会し、決着をつけ、人生に一区切りつけてほしい。悲惨な過去ではなく、未来を見すえて生きていってほしい。

何もかもミントの言う通りだ。けど、ちょっと待てよと、朝陽は着替えの手をとめる。それって、まるっきり僕自身にも置き換えられることなんじゃないだろうかと、気がついたのだ。

自分が嫌いだ。自信がない。己の潔癖症が大嫌いなのに、なかなか変えられない。いじめられていたわけではないけれど、友人らしい友人はほとんどできなかった。

自己評価の低さの根源は、両親に由来する。ここ最近は実家にも寄りつかず、父との対面をさけつづけている。就職に関して、見栄を張り、嘘をつきつづけている。自分を変えるには、いつかは両親と向きあわなきゃいけない。

まさか、ミントは佐野さんだけではなく、僕のことも心配して撮影に誘ってくれているんじゃないかと勘ぐった。

朝陽は一気にTシャツを体に通した。いくらなんでもそれは考えすぎだろう。「人生かかってる」――その言葉通り、依頼主がいる以上、遊びやボランティアじゃないんだ。

タイムカードを切り、ミントと前後して自転車を漕ぐ。アパートに着くと、佐野さんの部屋のチャイムを押した。ドアポストに視線を落とすと、今朝のタイツの件が自然と思い出され、顔をあわせるのが途端に気まずく感じられる。

「あれ……？」しかし、なかなか佐野さんが出てこない。「約束はしてるんだよね？」

「今日も夜勤があるって言ってたから、寝てんのかな」

二回目も応答がないので、朝陽はいったん自分の部屋に入った。ミントとともに前庭に出て、フェンスの隙間からいつものようにとなりをのぞいてみた。マットレスにこんもりと毛布の山ができている。ミントが電話をかけると、案の定、となりの庭から着信の音が響いてきて、寝癖のついた佐野さんがもぞもぞと起き上がった。鍵を開けておくから、準備ができたら来てねと声をかけ、室内に戻る。

ところが、待てど暮らせど佐野さんはやって来ない。二人分のコーヒーをいれ、それを飲み干す頃、ようやく扉が開く音がした。

「あのぉ……、朝陽さん、やっぱり足、洗ったほうがいいですか?」玄関から佐野さんの声がする。

「いや、もう洗わなくていいから。上がってきて」リビングに入ってきた佐野さんを見て、朝陽はぎょっとした。

派手に寝癖がついていたぼさぼさの黒髪が、ストレートアイロンでも使ったのか、つややかに光っている。メイクもばっちりで、これから食品工場の夜勤をひかえている人間とは到底思えない。

朝陽はそれとなく目をそらした。タイツの件をあやまろうと思っていたのに、言葉がまったく出てこない。ミントは先ほど駐車場で顔をあわせたときのように、いやらしくにやついている。

「いくらなんでも、外で寝るのはやめたほうがいいよ、友笑ちゃん」意味深な笑顔のまま、ミントが言った。「風邪引いちゃうよ」

「でも、熟睡しちゃうのがこわいし」

「おい、朝陽。友笑ちゃんに合鍵渡してあげれば?」

「はい?」朝陽は部屋中に響く大声で聞き返した。「今、なんて言った?」

「友笑ちゃんに合鍵渡して、いつでもここで仮眠できるようにしてあげなって」

今まで、散々ミントの無茶な要求を聞き入れてきたわけだが、今回ばかりは一線を踏み越えすぎている。

ちらっと佐野さんをうかがう。そんな厚かましいお願いできませんと、佐野さん自身が否定してくれるものと思いきや、彼女は期待のこもった熱い眼差しでこちらを見返してくる。

「朝陽が帰ってくるのが夕方で、そのとき起こしてあげれば寝過ごすこともないし。なんなら、二人で夜ご飯でも食べてから、友笑ちゃん出勤すればいいんじゃね？」

「いいんじゃね？　じゃないよ」

「一回、ベッド使ってもらったんだから、もういいでしょ。だいたい、この部屋、盗まれるような物なんか何もないだろうし」

「う……」と、朝陽は答えにつまった。

たしかに、盗られて困る物も、見られて恥ずかしい物も何もない。銀行はインターネットバンキングしか使っていないので、通帳もない。スマホと財布さえ携行していれば、何の問題もない。プライベートにかかわるような金目の物はノートパソコンくらいだが、いくらなんでも佐野さんがパスワードを突破して盗み見したり、パソコンそのものをぶんどったりするとも思えない。

「私、盗癖はまったくございませんので」佐野さんが、上目づかいでおずおずと見上げてくる。

「ただ、道に落ちてる物を拾ってくる癖があるだけでございまして……」

「それが問題なんだよ！」合鍵を渡したのをいいことに、この部屋が徐々にゴミで侵蝕されていく未来が見えるような気がした。

二人の視線が痛い。朝陽はぐるぐると室内を歩きまわった。

「あぁ、朝陽は優しい人なんだって俺が思ったのは、勘違いだったのかぁ」ミントが芝居がかった口調と仕草で、後頭部に両手をまわす。「変わりたいって言ったのは、口先だけだったのかぁ」

「もう！　わかったよ！」朝陽は机の引き出しにしまっていたスペアキーを取り出した。

顔をぱあっと輝かせた佐野さんが、両手を受け皿のように捧げ、恭しく鍵を受け取る。

「絶対、この部屋にゴミは置きません」

「当たり前だよ」

「寝る前は、シャワー浴びてきます」

「そうしてくれると、ありがたい」

「私、ちゃんとご飯も作りますから！」

「そういうの、求めてないから！」

口をつんととがらせた佐野さんを無視して、キッチンに向かう。あらためて、三人分のコーヒーをいれた。フィルターにお湯を少しずつ注ぎながら、ドラマでよく聞くセリフがふと頭をよぎった。

——私たちって、付き合ってるんですよね？

まさか合鍵を渡す、イコール、言わずもがなで交際しているものだと佐野さんは勘違いしていないだろうか。そんな不穏な疑問が首をもたげて、フィルターからあふれるまで気づかず、お湯を注ぎつづけてしまった。

リビングでは、朝陽の不安をよそに、すでに二人が会議をはじめている。朝陽は三人分のマグカップをちゃぶ台に置いた。

こういう日も来るかもしれないと、先日、ミントと佐野さんのマグカップをいそいそと購入したことは、恥ずかしいから絶対に二人には言えない。

やはり、本当はうれしいのだ。この部屋に他人の声が響くこと。自分のいれたコーヒーを、誰かがおいしいと言ってくれること。共同で何かをなしとげること。そのすべてが一気にかない、自分で自分の感情の処理が追いつかず、戸惑っているだけだ。

「それで、今回のミュージックビデオのコンセプトなんだけど」ミントが自身のタブレットをリュックから出した。「ちょっと、この写真、見てくれるかな」

タブレットを回転させ、画面をこちらに向けたミントは、何度かスワイプを繰り返し、写真をめくっていった。

それは、森に乗り捨てられ、朽ちていくマイクロバスの写真だった。ドアや窓枠の大部分ははずれ、塗装は剝げ、車体が傾いている。ちょうど雨水が垂れるからなのか、ヘッドライトから筋状に錆が浮いて、まるで泣いているようにも見える。

「田舎を旅行してるとさ、突然、山道にうち捨てられてる車ってあるよね。それが妙な存在感放ってるときってない？」

「あー、あるね」朝陽は何度もうなずいた。「唐突にあって、ぎょっとするんだけど、なんだか目がひかれるんだよね」

「私、あんまり旅行したことないんでわからないんですけど、たしかに廃墟なんかはブームになってて心ひかれる気持ちはわかります。とくに山のなかにぽつんと建ってて、荒れ放題のホテルとか温泉旅館とかは気になります」と、佐野さんも写真に見入っている様子で答えた。

周囲の木々から降りそそぐ木漏れ日が、錆びきったバスの車体を幻想的に浮かび上がらせる。時が止まったかのような、不思議な光景だった。

「じゃあ、なんで森に捨て置かれた廃車とか廃墟が、魅力的に映るんだろう？　その理由は？」

ミントがタブレットをちゃぶ台に置き、コーヒーを一口飲んだ。

朝陽は腕を組んだ。考えたこともなかった。レトロブーム、オカルトブームという要因もあるのだろうけれど、もう少し根源的な理由がありそうだ。「時が止まったかのような」という、先ほど心のなかで抱いた感想がヒントになる、そんな予感がした。

実際には、時は止まっていないし、刻一刻と劣化は進む。確実に、一年後、五年後、十年後と朽ちていくスピードは速まっていくけれど、今、この瞬間の目には感知できない。

「たとえば、このバスなんかは、懸命にこの場に踏みとどまろうとしてる健気《けなげ》な感じがするかな……」朝陽はおそるおそる私見を述べてみた。「適切にスクラップされずに、そこにそのままうち捨てられて、風雨にさらされて朽ちていって……。その寂しさとかむなしさみたいなものを感じるんだけど、でも、だからこそなんとかそこにいつづけてやろうっていう意地みたいなものもあって。それって、建物なんかの廃墟にも言えることとなんじゃないかな」

「さすが！」と、マグカップを置いたミントが膝を打った。「自然ってね、つねにもとに戻そうとするんだ。建物も車も物も、人が使わなくなった瞬間から、どんどん原形を失って崩れていく。軍艦島《ぐんかんじま》なんかが顕著《けんちょ》だけど、海とか山みたいな大自然のなかにあれば、とくにね」

佐野さんが、しかつめらしくうなずく、その表情がおかしいのか、ミントが思わずというように笑みをこぼしながらつづけた。

「そういう強烈な自然の、もとに戻そうとする作用とか、サイクルみたいな力に容赦なくのみこまれるんだけど、それでも、そこに踏みとどまって、抗おうとして、せめぎあってる感じがさ、なんだかいじらしい感じがして、俺は好きなんだよね」

おぼろげながら、ミントの考えが見えてきた。それは、今日の回収で動脈と静脈のことを考えたからかもしれない。

「ちゃんと解体されたり、燃やされたりせずに、そこらにうち捨てられて、成仏し損ねたゴミたちの悲しみみたいなものと、社会のサイクルからはじき出されて、のけ者にされてきた人たちの寂しさが、SABOちゃんの楽曲と友笑ちゃんの作品で共鳴するようにしたいんだ」

SABOの名前は、サボタージュからきていると、本人は語っているらしい。学生時代は学校をサボって、まったくクラスになじめなかったという。彼女の曲は、どこか鬱々としながらも、ボーカルはハイトーンで力強い。

「青臭いことを言うようだけど、これは社会への抵抗なんだ。捨てられたものたちのささやかな抵抗なんだ。無価値であろうと、生産性がなかろうと、この世に生まれた以上、そこにいていいんだ」

ミントは佐野さんに語りかけるように説明をつづけた。

「今回、山に建ってる貸別荘で撮影しようと思ってる。その山に、友笑ちゃんの作品を配置していく。自然のサイクル、社会のサイクルに抗う。みじめに捨てられ、社会からはじき出されたものたちは、そのまま朽ちていくしかないのか。いや、違う。それでも、そこに存在してる。懸命に踏みとどまって、そこにいる。せめぎあってる。ただ、それだけでいいと俺は思うんだ」

生み出され、使われ、捨てられ、処理され、また生まれ変わる。絶えずまわりつづける動脈と静脈の輪廻《りんね》がなければ、資本主義社会も生物も生命を維持できない。

でも、必ずしもその有用なサイクルに乗っていける者／物ばかりとはかぎらない。必ずはじき出される存在はいて、そのほとんどは社会から無視される。

「ゾンビは生きても死んでもいない……」朝陽はぽつりとつぶやいた。

「そう！　言葉は悪いかもしれないけど、社会的にゾンビとみなされたとしても、ゾンビでいるかぎり、倒れないし、そこに立ってる」と、ミントが大きくうなずく。

「仮死……状態ってことですか？」授業を受ける生徒のように、佐野さんがおずおずと右手を顔の横まで上げた。

「友笑ちゃんも、わかってきたかな、俺の意図が。時を、止める。ほんの一時でも、世の中の正しいとされるサイクルを止めてみたい。待ったをかけてみたい。無駄な抵抗だとしても。あのペットボトル人形――ゴミの王国の国民たちなら、それができると思ってるし、観る人にもきっと伝わると思う」

朝陽は、ちゃぶ台の下で、ひそかに拳を握りしめた。

無意識のうちに佐野さんと視線を交わし、うなずきあう。やれるかもしれない。こんなにも静かな興奮を覚えたのははじめてだった。

世の中をめぐるサイクルのスピードは、今やどんどん加速し、そこから振り落とされ、脱落していく人なんか、まるで最初から存在しなかったかのように世界は知らんぷりする。あからさまな応援ソングではないけれど、社会から脱落し、捨てられた者にスポットをあてて、静かに鼓舞するSABOの歌と、山にたたずむゴミの王国の国民たちが、うまく響きあえば、きっと多くの人の心を揺さぶる映像作品ができあがるんじゃないだろうか……。

「こうしちゃいらんないわ！」ミントが大声を出して立ち上がった。「そうと決まれば、SABOちゃんに提案書と、簡単な絵コンテ送るから。友笑ちゃんは、老若男女いろんなバリエーションの国民たちをつくりはじめて。もちろん、よさげな廃材も集めてね」

タブレットをリュックにしまい、あわただしく背負ったミントは、もうリビングを出ようとしている。

「撮影は、来月半ばの予定で。じゃあ、よろしく！」

騒々しいミントがいなくなると、途端に静寂が強調された。飲み会の翌日の朝と同じく、一気に手持ち無沙汰になって、気まずさをおぼえる。やはり、互いに目を合わせられない。

「あっ……、あのさ、佐野さんって、お弁当の工場ではどんな仕事してるの？」無理やり興味もない質問をひねり出した。

「今はスパゲッティをひたすら茹《ゆ》でてます」

「ミートソースとか？」

「い、いえっ、無味のパスタです。ハンバーグや唐揚げなんかのメインの下に、敷き布団みたいに敷かれてるスパゲッティを、一晩中、ひたすら茹でてます」

「あれって必ずあるけど、何の意味があるの？」

「さあ……？　油を吸いこむため？」

「そう……かな？」

会話が途切れる。たっぷり一分間は黙りこんだ。二人して、天井を見つめたり、服の裾のしわを伸ばしたり、指のささくれをいじったりした。

「あっ、じゃあ、私、そろそろ……」沈黙に耐えかねた様子で佐野さんが立ち上がった。「合鍵、ありがとうございます」

「気にせず、ここで寝ていっていいからね」

そもそも佐野さんの汚部屋を片付けさせたいという願望からはじまった交流だが、今は純粋に彼女のやることを応援したい気持ちになっていた。朝陽は、あわてて相手を呼びとめた。

「佐野さんはさ、いつかは、お母さんに会いたい気持ちはあるの？」

「お母さん……ですか？」佐野さんが、すとんとクッションにふたたび腰を落とした。

「余計なお世話だったら、ごめんね。ちょっと気になったから」

たぶん、惰性でペットボトル人形――ゴミの王国民をつくっても、観る人の心には響かない。それは、ただの小学生の工作と変わらない。

頭の片隅に、つねに両親のことを思い浮かべ、捨てられた者の悲しみを抱いていないと胸を打つ作品はつくれないと朝陽は思った。ミントもきっとそれに気がついているに違いない。

佐野さんは、ちゃぶ台の木目に視線を落としている。上下の唇を、ぐっと内側に巻きこむような表情で、思案に沈んでいる。

「私……」

圧迫しすぎて、白くなった唇を開き、顔を上げる。

す。

「こわいです」

朝陽は、真っ直ぐその視線を受けとめた。震えそうになる声を無理やりおさえつけ、言葉を返す。

「僕も……、こわいよ。もちろん、佐野さんほどではないと思うけど、僕も実家に帰るのは、こわい」

まるではかったかのように、二人同時に視線を落とした。マグカップの底に、すっかりかわいたコーヒーの茶色い痕跡がこびりついている。五時を知らせるチャイムが遠くで鳴り響いた。

「お母さんについての、ほとんど唯一の記憶は、かくれんぼなんです」

「かくれんぼ？」

「はい」と、佐野さんはゆっくりうなずいた。「ゴミの山の向こうで、お母さんの、もういいかーいって声が聞こえるんです。それで、私はくすくす笑いながら、絶対に見つからなそうなゴミのなかに隠れて答えます。もういいよぉ……って」

夕闇が迫る。朝陽は目をつむった。手に取るように、佐野さんの語る光景が、まぶたの裏に見える気がする。ゴミで埋めつくされた一軒家。隠れるところはたくさんあるだろう。

「お母さんは、私を発見すると、うれしそうに見つけたぁって叫んで、私をぎゅっと抱きしめます。そして、くしゃくしゃに髪をなでてくれます」

目を開けた朝陽は、うっすらと微笑む佐野さんの、夢見心地にも見えるその表情に唐突にぶつかる。これは彼女の妄想なのではないかとさえ朝陽は思った。

「友笑は、お友だちと笑って、楽しく生きて、人生を謳歌してねって、いつも言ってくれました。

オウカって何？　私は聞きました。その答えは……、すみません、覚えてません」

もはや真実でも、妄想でも、どちらでもいいのかもしれない。子どもの頃に拾ったきらきら光る石――その宝物を閉じこめた箱は、二度と開けないほうがいいのだ。もしかしたら、もう箱のなかには何もないかもしれないのだから。

だったら、やはり会うべきではないのだろうか。

箱を開けたら、何もないどころか、あきらかな悪意が飛び出してきたら、佐野さんの心はこれ以上耐えられそうにない。

当の佐野さんは、人差し指でちゃぶ台の木目の模様をなぞっている。食品の工場で働いているからか、短く切りそろえられた爪だった。毎晩、存在意義のわからないスパゲッティを茹でつづける、荒れた手だった。

「私、愛されていたとは思います。でも、私がそう思いたいだけなのかもしれなくて、本当は憎い男の血を引く子どもを、お母さんは見たくないんじゃないかと、そればっかりが頭をよぎって」

「やっぱり……」

やめておこうか――。その言葉のつづきをさえぎるように、佐野さんがぐっと背筋を伸ばした。

「いっしょに、会いに行ってくれますか？」

一度口を閉じ、鼻から息を吸いこみ、佐野さんがふたたび決意を口にする。

「朝陽さん、いっしょに会いに行ってください」

朝陽もクッションの上であぐらをかいたまま、丸まっていた背中を起こす。

不思議と、迷いは生じなかった。ここまで来たら、とことんいっしょに、行けるところまで行く必要がある。そうでなければ、撮影に参加する資格はないと思った。

「もちろん」

うまく笑えている気はしない。それでも朝陽は笑った。無理にでも笑った。

「僕でよければ」

「友だちといっしょに笑ってる私を、お母さんに見せてあげたいです。友笑っていう名前をくれたのは、お母さんですから」

「お母さんは、絶対によろこぶと思うよ」

たとえどんな結果になったとしても、その感情を佐野さんと分けあおうと思った。森に乗り捨てられたバス、手もつけられず残される油まみれのスパゲッティ、無言でたたずむ透明のペットボトル人形――声を奪われたたくさんのゴミたちの叫びを、強い風雨にかき消されないように、世の中に届けなければならない。

「さてと……」と、つぶやいて、佐野さんが腰を上げた。

「そろそろ出勤の時間？」

「施設を出るときに、実家の住所とか電話番号が書かれた紙をもらったんですけど、いったいどこにあるのか、さっぱりなんです。きっと、どこかに埋まってると思うんですけど、それを探すところからはじめなければなりません」

朝陽は頭を抱えた。忘れていたわけではないが、あの壁の向こうはおそろしいほどの汚部屋だった。

「まだ時間あるなら手伝うよ。捨てていいものは、どんどん捨てていこう」

「たぶん、あきらかなゴミだけでも、十袋くらいはゆうに出ると思います」

「佐野さん、知ってる？　ここの区って、一軒が一回に出せる可燃ゴミは四十五リットルの袋三つまでなんだよ。四つめからは有料なんだ。ほとんど誰も知らないけどね」

「えー！」と、佐野さんが口に手をあてた。「全然、知りませんでした！」

「二十三区は家庭ゴミが無料なんだけど、その範囲はだいたい三から四袋までって決まってるんだよ。引越しとか断捨離で、とんでもない量を一気に出す人もいるけど、それって本来はダメだからね。清掃事務所に連絡して、四つ目からは有料で引き取ってもらうか、三袋ずつ小分けにして出さないと」

マスクをして、佐野さんとともに部屋を出た。徐々に、自然な会話が成立しはじめているような気がする。

「だから、今日は三袋までにしよう。ミントの言う通り、ちょっとずつね」

「ですね。ちょっとずつ頑張りましょう」

「あらかじめ釘を刺しとくけど、三袋出して、また新たに三つ分溜めこんだら意味ないからね」

「厳しいですねぇ、朝陽さんは」

「厳しいもなにも、またゴミが増えちゃったら……」

そこで、朝陽は言葉を失った。佐野さんの表情からも、笑顔がかき消えた。

一〇二号室のドア。つい数十分前、この部屋のチャイムを押したときには何もなかったはずだ。

〈今すぐ退去せよ！〉

〈ゴミ女は社会のゴミクズ〉

〈女ごと燃やしてしまえ〉

マジックで乱暴な殴り書きがされた紙が、三枚貼られている。

「なんだよ、これ……」握りしめた拳が震えた。

さっき出ていったミントは、この貼り紙に気がつかなかったのだろうか？　一〇一号室から真っ直ぐアパートの出口に向かった場合、後ろを振り向かないかぎり、たしかにとなりの部屋のドアの異常は目に入らないだろう。

「あはは」

ゆがんだ泣き顔のまま、佐野さんが強引な笑い声をあげた。

「私、慣れてますから、こういうの」

そう言って、貼り紙に手を伸ばそうとする。

「ちょっと待って！」朝陽はとっさにその手をつかんだ。「これは、あきらかな脅迫だって。いくらなんでも限度を超えてる」

「燃やせ」とまではさすがに思っていなかったものの、ちょっと前まで「出てけ」と願ってやまなかった自分のことも、朝陽は許せなくなっている。

「証拠を残しておこう」

スマホのカメラを起動して、ドアの全体が写るように数歩下がった。その途端、急に割りこんできた人影がレンズをさえぎった。

「なぁに、これは！」

大家の駒形さんが、制止する隙もなく貼り紙をむしり取っていく。

「もう、困るのよぉ、私のアパートでこんな物騒なことをされたら」

そうつぶやくなり、三枚の紙をぐしゃぐしゃに握りつぶしてしまった。

「あの……、大家さん。証拠が……」

すぐに通報はしないまでも、落書きは保管しておこうと思ったのに。今後も同じ嫌がらせがあった場合、警察に提出することができたはずなのだが、こうなってしまってはあとの祭りだ。

「まったく、ひどいことをする人がいるものねぇ」ひっつめた白髪のせいで、あらわになったこめかみに青黒い血管が浮いている。そこまでする必要もないのではと思うほど、手のひらのなかで紙をこれでもかと圧縮している。

犯人への怒りと、佐野さんへの気づかいが、その力の入れ具合にあらわれているようにも見えたのだが、同時に芽生えた大家に対する不信も増幅していって、朝陽はその感情を否定しきることができない。

写真を撮ろうとした瞬間、あらわれた。

「すみません、大家さん」佐野さんが、大きく頭を下げた。「私のせいで、お騒がせしてしまって」

「あなたのせいじゃゃ、ないわよ」

駒形さんは、少し大げさともとれるほど優しい口調で、佐野さんの背中をさすった。

「私もこれから注意して、見てみるわ。どなたかわかりませんけど、このアパートのなかに、こんな心ない中傷をする人がいるなんて……」

「これから日下部さんに手伝ってもらって、片付けをするんです。ちょっとずつになってしまいますけど、絶対にお部屋をきれいにしていきますので」

「そうしてもらえると、ありがたいわ。困ったことがあったら、なんでも言ってくださいね」

「はい、ありがとうございます。あの……、お食事に招いてもらったときも、私、大家さんのお気づかいを無下《むげ》にするようなことを言ってしまってすみませんでした」

「いいのよ、気にしていないから。私もお母さんの代わりになるだなんて、安易なぐさめをしてしまって本当に後悔していたの」

万が一――本当に万が一、この貼り紙が大家の仕業だとしても、食事会の非礼をあやまり、部屋をきれいにしていく意志を示したのだから、嫌がらせをつづける動機はどこにもないはずだった。

それでも、朝陽は心のざわつきをとめることができなかった。

「食いっぱぐれがないんだよ、この業界は」

朝陽が作業着に着替えていると、ミントの兄、賢人が話しはじめた。更衣室の壁にもたれかかり、自身はネクタイを締めている。

「どんな世の中になろうと、必ずゴミは出る。不況になっても出つづける。むしろ、コロナウイルスのときは家庭ゴミがとてつもなく増えたからね」

メタバースが注目されているというニュースを最近見たけれど、どんなに人の精神がバーチャルに近接しようとも、この肉体は現実世界に生きているわけで、物理的に壁と屋根がある家に住み、食事をし、服を着て、日用品を買う。結果、百年先も、二百年先も、ゴミや廃棄物の排出が絶えることはない。絶えるとしたら、それは人類が滅んだときだろう。

「弟が何言ったか知らないけど、あいつがはじめる会社に入るのは本当にやめたほうがいい。だったら、守山産業で正社員にならないか？」

賢人は大学卒業後、父親の会社の営業職におさまった。大学で同じゼミだった頃はスリムだったのに、今は見る影もなく太っている。高校時代はサッカー、大学時代はアルバイトでゴミ収集に従事していたが、動かなくなった途端にこうなってしまったと、この前愚痴っていた。

「ミントは、むかしから熱しやすく冷めやすいというか、いい加減というか、興味と集中力がつづかないんだよ。そのくせ、ムードメーカーで人を巻きこみやすいから、よりタチが悪い」

兄弟仲は悪くないらしいが、自由に生きる弟へのやっかみも多少はあるのだろう。ワイシャツの上から、「守山産業」と刺繍の入った作業着を羽織るその姿は、社会人一年目とは思えない貫禄を感じさせるが、それは苦労の裏返しでもあるのかもしれない。ミントは羽ばたくようにかろやかに生きているからか、一歳差の兄弟でも、弟のほうが圧倒的に幼く見える。

「ミントの会社に入るかどうかはともかく、究極に食いっぱぐれがないのは、公務員だろ？」朝陽は賢人に問い返した。作業着のチャックをしめ、清潔なグローブをズボンのポケットに突っこむ。朝の六時。これから、となりの区の清掃事務所に向けて出発だ。

ネクタイを締め終えた賢人が肩をすくめた。

「まあ、朝陽の人生だからそこは自由さ。でも、ミントの件だけは注意したからな」

人差し指を立てて、賢人が更衣室を出ていく。朝陽もあとにつづいた。会社で洗濯をした作業員たちの作業着が、ずらっと干されている脇を通り過ぎ、駐車場へ出た。

外は雨だった。雨天用のカッパもハンガーに掛けられ、物干し竿にならんでいるが、今日は回収車の運転業務なので、作業着のまま小走りで小型プレス車に乗りこんだ。いつもより慎重な運転を心がけて、となりの区の清掃事務所に向かった。

その道すがら、ずっと考えていた。

資本主義社会がまわす世界のサイクルから振り落とされないこと、一般的に幸福とされる人生のレールから脱落しないこと——仕事の内容など関係なく、ただそれだけを考えて、大学四年生のときは就職活動をし、公務員試験を受けてきた。

それは、ほとんどの学生がそうなんじゃないかと思う。やり甲斐《がい》や夢が前提にあり、そのうえで合格や内定を勝ち取る。そんな幸運な人間はほんの一握りだ。

僕はいったい何がしたいんだろう……？　はじめてそんなことを考えた自分に愕然とする。本来なら、動機の部分がいちばん先に来るはずなのに。

清掃事務所に到着し、作業員二名を乗せ、収集現場へ向けて出発する。仕事と将来のことについて考えつづけていると、清掃職員の乃村《のむら》さんから思わぬ提案をされたものだから、朝陽は「はい……？」と間抜けな声で聞き返してしまった。

「日下部君、ウチの区の清掃職員、応募してみない？　募集が新しく二名分出たんだけど」

四十代の女性作業員、乃村さんが繰り返した。

「日下部君は真面目だし、仕事ぶりも丁寧だし、ぜひウチの職員になってほしいな。ねぇ、末平《すえひら》さん、そう思いません？　日下部君なら、歓迎ですよね」

乃村さんから問いかけられた末平さんが、無言でうなずく。

三人横並びでシートに腰かけている。運転席に朝陽、真ん中に乃村さん、左端の助手席はベテランの男性作業員、末平さんだ。

民間に委託される家庭ゴミの回収業務は、「雇上《ようじょう》」と「車付雇上《しゃつきようじょう》」の二種類に大別される。

この仕事をしてはじめて知ったのだが、二十三区の清掃事務所には「直営車」――つまり自前で所有している回収車がじゅうぶんな台数確保されていない。維持費や整備のコストをおさえるためだろう。そこで、民間の清掃会社から回収車と運転手をセットで日々、こうして派遣してもらうわけだ。

「車付雇上」は、運転手と二名の回収作業員すべてが、民間の清掃会社で雇われた人員で構成される業務形態をさす。一方、「雇上」は、回収車と運転手が民間、乗りこむ作業員は区の清掃職員という、ちょっと複雑なユニットとなる。

今日は「雇上」のシフトだった。いつもより神経を使う日だ。やることは同じ。でも、立場は民間と公務員で大きく違う。

朝陽は交差点で速度をゆるめ、左折のウィンカーを出した。横断歩道を渡っていく歩行者をやり過ごす。

「左、オーライ」末平さんが、窓の向こうを確認してつぶやいた。

ほとんど無駄話をしない末平さんだが、こうして安全確認だけは欠かさず行ってくれる。左折時は、歩行者と、すり抜けていくバイクや自転車の有無を必ず見て、合図を送ってくる。視界が悪い雨の日は、とくにありがたい。

「もしかして、四月からの採用があるんですか？」左折を終え、朝陽はとなりに座る乃村さんをちらっと見た。

「うん。技能長も日下部君の仕事ぶりを知ってるし、何より即戦力だから、即採用だよ」

ハンドルを真っ直ぐに戻し、フロントガラスから前を見すえる。そぼ降る雨が、絶えず流れていく。すぐ前の車の赤いブレーキランプが濡れた視界のなかでにじんだ。

区の清掃職員は公務員だ。先ほどの賢人との会話の通り、この世界からゴミがなくなることはないわけだし、公務員になれば食いっぱぐれもない。年齢とともに、安定した昇給がのぞめる。

それにしても、ここ最近、たてつづけに今後の人生にかかわるような誘いを受けている。人との接触をさけてきた今までにはなかったことだ。ありがたいけれど、正直、迷う。

やがて、回収車は大きな幹線道路に出た。三車線のうち、いちばん左側を進みながら、国道沿いに建つ大型マンションの回収をはじめる。

運転手の朝陽は、回収車からは降りない。「作業中」という電光掲示を後部に表示し、ハザードを点滅させながら、徐行と停止を繰り返す。それなのに、ときどき迷惑そうにクラクションを鳴らしながら、すれすれで車線変更し、回収車をさけていく車もある。

そして、朝陽のほうも路上駐車を回避しなければならないので、注意力と集中力が必要だ。朝は交通量が多い。雨のせいもあるのか、いつもよりも車の流れは滞り気味だった。

右ウィンカーを出し、後続車をサイドミラーで確認する。車線変更をしながら、目の端では、乃村さんと末平さんの回収の進捗を確認する。駐車された車両をよけて、また左車線に戻る。

建ちならぶマンションの一棟一棟の前に、ゴミが山積みになっている。カッパを着た二人は、両手にポリ袋を引っかけ、ガードレールを乗り越え、回収車の投入口にゴミをバランスよく放りこんでいく。乃村さんは平均で八袋、末平さんは、すべての指に結び目をかけて、十袋運んでくることもある。長年の回収で小指が変形し、うまく曲がらないらしい。

二人の口から白い息がもれる。カッパのフードから雨の滴がしたたる。回収を終えると、また歩道を歩き、となりのマンションへ移る。朝陽もその速度と、末平さんの「オーライ」のかけ声に合わせながら、回収車を進めていった。

これを十年、二十年つづけることを想像してみる。やり甲斐はある。絶え間なくまわりつづけるこの世界のサイクルを底の底で支える静脈だ。少し心が動かされるが、ゴミを一生回収する人生を想像したとき、躊躇《ちゅうちょ》する自分もいる。公務員といえども清掃職員は技能職採用なので、別の職種――たとえば区役所勤務などに異動することはない。

二人が回収車に乗りこんできた。車内が一気に雨の湿気た匂いに満たされる。今度は国道から一本入った住宅街の路地を進んだ。

「この先、工事があるんだけど、今日、雨だからやってるかな」乃村さんが前傾姿勢で、フロントガラスの向こうに目をこらした。

しばらく進むと、誘導灯をまわす警備員が見えてきた。コーンとバーでさえぎられ、この先は車両通行止めになっている。

回収車は入れない。しかし、この道の途中には、当たり前だが民家もアパートもマンションもある。

「じゃあ、日下部君は、ここを右折して迂回ね。ワンブロック先の、この道の出口で合流。私たちはゴミを引っ張り出してくるから」

引っ張り出し——車両が入れない道から、すべてのゴミを持ち出してくる。もっとも体力を使う作業だ。

二人はヘルメットの上からカッパのフードをかぶり、回収車を降りていった。朝陽は車を迂回させた。

「すみません、ゴミの回収です。ぎりぎりまで、車、入れさせてください」交通誘導の警備員さんにお願いし、バーをどけてもらう。バックで回収車を入れ、工事車両の手前で停止させた。

そのあいだにも、ゴミを両手の指に引っかけた二人が、こちらに向かってくる。朝陽も回収車を降り、ゴミの投入を手伝った。

すると驚くべきことに、続々とこちらに近づいてくる人影が見えた。末平さんほどではないものの、みな、手に手にゴミ袋を持っている。

様々なマンションの管理人の制服を着た、初老の男性たちだった。なかには、一軒家に住んでいる主婦とおぼしき姿もある。道の途中にあるマンションの管理人や住民が、車両通行止めで引っ張り出しを行う作業員を見て、運ぶのを手伝ってくれたのだろう。両手にゴミ袋を持っているので、傘など差さず、雨に濡れるのもかまわず、ゴミを回収車まで届けてくれる。

「本当に助かりました。ありがとうございます！」乃村さんが、笑顔で礼を述べる。

「乃村さんのピンチとなれば、我々、すぐ駆けつけるから」

冗談っぽくそう話す管理人のおじさんは、乃村さんの名前を知っていた。日頃から挨拶以上のコミュニケーションをとっているのだろう。

正直、大ベテランの末平さんにくらべて、手際の良さが劣る面は否めないものの、こうして乃村さんは愛想良く、住民や管理人さんと話を交わす。回収が終われば、丁寧に防鳥ネットをたたみ、分別に関する質問にはくわしく答える。

その気配りの甲斐もあって、管理人さんも作業員が回収しやすいように配慮をしてくれるのだ。たとえば、単身者用のマンションはスーパーの袋などに入れられた、小さいゴミが多数出される場合が多い。こちらとしては、一つ一つ持ち上げて回収車に投入するのはかなり骨が折れるわけだが、管理人さんがあらかじめ大きなポリ袋にまとめておいてくれるときがある。たったそれだけのことが、作業員にとってはとてもありがたい。

乃村さんの細やかな対応と、柔らかい物腰、接しやすいオーラのおかげで、こうしてゴミ収集が円滑に進んでいく。それは、住民との接触や会話を極力さける傾向がある「車付雇上」——百パーセント民間委託の業務形態では絶対にかなわない仕事ぶりだった。民間に様々な権限が与えられていない以上、中途半端な対応しかできず、それがクレームになってしまえば結局は区や清掃事務所、所属する会社に迷惑をかけてしまうからだ。

ゴミを満載した回収車を清掃工場に走らせる道すがら、朝陽はどうしてもたずねてみたくなった。

「乃村さんは、なんで清掃職員になったんですか？」

そもそも、女性作業員という存在がめずらしい。いわゆる３Ｋ——きつい、汚い、危険にくわえ、さらに「臭い」という要素までプラスされる職業にどうして就こうと思ったのだろう。

収集作業にあまり危険なイメージはないかもしれないが、指や腕の切断、死亡事故の可能性は、安全確認を怠れば、つねに日常の回収ととなりあわせで存在している。そして、不法な注射針の混入、割れたガラスや蛍光灯、その他尖った廃棄物で、怪我をし、感染症にかかるリスクも否定できない。

「うーん」と、腕を組みながら、乃村さんが答えた。「居場所、が欲しかったからかな」

「居場所？」

「日下部君は、ロスジェネって知ってる？　私、ロスジェネ世代なんだけど」

「聞いたことはあります。たしか、バブルがはじけたあとの不況で、就職が大変だったとか……」

「そう。私も大学生のとき、百五十社以上受けて、一社も受からなかったから」

「百五十も……」

低くたれこめた黒い雲に突き刺さりそうなほどの、高い高い煙突が見えてきた。燃やされたゴミは無害な水蒸気となって、大気に散っていく。清掃工場へとつづく道を、回収車が連なって走っていく。

「それで、卒業後は清掃会社にアルバイトで入って、オフィスビルの清掃の仕事をはじめて」

ウィンカーを出し、清掃工場の入り口を通過する。最初は積載したゴミの計量を行う。高速道路の料金所のようなゲートで回収車を停めた。

「ほんの数年、生まれた年が違うだけで、このオフィスで働いてる人と、便器を磨く私の人生はまったく違うものになってしまったって、恨む気持ちしかなかった」

つい最近、朝陽も事業ゴミの回収で早朝の繁華街をまわり、同じようなむなしさに心がむしばまれかけた。

積んだゴミの重量が自動で量られる。目の前をさえぎっていたバーが上がり、朝陽は回収車を清掃工場の建物へと向けた。

「そのあとは職を転々として、行き着いたのがここの区の清掃職員だったの。最初は会計年度任用職員っていって、非常勤だったんだけど、途中から正規の職員になれたから、そこから五年くらいお世話になってる。幸い、学生時代に陸上やってたから、体力には自信があるしね」

乃村さんの話に相づちを打ちながら、巨大な扉の前で一時停止する。自動扉のように左右にスライドするドアと、上下に開閉するドアの二重構造になっており、匂いが外にもれにくい構造になっている。この扉を通過すると、プラットホームと呼ばれる広大な場所に出る。

「最初は、道を歩いてる人に、心ない言葉を言われたこともあったよ。女なのに、よくこんな仕事できるなって。真夏もヘルメットかぶって、長袖の作業着で汗だくになって、あの人女捨ててる、絶対ああならないように勉強しようって、通りかかった女子高生たちに笑われたこともあった。だから最初は顔を下げて、誰とも目を合わせないようにして、ただただゴミに集中してたんだけど……」

プラットホームには、八つの大きなゲートがならんでいて、それぞれの扉に番号が振られている。朝陽はランプが灯った7番の扉の前へ、回収車をバックさせた。車止めに後輪が当たるまで、ゆっくりと後退させていく。

「でも、末平さんに怒られたの。顔を上げて、堂々と歩けって。べつに俺たちはやましいことをしてるんじゃないからって。言われた通りにしてたらね、不思議と心ない言葉をかけられることも減ったの。逆に挨拶だったり、ポジティブな声をかけてもらえたりするようになった」

　背後の7番ゲートの扉が自動で開いていく。この下はゴミを溜めるバンカだ。朝陽は回収車のボタンを操作して、荷台を傾斜させ、回収したゴミをバンカに落とした。

　車の窓を閉めていても、物理的な質量をもってまとわりついてくるような、圧倒的な腐敗臭に体が包まれる。ひっきりなしにやって来る回収車が次から次へと深く巨大なバンカにゴミを落とす。クレーンがゴミをつかんで、焼却炉へ運んでいく。

「オフィスビルの清掃をしていても、まるで透明人間みたいに無視された。でも、回収作業員になったら、地域の人たちと協力して、街をきれいにできる。ここが、私の居場所だと思えたんだ」

　清掃工場は二十四時間、ゴミを燃やしつづける。燃やされた灰はセメントに利用され、残りは最終処分場に埋め立てられる。

「話していただいて、ありがとうございます」朝陽は荷台をもとに戻した。「もしかしたら、四月の採用には間に合わないかもしれませんが、清掃職員の道も考えてみます。今、ちょっとトライしてみたいこともあって」

「うん。べつにこの区の採用にこだわる必要はないよ。ちょうどタイミングが合って、ほかの区の募集を見つけたら、そこでもいいわけだし」

　役目を終えたゴミたちは、燃やされ、灰になる。

　朝陽はギアをドライブに入れた。人間も大して変わらないんじゃないかと思った。

　命が尽きれば、この身もただ腐っていくだけの物質に過ぎない。焼かれて、埋められる。残りは火葬場の煙突から吐き出され、分子、原子レベルで、この世界を循環していく。問答無用の、自然のサイクルだ。

でも、生きているかぎりは、社会のなかで自分の居場所を見つけられたらと願う。佐野さんも孤独なゴミの王国ではなく、僕たちが暮らすこの世界で、いっしょに、安らかな居場所を見つけられたら……。


夕方に帰宅すると、朝陽は真っ先にリビングに向かった。

佐野さんが寝ている。ベッドの脇にしゃがみこみ、その寝顔をしばらく眺めた。やはり、ちょっと微笑んでいるような、お腹いっぱい食べたあとの子犬のような、幸せそうな顔だった。

危うく頭をなでてしまいそうになり、あわてて手をとめる。何をやってるんだ、正気になれと己をいましめる。それでも、佐野さんが本当の自分の居場所を見つけられるまで、ここが仮の避難場所になれたらと朝陽は考えた。

あれから、変な貼り紙はされていない。燃えるゴミの収集日には、きっちり三袋ずつゴミを出した。資源の日には、空き缶や空きビン、積み上げられていたマンガ雑誌を常識的な範囲で排出しつづけ、徐々にキッチンやリビングの床が見えるようになってきた。

今日はずっと封印されていた五つの炊飯器を、勇気を出して二人で開けてみようと約束していた。

ひとまず手を洗い、作業着の洗濯を済ませようと、キッチンに行く。なんだか、良い匂いがする。コンロの上に、鍋が置いてあった。開けてみると、ホワイトソースのロールキャベツができあがっていた。見かけによらず、佐野さんは料理が上手だった。が……。

シンクに目を転じ、愕然とする。

キャベツの葉や芯が、散乱していた。空になった醬油のボトルが、排水口の部分に逆向きに突き刺さっていた。使い終わった包丁、まな板、ボール類が乱雑に放りこまれ、ロールキャベツで使ったらしき挽肉とパン粉があちこちに飛び散っている。

醬油のボトルをどけ、排水口のフタを開けてみたら、計量スプーンが吸いこまれ、ゴミ受けの水切りカゴの部分で止まっていた。野菜くずにまみれたスプーンを救出する。汚いだろ！　と叫ぶ寸前で喉から変な声がもれた。

「うえっ！」

反射的に右足を上げる。靴下がじっとりと濡れる感触に、顔をしかめた。しかも、なんだかべとべとしている。

「もう！」

片方の靴下を脱ぎ、床に叩きつける。慎重に濡れていない足場を探し、目をこらすと、何かのソースをこぼした跡が点々と広がっているのが見えた。

「なんでこんなことになるんだよ」

独り言を繰り返しながら、ふと気になって冷蔵庫を開けてみた。朝陽は床に膝をつき、頭を抱えた。

牛乳の一リットルパックが三本、豚肉、鶏肉がそれぞれ二パック、舞茸《まいたけ》のジャンボサイズが三つ、えのき茸が二つ、こんにゃくが五つ、その他、雑多な食材、野菜で隅々までぎゅうぎゅうだった。単身用の冷蔵庫だが、インパクトは大家族並みだ。

「どんだけこんにゃく好きなんだよ……」

足元に置かれたエコバッグには、ドレッシングの徳用ボトル、ポン酢、ウスターソース、サラダ油が、それぞれ二本ずつぎちぎちにつめこまれていた。さらに、わさび、しょうが、にんにくのチューブが、テトリスのごとく、隙間をうめるかたちで突き刺さっている。カレーのルーが三個、ティッシュペーパーの五個パックが二つ、キッチンペーパーの四ロールも同じく二つ、サランラップが四つ、いったいどうやって運んだのかと訝しむくらいの商品がキッチンに散乱していた。さらに、カップラーメンの箱買いまでしている。

「佐野さんっ！」

怒鳴り声をあげながら、リビングに突進する。

「起きて！」

肩を荒く揺さぶる。

「起きてって！」

目をこすりながら、佐野さんが「うーん」と、眠そうな、甘ったるい声をあげた。

「朝陽さん、お帰りなさい」

「いったい、何なんだよ、あの買い物の量は」

「えっ……？」

「えっ、じゃないよ。百歩譲って、片付けられないとか、散らかしちゃうとかはまだいいよ。でも、あの衝動的な買い方は絶対に許容できない！」

「あぁ、すっごく安かったんで」

　あくびをしながら、のんきに頭をかいているので、無理やり襟首をつかんで上半身を起こさせた。

「はっきり言っておくからね。部屋にゴミが溜まる、その次に僕の嫌なことは無駄な買い溜めだから」

　徐々にこちらの怒りが伝わり、眠気も覚めてきたのだろう、「でもねっ、でもねっ」と、子どもみたいな口調で、佐野さんが反論してくる。

「特売だったから、いっぱい買っておいたほうがいいと思ったんです」

「それで腐らせたら、元も子もない。いるときに、いる分だけ買えばじゅうぶんでしょ」

「だって、だって、いざいるときになって、それで高くなってたら、すごく損です！」

「いいんだよ、たかが数十円の差なんて。だいたい、なんだよ、あのこんにゃくの量は！　あの牛乳の本数は！　下痢しちゃうよ」

「料理に使うんですぅ。今日はロールキャベツで、明日はバターチキンカレーで、牛乳使うんですぅ」

「なんだよ、その憎たらしい口調は。それに、カレーでもあんなに使わないよ！」

　互いにますますヒートアップしていく。朝陽はマットレスを拳で叩いた。

「結局、こういうところが、ゴミを溜めこむ癖に直結するんだよ。着ない服も、履かない靴もそうだし、食材だって腐らせたらゴミが余計に増えるんだよ！」

「うるさい、うるさい、うるさい！」両手を耳にあてた佐野さんが、首を激しく横に振る。「聞こえない！」

その手を強引に引きはがした。

「そもそも、あの量をどうやって一人で運んだんだよ」

「台車です」

「台車でスーパーの道を往復したの？」

「そうですけど」

「完全に、街の名物おばさんじゃないか！」

「おばっ……、ひどい！」

佐野さんの居場所を見つけてあげたいと願った優しい気持ちはどこかに吹き飛んでいた。

「私は朝陽さんに、お腹いっぱい栄養があるものを食べてほしくて、それでっ、それでっ、頑張ったのに」

「その頑張り、いらないから。はっきり言って、お金の無駄。ただでさえ、お給料少ないのに、こんなことに使わないで」

「だから安売りのときに、買えるだけ買うんじゃないですか。それに、大地震が起こったら、困りますよ。ほら、今！」今、のところで、パンと手を叩く。「まさに今、起きるかもしれないですよ。そしたら、食材がいっぱいあったほうがいいです。安心です」

「ガスも電気もとまったら、料理できませんから。肉、生で食えませんから」

「残念でしたぁ。私の部屋に、カセットコンロがありますぅ」

「その馬鹿にした口調やめないと、佐野さんごと燃えるゴミに出すよ」

　佐野さんはたくさんの物に囲まれて、安心したいだけなのだ。空っぽの心を、目に見え、その手で触れられる物質で満たしたいだけなのだ。買い物依存症も、ゴミ屋敷も根は同じだ。それはわかっているのに、こちらの領土を侵蝕しないでくれという拒絶の気持ちがどうしてもまさってしまう。

「私、ここにゴミは置いてませんよ」

「余計な物が増えることが嫌なんだって。物であふれかえってると、どうしても気持ち悪いの」

「どうやら私たち、わかりあえないみたいです！」

「わかりあう必要が、そもそもないですから！」

　ああ、言っちゃったと自分でも後悔したけれど、発言を撤回する気もさらさらない。だいたい付き合っているわけでも、同棲しているわけでもないのだから、価値観を共有する必要もない。片付けたい男と、片付けられない女――清潔の国とゴミの王国は不可侵で、互いの領土と安寧を守っていればそれでいいのだ。

　涙目だった佐野さんは、今や激しくしゃくり上げて泣いている。気まずい思いを持て余し、朝陽はキッチンに戻った。床のべとべとした痕跡を拭きにかかる。

「わたっ……、私は、ただっ、ただっ、朝陽さんに、よろ、よろこんでっ、もらいたいだけなのに」

　リビングから、佐野さんの途切れ途切れの涙声が聞こえてくる。朝陽はことごとく無視した。

「朝陽さん、私のなまっ、名前も全然呼んでくれないし。佐野さん、佐野さんって、ずっと、ずっとよそよそしいままだし！」

それは今関係ないだろと、心のなかでつっこみを入れるが、黙々と床を消毒する。

こちらが何も反応を返さないことにしびれを切らしたのか、佐野さんが「もう、知らない！」と、部屋を飛び出していった。となりの一〇二号室のドアを荒々しく開け、閉じる音が響く。

朝陽は洗い物を済ませ、生ゴミを集めて、小袋に密閉した。シンクを磨き、飛び散っていた水気を拭いた。原状回復に費やした時間はものの十分ほどで、そもそもともときれいだから、大した労力はかからなかった。

両手を腰にあてて、キッチンの天井を見上げる。少し冷静になって、想像してみた。

僕の好物を必死で考えながら、スーパーの買い物カゴをパンパンに満たし、重い台車を押して帰り道を急ぐ小柄な佐野さん。勤勉で真面目な蟻のように、ゴミや食材をせっせと部屋に運びこむ佐野さん。たくさんの物に囲まれ、空虚な心をいっとき満たして微笑む佐野さん。

胸が苦しくなるほどの切ない思いに、朝陽は不意にとらわれた。

ロールキャベツの良い匂いが、空腹を刺激する。スプーンを取り、スープを少し味見してみた。おいしかった。疲れた体と心に滋養《じよう》がしみわたるようだった。

弁当の工場で、なんでずっと無味スパゲッティ係をやらされているのか聞いたことがある。

「私、おっちょこちょいで、いろいろこぼしたり、ひっくり返したり、ぶちまけたり、そのぶちまけたものですべって転んじゃったりするので。強制的に、無限無味スパゲッティ地獄に追いやられました」

そのスパゲッティ地獄でも、一昨日やけどをしてしまったとかで、左手の甲が赤くなっていた。少し怒鳴りすぎたかと、朝陽は反省した。深呼吸をし、精神を落ち着けてから部屋を出た。

「佐野さーん。さっきは、ごめんね」鍵のかかっていない扉を薄く開けて、おそるおそる呼びかける。「言いすぎたと思う。本当に反省してるんだ」

すん、すんと、鼻をすする音が奥から聞こえる。

「い、いっしょに、ロールキャベツ、食べよ」

鼻をすする音がとまる。こちらの言葉に、耳をすましている気配が伝わってくる。

「僕の部屋で、食べよう。ねっ」

立ち上がりかけたのか、身じろぎをするような衣擦れの音がして、また静かになった。どうやら、もう一押し必要らしい。

「スーパーなんだけどさ、今度からいっしょに行こうよ」店内でも買う買わないの押し問答で喧《けん》嘩《か》に発展しそうだが、それはこの際おいておく。「二人で荷物持ったら、楽だよ」

「誰と誰がいっしょに行くんですか？」姿の見えない佐野さんの声がリビングから響いた。

「えっ……？」問いかけの意味がまったくわからず、朝陽は聞き返した。

「誰と誰が、いっしょにスーパーに行くんですか？」

「誰と誰って……。僕と佐野さんだよ」

するとまたしても、しくしく、すんすんと、わざとらしいほどの泣き声がもれ聞こえた。そこで、朝陽は佐野さんの質問の意図に気がついた。

一度、大きく咳払いをする。覚悟を決めて、口を開いた。

「と……、友笑……ちゃんと、僕とでスーパーに行くんだよ」

今度は、ふふっ、うふふっと不気味な笑い声がする。泣いたり、笑ったり、本当に情緒が不安定だ。

「友笑ちゃん、ロールキャベツ食べよう」

笑顔の友笑が、まさしく犬のような勢いで玄関に飛び出してきた。


食事の前に、長らく放置されていた炊飯器をすべて前庭に出して、封印をとくことにした。ロシアンルーレットのように、交互に炊飯器を選んで、フタを開けていく。

「うわっ！」朝陽がフタのボタンを押すと、緑のカビがびっしり生えたご飯が目の前に出現した。

「もう最悪だよ」

まるで古刹《こさつ》の庭園に生えている苔《こけ》のごとく、緑が強固に繁茂《はんも》している。友笑が腹を抱えて笑った。

「本当に笑い事じゃないから！」朝陽は顔をしかめた。「ロールキャベツのあとにすればよかったよ。緑が気持ち悪い」

「私は全然平気ですよ。寄生虫を見たあとでも、うどん食べられます」

いったい、どういう神経をしているんだ。ダニまみれ、ホコリまみれ、カビまみれの場所で生活できること自体が、そもそも信じられない。

「とにかく、お米農家と、お米の神様にあやまって」朝陽は釜ごとポリ袋に突っこみ、ご飯をかき出した。釜はキッチン泡ハイターを大量噴射して消毒する。

「ごめんなさい。もう、こんなもったいないことはしません。気をつけます」友笑が緑米の入ったポリ袋に向けて、手を合わせ、目をつむる。「成仏してください」

だいたい、五つも炊飯器があるからこういう事態を招くのだ。最新型のものだけ残して、あとは捨てるか、リサイクルショップにでも持ちこむことにする。そのほかの重複している家電も一つにしぼっていけば、部屋は一気にすっきりするはずだ。

「いっそのこと、炊飯器とかドライヤーとか、全部なくしてしまってもいいかなぁなんて思ったりもします」

「なんで……？」

「だって、朝陽さんの部屋にあるんだから、それを使えばいいじゃないですか」

「入りびたるな！」

友笑が、またしても大笑いする。

それにしても、よく笑う人だと朝陽は思う。けれど、たまに無理をして笑っているときの引きつった表情のほうが断然朝陽の印象に残っている。彼女を縛っているのは、きっと「友笑」という名前をくれた母親との思い出だろう。思い出は思い出のまま更新されないから、色素沈着みたいにこびりつき、浮き上がって、強迫観念になる。

だからこそ自然な笑顔を見ると、朝陽はうれしいと感じる。その心の動きを、もう自分自身で否定したりはしなかった。

一〇一号室に戻り、料理を盛りつけ、二人でちゃぶ台を囲む。

「いただきます」朝陽はロールキャベツを頬張った。「うん、うまい！」

「実は、本格的に料理をはじめたのは、最近なんです。キッチンも物置と化してたので、今までまともに作れませんでした」友笑が恥ずかしそうに告白した。「これから、揚げ物にチャレンジしてみたいです」

「いいね。唐揚げ食べたいな」そこで朝陽は疑問を抱いた。「でも、なんでだろう？　他人の料理がずっと苦手だったんだけど、なぜだか友笑ちゃんの料理はすんなり喉を通るんだよね」

　あれだけ汚いキッチンを見せつけられたのに、拒絶反応が起こらないのが不思議だった。ひどいときは、人の料理を口にふくんだ瞬間、喉がぎゅうっとしぼられるような感覚になり、涙目になってしまうのだ。

「自分の部屋で、自分の食器で食べるからじゃないですか？」

「いや、どうだろう」朝陽は首をひねる。「友笑ちゃんの存在そのものに、汚いイメージがこびりついてるから、嘔吐《えず》きそうになってもおかしくないのに」

「私を汚物扱いしないでいただけます？」

　友笑の気持ちがこもっているから、食べなければ申し訳ないと思って、一口目を入れてみる。すると、案外おいしくて、とまらなくなる。それに、自分が食べなければ残飯が増えてしまうだけだ。喉が拒否して受けつけないのは、潔癖症と同じで、精神的な面が大きかったということらしい。

「ありがとう。また一つ、大きく変われたかもしれない。他人の料理がすんなり受け入れられる日が来るなんて、思ってもみなかった」

「どういたしまして」友笑が頭を下げた。「これで、結婚できますね」

「え？」

「は？」

「え、けっこ……、え？」

「あっ、私とだとか、そういう意味じゃなくて、その……、あれですよ。将来、誰かとするかもしれないじゃないですか、朝陽さんも」

「ああ……、そういうことね、将来の妻の料理を食べられるってことね」

「そういうことです、ええ、はい」友笑の顔が赤くなっていた。

朝陽も熱くなった頰をごまかすように、ロールキャベツをかきこむ。すると、スマホが鳴った。

着信は母親からだった。電話のやりとりをしたのは元日以来だ。朝陽は画面をタップして、スマホを耳にあてた。

「もしもし、朝陽。大変なの！」

取り乱した母の声が耳に刺さる。

「お父さんが、入院することになって」

お父さんとは、つまり朝陽の父親のことだ。

「入院って、どうしたの？　どこか悪いの？」

「とにかく、すぐ帰ってきて。待ってるからね、お願いね！」

一方的に通話が切れてしまった。朝陽はスマホを持ったまま、暗くなった画面を凝視した。

自分の健康にも、まるで家の隅々の汚れを確認するかのごとく、神経質に気をつかっていた父だった。ジョギングや筋トレをして、暴飲暴食は決してせず、健康診断は毎年オールAだといつも自慢していた。五十を過ぎても、スリムな体型を保っている。

「どうしました……？」友笑が心配そうにこちらの顔をのぞきこんでくる。

「帰らなきゃ、な」朝陽はつぶやいた。「実家に帰らなきゃ」

最後に帰省したのは、大学三年生の夏休みだ。ある意味、これはチャンスかもしれない。家に父親がいない。腹を割って、母と話せる。

父との生活をどう思っているのか。老後も夫のための掃除係をつづけるつもりなのか。もういい加減、解放されてもいいいんじゃないか……。

「僕、友笑ちゃんよりも先に、親と決着をつけてくる……かもしれない」父の顔を思い浮かべた途端、語尾が曖昧で弱々しくなってしまう。

「頑張ってください」友笑が両手の拳を握り、顔のあたりに持ち上げた。「でも、無理はしないでくださいね」

「うん、ありがとう」英気と勇気を補充するつもりで、ロールキャベツを食べる。まろやかで、ほんのりとした甘さも感じられるスープの滋味で心を奮い立たせる。

明日は土曜日で、資源の回収業務があるのだが、賢人に電話して休ませてもらうことにした。今日のうちに帰れば、二泊はできる。

「それと、友笑ちゃん、冷蔵庫の食料は絶対腐らせないでね。この部屋に上がっていいから、冷凍できるものはして、できないものは自分で料理して、自分で食べて」

「えー、あんな量、無理ですよ」

「だから言ったでしょ。これからは、必要な分だけ買うようにして」

「はーい」小学生みたいに、友笑が右手を突き上げた。

緊張で心臓が大きな音をたてている。帰省する前から、この家に帰りたくなっている。変な話だが、ここにいるのに、ここに帰りたい。友笑がいる、この部屋に。

友笑とは今さっき喧嘩をしたばかりにもかかわらず、彼女の存在に心の平穏を求めるのも不思議だったが、考えてみれば、中学生くらいになってからは、実の親ともまともな言い争いをしたことがなかった。本音を吐き出したことがなかった。

実は、思いっきり怒鳴れるって、ものすごくありがたいことなんだと朝陽は痛感していた。

第四章　パフェのミント

久しぶりに見る我が家は、微妙にくすんで見えた。

たしかに、きれいだ。隅々まで掃除が行き届いている。

けれど、積年の劣化はどんなに手入れをつづけても食い止められないのだろう。オフホワイトだった壁紙は日に焼けて黄ばみ、フローリングは目立った傷はないものの、どこかざらざらと黒ずんだ印象だ。ピカピカだった洗面所や風呂場の鏡も、少し曇り、映りが鈍くなっている気がする。

ずっと暮らしている両親は微細な変化に気がつかないかもしれないが、約二年半帰省していなかった朝陽は、否応なく時間の経過を思い知らされる。やっぱり、永遠にきれいなものなんて存在しないんだ。そう考えると、自分たち家族がしている過剰な掃除が、途端に意味のない、むなしい行為であるように思えてくる。

朝陽は際限なくわき上がってくる様々な感情を圧し殺して、母親と向かいあった。

「ごめん、朝陽！」

なぜか、母が手を合わせてくる。

「お父さん、足を骨折しただけなの。県庁の階段を急いで下りてたら、足を踏みはずしたんだって。一週間くらいで退院できるらしいよ」

すっかり夜は更けていた。あのあと夕方に家を出て、常磐線《じょうばん》に乗った。そのあいだメッセージで事の詳細をたずねたのだが、母は「直接顔をあわせて説明する」の一点張りだった。

その時点で、なんとなくの予感はあった。これは、父の病状がとても重いか、とても軽いかのどちらかだろうと朝陽は思った。なんとなく、母の様子からして重病というわけではなさそうだった。とはいえ、ただの骨折だとは思っていなかったが……。

「僕を帰省させるための口実に、父さんの怪我を使ったわけだ」

「だって、社会人になってから一回も顔を出さないじゃない。仕事のこともいろいろと聞きたいし」

困ったように微笑む母、圭子《けいこ》の目尻にしわが寄る。なんだか、少ししわが濃くなったような気がする。これも、しばらく会っていないからこそわかる変化なのかもしれない。

平日の午後三時、母さんは今も奔放なおやつの時間を楽しんでいるのだろうか。大福の粉を盛大に散らし、食べ終わるとその痕跡を消す。いっときの快楽と、そのあとに襲ってくるやましさに挟まれて、この家でたった一人、身動きがとれなくなってはいないだろうか……？

「明日も仕事があったんだよ」食卓の向かいに座る母親から、それとなく視線をそらした。「それを休んで来てるんだからね」

「ごめん……」実の息子に対するとは思えないような、おずおずとした態度でたずねてくる。

「でも、お仕事は平日だけだって、朝陽、言ってなかったっけ？」

口がすべった。一般企業に就職したと、嘘をつきつづけているのだった。朝陽は「まあ……、ね」と、頬を指先でかきながら、曖昧に言葉を濁した。

住民票は東京に移しているし、守山産業では契約社員で社会保険に入っているから、自分が打ち明けないかぎり、ゴミの回収をしていることを両親に知られることはまずない。それでも、朝陽は出発前に入念に体を洗った。長年いっしょに暮らしてきた親には、体にしみついた匂いを感知されてしまうような、そんな気がどうしてもしたのだ。

いや……、体臭うんぬんの前に、煮えきらないこちらの態度に、何かしらの疑いを抱いているに違いない。いっそのこと、母親には何もかも告げてしまおうかと考える。おそるおそる、相手の顔色をうかがう。

「あ、ビールでも飲む？」その視線を何かの催促と勘違いしたのか、母さんが立ち上がった。

「うん、あれば、もらうよ」

朝陽は視線をめぐらせる。相変わらず、必要な物以外は何もないリビングだった。この空っぽの家で、母は毎日毎日、掃除をして暮らしている。

いちおう、趣味はあるらしい。合唱のサークルに入っていて、年末はベートーヴェンの第九を水戸の大きいホールでオーケストラとともに披露した。

両親の出会いは、大学のアカペラサークルだったという。父はその当時から、過剰なきれい好きだったのだろうか。小学生だった頃、たまに家族でカラオケに行ったのはいい思い出だ。部屋に入ると、真っ先にマイク、シート、テーブルを除菌シートで消毒しはじめる父の行動を、かつての朝陽は当たり前のものとして認識していた。

「朝陽」冷蔵庫を開けた母が、こちらに背を向けたまま呼びかける。「明日、病院行くでしょ？」

「いや……、いいかな。ただの骨折でしょ。わざわざ行く必要もないかなぁって」

ビールを出し、母がこちらに向き直る。コップも反対の手に取り、戻ってくる。曇り一つない、ピカピカのコップだった。

「でも、お父さんも、朝陽の仕事の話、聞きたいと思うよ」

朝陽は母親の言葉を無視して、ビールをコップに注いだ。泡がおさまるのも待たずに、一気に飲み干す。そして、口を開いた。腹の探りあいはたくさんだ。

「ねぇ、もういいんじゃないかな？」

「ん？　何が……？　何がもういいの？」

ふたたび、向かいに腰をかけた母さんが、疲れた顔を上げた。

「もう、いい加減、いいと思う。手を抜いて、いいと思うんだ」

「だから、何が？」

「掃除だよ。この家に二人しかいないんだから、そんなに過剰にやる必要ないって。ほどほどでいいんだって」

いったい、どの口がそんなことを言うのだと、朝陽は自分自身で呆れてもいる。自分の部屋は、相変わらず隅から隅まで清潔でないと気が済まないというのに。

相手の反応をうかがう。母は戸惑ったように、視線を泳がせていた。この家にホコリが積もり、髪の毛が溜まり、床に余計な物が置かれる様子を、無意識のうちに想像しているのかもしれない。

「ほどほどでいいって言ったって……。もう、日課みたいになって、体が勝手に動いちゃうし」

気持ちは痛いほど、よくわかる。適当でいいんだと言い聞かせても、目が勝手に汚れを探し、体が勝手に動いてしまうのだ。

それほどまでに、父親の影響が色濃く自分たち母子のあいだに落ちているということだ。まるで、父によってプログラミングされたロボット掃除機みたいだ。

「じゃあ、せめて父さんが入院してるあいだ――一週間くらいはサボってみてもいいんじゃないかな」

「でも、結局、退院する前にはきれいにしなきゃいけないし、そうなるとやっぱり毎日やっておいたほうが楽なわけだし……」

僕たちは父親の監視の目から逃れられないということだろうか。朝陽はリビングの静けさに耐えかねて立ち上がった。

壁にテレビやレコーダーのリモコンがかけられている。リモコンはすぐ手に取れるところにあるからこそ便利なのに、我が家ではテーブルの上に置くことが許されていない。わざわざ立ち上がって、取りに行かなければならない。

朝陽はテレビをつけた。適当にチャンネルをまわして、いちばん耳障りではないニュース番組に合わせた。

「嫌なら嫌って言ったほうがいいよ」

自分はこの家で育ったから、父親のプログラミングから逃れるすべはなかった。でも、妻は違う。いくらでも選択の余地はあったはずだ。それは、これからの未来も同じであるはずだ。

「離れて暮らすことだって、できるんだし……」

離婚という直接的な言葉はさけた。いい加減、母さんは解放されてもいいはずなんだ——でもやっぱり離婚なんて嫌だという、相反する気持ちがせめぎあっていた。

「朝陽は、お父さんのこと悪く思ってるかもしれないけど」

母の声がする。

「それは、誤解だよ」

テレビでは、豪雪地帯に立つリポーターが寒波にともなう大雪の状況について話していた。日中に撮影した映像らしく、うずたかく降り積もる雪は、それ自体がほのかに発光しているかのように白く光って見えた。圧倒的な質量をもって、雪は世界をうめつくす。それなのに美しく見える。ゴミとは正反対だ。溶ければ、消えてなくなるからか。

「誤解ってどういうこと？」朝陽は振り返った。

「朝陽はね、赤ちゃんの頃、気管支が弱かったの」

初耳だった。物心ついてからは、喘息などに悩まされた記憶はなかった。

「風邪を引いて、本当に危ないときもあったんだから」

母はテレビの銀世界に視線を注いでいた。まるで、自分がその場にいるかのごとく、寒そうにせわしなく手をこすりあわせている。

「たしかに、もともとお父さんはきれい好きだったけど、そこまで度を超して潔癖症じゃなかったんだよ。でも、朝陽が生まれて、変わった」

テレビから視線を引きはがし、母がこちらを見る。朝陽は立ったまま相手を見返した。

「朝陽が弱々しく咳をするでしょ。そうすると、もうお父さんはいても立ってもいられないっていう感じで、ホコリやカビを隅々まで気にするようになって。そのとき、私はもう仕事に復帰してたんだけど、やっぱりやめることにして、お家の掃除をしっかりやるから、安心して働いてきていいからねって約束して……」

朝陽は喉のあたりを無意識にさすった。たしかに、今でも少しだけホコリのアレルギーがあって、その点も掃除を怠れない理由になっていた。

「結局、物が多くて床に置いてあったりすると、掃除も大変だし、ホコリも溜まりやすいでしょ。だから、こんな家になった」

朝陽はゆっくりと席についた。すっかり泡のなくなったビールを流しこむ。母の言葉にどういう反応を返したらいいのかわからない。

「それが、いつの間にか習慣になって、朝陽が丈夫に育ってからもやめられなくなった。朝陽の言う通り、もうほどほどにしてもいいって、お父さんもわかってるとは思うんだけど、なかなか……ね」

「なんで、今までそのこと黙ってたの？」

「そう言われても、困っちゃうな。黙ってた意識すらなかったの。私も、今の今まで忘れてたから。三歳くらいにはもう、朝陽は元気に走りまわれたし」母さんが鼻から息を大きく吐き出した。

「朝陽が健康に育つためっていう目的が最初にあったはずなのにね。体の問題がすっかりなくなったら、いつの間にか家をきれいに保つことそのものが目的になっちゃったというか……」

三年間、健康に不安のある我が子のために掃除をしつこく繰り返していたら、それが絶対的な我が家のルールと化してしまったということらしい。結果的に、それが母をこの家に縛りつけてしまった。

「だったら、なおさら、もういいんじゃない？」

おかげで、と言っていいのかわからないが、ハードなゴミ収集の仕事をしてもまったく差し支えないほど健康に育った。

とはいえ、中学時代、本当はサッカー部に入りたかったのに、屋外の運動は汚れがひどいので、入部はあきらめたという悔しい経験もしている。泥だらけのユニフォームの洗濯に、父がいい顔をしないのはあきらかだったからだ。

本末転倒と言ってしまえば、それまでだ。気管支が弱い子どものために、常に清潔を心がけて気を配った。スポーツができるほど健康になったあとも、「清潔」「きれい」だけが、我が物顔で一人歩きしてしまった。日下部家以外の他人が絶対不可侵の清潔の国ができあがった。

「掃除のことは考えてみる」と、母はうなずいた。「ねぇ、やっぱりほんのちょっとでいいから、病院に顔出してみない？」

朝陽は腕を組んだ。

友笑のように、捨てられたとか、ないがしろにされてきたとか、そういうことはまったくなかった。むしろ逆だ。父親は基本的に優しかったし、一人息子を過保護なくらい、大事に大事に守り、育ててきた。

「うーん」と、朝陽はうなった。「まあ、暇だし、ちょっとくらいなら」

心の整理はいまだにつかない。まさか、父親が自分のためを思って過剰なほどの潔癖症になったとは考えてもみなかったのだ。

翌日、朝陽はおそるおそる病室の扉の前に立った。

たかだか一週間の入院で、個室だった。

もちろん、あの父が大部屋に耐えられるとは到底思えないわけで、かく言う自分だって、他人と同じ空間で寝起きするストレスを想像するだけで息がつまりそうだった。

気持ちを整える前に、母がスライド式の扉に手をかけてしまう。「朝陽が来たよ」と、少し大げさなほどの明るい声を発した。朝陽はおそるおそる母の圭子のあとにつづいて個室に足を踏み入れた。

「おぉ！」と、ベッドの上で右足を固定されている父も、首だけを持ち上げて、大きな声を出した。「ようやくのご帰還か！」

「久しぶり」朝陽は両親とは対極的な、今にも消え入るほどのつぶやきで応じる。

ちっとも変わらない。肌つやの良い父の顔に、くしゃっとしわが寄り、柔和な笑みでこちらを出迎える。ベッドから動けなくても、しっかりとヒゲを剃っている。パジャマも毎日母に洗濯させ、着替えているらしく、うっすらとなじみのある柔軟剤の香りがただよってきた。

「朝陽、ちょっと見ないあいだに、すっかり大きくなったんじゃないか？」

父が発したのが、他愛もない冗談だということはわかっていた。それでも、朝陽はあわてて肩をすぼめた。

ゴミの回収の仕事をはじめて、もうすぐ一年だ。体脂肪が減り、筋肉量が増えた。心なしか肩幅ががっちりしてきたと鏡を見るたびに思う。冬でよかった。厚着でよかった。

それでも、あらゆる秘密を見透かしてしまいそうな、父、徹《とおる》の視線がこわい。屋外作業で日に焼けた顔や、重いゴミを日々持ち上げることで筋張った手が、この家族のなかで浮いているような気がしてならない。

朝陽の内心の怯えを知ってか知らずか、徹が冗談を連発する。

「いやいや、ずっと働きづめだったから、いい骨休めになったよ。骨休め、とは言っても、骨は折れてるんですけれども！」

わざとらしい笑い声をあげたのは母だった。久しぶりの再会の緊張を両親がゆるめようとしてくれているのはありがたいのだが、朝陽はますますいたたまれなくなってくる。

機嫌が良いと、父はこうして愚にもつかないジョークをいつも飛ばしてくる。小学生のときは、苦笑しながらも「お父さん、つまらないよー」と、いちいち反応を返してやっていた。そして何より、ホコリや髪の毛を発見して、途端に気難しくなる父の豹変ぶりをおそれてもいた。

「そのギャグ、もしかして、お見舞いに来る人全員に披露してる？」さすがに無視はできなかった。朝陽はあたりさわりのない返答でお茶を濁しながら、ベッドのかたわらのパイプ椅子に腰かけた。

「バレたか？」父がおどけた表情をする。「まあ、誰も笑ってくれないんだけどな」

声を出して笑ったわりに、母も「私、これ聞かされたの五回目だからさすがに飽きちゃった」と、肩をすくめる。朝陽も苦笑いを返す。

家族ごっこだと思った。

生活感のない、まるで撮影のセットのような日下部家で、もしこのやりとりをしていたら、台本に書かれた、円満な家族を演じているような気分になっただろう。だからこそ、絶対にあの家に帰りたくなかったのだ。

母がカバンから、粘着テープのついた掃除グッズ、通称「コロコロ」を取り出した。父の上半身を起こし、ベッドの上を転がしはじめる。朝陽はあらためて病室を見まわした。

塵一つ落ちていなかった。入院したことがないのでわからないが、ホテルみたいに清掃員みたいな人が毎日掃除に来てくれるのだろうか——そう思った次の瞬間には、母がハンディワイパーを伸ばし、高いところからホコリを取りはじめる。

結局、どこへ行こうと同じことの繰り返しなんだと痛感した。朝陽はため息をつきながら立ち上がり、窓辺の花瓶を手に取った。新しく買ってきた花のために、水を替えようと思った。この場から少しでも離れたい気持ちでいっぱいだった。

「なぁ、朝陽」

父の声のトーンが少し低くなった。

「取手《とりで》のとこの、勇一《ゆういち》君、わかるだろ」

親戚の名前を出され、朝陽は振り返る。茨城の取手に実家がある従兄弟の勇一君は、たしか大学生で、東京で一人暮らしをしているはずだ。

「勇一君が見かけたんだって、お前のことを」

危うく花瓶を落としそうになる。もう片方の手に持った、花束の茎《くき》をぎゅっと握りしめた。

「見間違いだとは思うんだけどな。朝陽がゴミの回収をしてたって言うんだよ」

コートを着たままだった。汗が服の内側をつたった。

否定する。とぼける。一笑に付す。認める。あらゆる選択肢が、脳内で目まぐるしく行き交えば行き交うほど、取り返しのつかない、不自然な間があいてしまう。

「まさか！」真っ先に反応したのは母だった。「そんなわけないでしょ」

どうやら、父は親戚による目撃情報を妻に黙っていたらしい。まさか、そんなわけないと言おうとした瞬間に、まったく同じリアクションをされたものだから、さらに答えにつまる。

寝そべったまま、父がじっとこちらを見つめてくる。何の感情もこもっていないように見える、かわいた視線だった。

朝陽は顔をそむけかけた。

しかし、踏みとどまった。

たしかに、嘘をついたのは悪い。それでも、決してやましいことをしているわけではない。顔を上げろ。

乃村さんが話してくれた、末平さんの言葉を思い出す。ゴミ収集の仕事は差別との闘いでもあった。少しでもこの仕事に後ろ暗い気持ちを抱いて、両親にひたすら隠していた自分が恥ずかしくなった。

「見間違いじゃないよ」

口をついて、言葉が出てきた。

「嘘ついてて、本当にごめんなさい。実は就活も、公務員の試験も全部落ちたんだ」

頭を下げ、もう一度、父親を見すえる。

「それを伝えづらくて、変な見栄を張って、本当に情けないと思う。でも、僕は社会の役に立つ、そんな仕事がしたくて……」

「なんでだ?」まるで、部屋の片隅にひとかたまりのホコリを見つけたときのような、冷たい視線と声だった。「なんで、朝陽がそんな仕事をする必要があるんだ?」

かたわらに立つ母がハンディワイパーを持ったまま、体を凍らせている。

「いくらでも、ほかにバイトや仕事があるだろ。よりによって、なんでわざわざ汚い仕事をする必要があるんだ?」

「汚いって……」朝陽は必死に言葉を探した。「家賃や生活費をまかなえて、拘束時間も少なくて、試験の勉強ができるから、だから……」

「俺はゴミ集めの仕事なんかをさせるために、お前を育てたんじゃないんだぞ!」

一度持ち上げた拳をマットレスに振り下ろす。父がここまで声を荒らげるのは、滅多にないことだった。

恐怖で肩をすくませながらも、僕は今、このときを待ちわびていたのだと、朝陽は心のどこかで感じていた。

自分を本当に変えたければ、故郷である「清潔の国」を捨て、両親を切り離して逃げるしかない。だから、ゴミ収集の仕事をはじめたのだ。今がその瞬間だと、はっきりさとった。これは、父への幼稚《ようち》な仕返しだった。

が、昨晩、自分が乳幼児だった頃の話を聞かされた。複雑な思いが、頭のなかで交錯していた。

「朝陽、お前、ウチに帰ってこい。こっちで暮らしながら、今年は県庁か水戸市役所を受けろ」

後頭部の下に両手をおき、首に角度をつけ、少し持ち上げた顔をじっとこちらに向けてくる。

「親戚に見られて、みっともない。世間体っていうもんがあるんだ。もう、やめろ」

「みっともないっていうのは、ひどすぎるよ！」朝陽は心の片隅にいまだに残っている、父に対する甘い思い出を懸命に振り払った。「父さんが毎日出すゴミを、いったい誰が処理してると思ってるの？」

「それは、もちろん感謝してる。でも、朝陽がする必要はない。なんのために、大学の学費まで出してやったと思ってるんだ」

学校がどうとか、そういう問題じゃない。そう訴えたい。これは、どう生きるかの問題なんだ。けれど、いくら理想をならべたところで、父との対話は空回りしていくだけだと思った。

「あのね、お父さんは、朝陽が怪我したり、病気になったりするのが心配で言ってるんだからね」憂い顔をこちらに向けた母は、目に涙を浮かべていた。

決心を鈍らせるようなことを言ってほしくなかった。あの家に母親を残していくことだけが気がかりだった。

朝陽は、持っていた花束をそのまま、父のベッドの足元に横たえた。

「もう、母さんを自由にさせてあげて」

花瓶は、さっきまで座っていた椅子に置く。

「いい加減、母さんを追いつめるのはやめてよ」

ワイパーとコロコロでせっせと病室を掃除し、毎日洗濯し、甲斐甲斐しく夫の世話をする母親を、できればこのまま東京まで連れて帰りたかった。

「追いつめるって、どういう意味だ？　えっ？」

右足を固定されて動けない父が、上半身を起こそうとする。器具がぎしぎしときしんだ。赤、黄、橙のガーベラやカーネーションが、白いシーツの上で強烈な色彩を放っている。

「長生きしたら、これからお互い三十年以上はいっしょに過ごさなきゃいけないんだ。途方もない時間だよ」

赤の他人同士がする結婚は、新しい、小さな「国」を家のなかに創造する行為だ。自分は将来、健全な夫婦生活が送れるのだろうかと、まだ相手すらいないのに自信をなくしていく。

「きれいなところに住みたいんなら、自分で掃除すればいいんだよ！」

そのまま踵を返し、病室を出た。「朝陽！」と呼ぶ母の声を振りきって廊下を急ぐ。

果たして、これが自分の望んだ「決着」だったのだろうか……？

いたずらに、夫婦のあいだに亀裂を入れてしまっただけのような気がした。

けれど運命のループの輪に、思いきって切れ目を入れなければ、事態は何も変わりはしないということを、友笑とミントに出会って思い知った。

父と母がこれからも互いを必要としているのなら、自然と亀裂はうまり、ループの輪は閉じる。逆に、少しでも二人の心が離れつつあるのなら、溝はしだいに深まって決定的な断裂が生じるだろう。

自分は考えるきっかけを与えたにすぎない。とにかく、崩壊寸前の「清潔の国」を捨てる。国民――家族は、もしかしたらバラバラになる。けれど、互いが望むなら一から関係性をつくり直していくことも、この先きっとできるはずだと思う。

それでも、今はまだ距離をとりたい。自分の暮らす部屋を――そして自分自身を見つめ直してみたかった。

次は「ゴミの王国」だ。

友笑は母親と出会い、どういう決断を下すのだろう？　故郷を捨てるのか、それとも、居心地の良いゴミの王国にふたたび戻るのだろうか――。


もう一泊するつもりだったが、そのまま実家から荷物を取り、東京に戻った。

見慣れたアパートが視界に映ると、一気に安堵の気持ちがこみ上げてきた。自然と歩調が速まっていく。早く友笑の笑顔を見たいと願ってしまう。

アプローチに伸びる夕方の長い影が、テンポ良く歩く自分のあとを追いかけてくる。風に乗ってただよってきたのは、鼻をつく、あきらかな異臭だった。

早足が、いつしか、小走りに変わっていく。朝陽は一〇一号室の前に立ち、周囲を見まわした。思わず鼻をおおってしまう。

すぐとなり、一〇二号室の前に、生ゴミがぶちまけられていた。

豚肉だろうか。腐ったブロック肉に、真冬にもかかわらず蠅が群がっていた。今にもドロドロにとけそうなほどに腐敗が進んだ、アジのような魚がドアノブにかけられ、吊されている。カビの生えた食パンに、真っ黒に変色したキャベツのかたまり、あきらかに賞味期限を過ぎた生卵がドアに投げつけられ、へばりついている。

そのドアには、殴り書きされた紙が斜めに貼りつけられていた。

〈腐りきった社会の害悪は早く出ていけ〉

頭をよぎったのは、やはり大家の顔だった。しかし、いくらなんでも自分のアパートをここまで汚すような行為をするだろうか。亡き夫から受け継いだ大事なアパートだと食事会で話していた。だが、逆を言えば、大事なアパートだからこそ、しつこく居座る汚部屋の住人を夏が来る前に追い出したいと考えている可能性もある。

「友笑ちゃん！」

一〇二号室のドアには鍵がかかっていた。チャイムを二度押してみたものの、応答はない。

今度は自分の部屋に飛びこむ。リビングに広げられた折りたたみベッドの上に、布団を頭からかぶった友笑がいた。

友笑は震えていた。壁に背をもたせかけ、体育座りで、体をすっぽりとタオルケットで覆っている。朝陽はそっと歩み寄った。

「ただいま」おそるおそる呼びかける。

「おかえりなさい、朝陽さん。早かったですね」顔だけを出した友笑が、やはり無理に笑おうとした。「あっ、もしかしてお父さんと喧嘩してしまいました？　ダメですねぇ、朝陽さんは。きちんと冷静にお話をし……」

泣きたいときは、泣いてほしかった。朝陽はベッドに飛び乗り、友笑の横にあぐらをかいた。友笑を抱き寄せた。

「笑わなくていいよ。こわかったよね。もう、大丈夫だよ」

徐々に友笑の体から力が抜けていく。タオルケットに顔をうずめて、痙攣《けいれん》したように泣きはじめた。

「私の人生、こんなことばっかで……、いじめられて、けなされて、脅されて。でも、私が悪いんだからって、言い聞かせて、耐えつづけて……。でも、こんなみじめな人生なら、いっそのこと、私がいなくなったほうがいいのかもって」

「そんなことない！」朝陽は友笑の肩にまわした手に力をこめた。「そんなことないから。僕がついてるから」

ゴミの王国は、周囲から迫害を受ける。当たり前だ。迷惑だからだ。臭いからだ。それでも、そのなかに住んでいる人は、傷だらけの心を抱えて懸命に生きている。時間はかかるかもしれないが、穏当な解決方法は必ずあるはずだ。

しばらく、二人で体をくっつけていた。朝陽も父との対面で心が疲弊しきっていた。

清潔の国とゴミの王国を、足して、割って、ちょうど半分にできればどれだけ楽だっただろう。そう簡単にいかないのが、目に見えない心を持ち、目に見える部屋で暮らしていかなければならない、人と人との生活だった。

「貼り紙をされたのは、あれのせいかもしれません」友笑が前庭に通じる掃き出し窓を指さした。

「もしかしたら、あれを見て、怒ったのかも」

ゆっくりと立ち上がり、ぴたりと閉じられたカーテンをめくってみる。完成したゴミの王国の国民が、前庭に置かれていた。

泣いている——朝陽は息をのんだ。

ペットボトルの集合体である、その顔に夕日が射しこみ、乱反射を引き起こし、屈折した光が粒立って浮き上がる。

少年だ。

古めかしいジャイアンツの帽子を後ろ向きにかぶり、砂利の上に体育座りをしている。ボロボロの白いランニングシャツに、短パンをはき、手にはゲームのコントローラーらしき物を握っている。

コントローラーのコードは、やはりむかしの映像でしか見たことのないような、古いファミリーコンピュータの本体につながっている。

さらにゲーム機の先には、画面がクモの巣状にひび割れた、壊れたブラウン管テレビが置かれている。ペットボトルの少年は、何も映るはずのない、ゲームができるはずのない割れたテレビに、コントローラーを握りしめたまま、一心に視線を注いでいる。

この少年は、親の帰りをずっと待っているのだろうと、朝陽は直感した。けれど、同時に親が永遠に帰ってこないことを少年は知っている。その事実や寂しさから意識をそらしたくて、ゲームに集中するふりをする。酔った親が壊したのかもしれない、バキバキに割れたテレビに、自分で想像したゲームのキャラクターを走らせ、戦わせている。懸命にコントローラーのボタンを叩き、絶対にクリア不可能なゲームを延々としつづける。

もう一体、奥にも人形がいた。

ほつれ、破け、すすけたスーツを着ている男だ。同じように、穴だらけの雨傘を頭上にさしている。そのかたわらには、文字がまったく読み取れない、錆びきった例のバス停の看板が立てられていた。

男は「おかしいな、そろそろバスが来てもよさそうだが」というような素振りで、傘を持っていないほうの左手を持ち上げ、腕時計に視線を落とし、首を傾げている。

しかし、この男も絶対にバスが来ないことを、心のどこかでわかっているような気がした。それでも用をなさない傘をさし、ずぶ濡れのまま、来ないバスを待ちつづける。

二人とも、世間や家庭から無残に捨てられた、ゴミだった。しかし、捨てられたことをどうしても認められず、同じようなゴミに囲まれ、いっときの気休めの安堵を得る。救ってくれる何かを待ちつづける。でも、その何かはやって来ない。無理をして泣き笑いをする友笑の表情が、そのままペットボトル人形の顔面に貼りついているように見えるのが不思議だった。

朝陽はめくったカーテンを、ぎゅっと握りしめた。

ミントが話してくれた作品の意図が完璧に表現されていた。森のなかに乗り捨てられたマイクロバスのように、その場から動くこともかなわず、ゆっくりと朽ち果てていくことを運命づけられたゴミたちだった。

朝陽の心がどうしようもなく苦しくなったのは、さっきまで顔をあわせていた母親のことを思い出したからだ。

日下部家から身動きできず、何かを待ちながら、その何かが来ることがない事実を痛いほどわかっている。子どもから見捨てられ、老いて、朽ちていくだけの未来から目をそむけつづけている。

朝陽は鼻から深く息を吐き出した。嵐の森のように、ざわざわと心が逆なでされる。もしかしたら、貼り紙をし、生ゴミをぶちまけた犯人も、直感的にこの作品の不穏さ、哀しさを感じ取ったのかもしれない。自分が何かを捨てる側なら罪悪感をかきたてられるし、捨てられた側なら無慈悲な現実を突きつけられる。

「すごいよ……」朝陽は言葉にならない思いを、懸命に言葉に変換しようとした。「あの二体の……、二人の声にならない声が、ダイレクトに胸の真ん中に響いてくる感じがする。すごく切なくなる」

心理的なカウンセリングで、模型の箱庭に人形や動物、家や木々を配置していくテストや治療があると聞く。あの前庭に、ペットボトル人形や廃物をならべる行為は、友笑自身にどんな影響をもたらすのだろう……？　友笑の反応をたしかめながら、朝陽はおそるおそるたずねてみた。

「つくってみて、どんな感じがした？　すっきりしたとか、逆に悲しくなったとか、何か感じたことはあった？」

頭からかぶっていたタオルケットを、友笑がゆっくりと胸の前で抱えこんだ。そのなかに顔をうずめる。

「なんだか、心のなかに降り積もっていたゴミが、形を変えて、目の前にあらわれて、その分だけ気持ちは軽くなったような気がします」

顔を隠したまま、友笑がくぐもった声を響かせる。

「よかった……」朝陽はつぶやいた。

誰にも自分たちの邪魔をされたくなかった。友笑も、心のなかと、外の現実との折りあいをつけようと必死にせめぎあっている。心のなかの原風景――「ゴミの王国」を作品に閉じこめ、整理をつけることで、きっと部屋もきれいにできるはずだと朝陽は信じている。心ない第三者に妨害されるのだけは許せなかった。

「よし！」朝陽が手を大きく叩くと、友笑が驚いた様子で顔を上げた。「僕は友笑ちゃんの部屋の前のゴミをちゃちゃっと片付けてくるよ。あんな脅しは、無視するのがいちばんなんだ。何度やられても、僕が何度でも片付けるから」

たとえ虚勢でも、言葉に力をこめる。すると友笑の泣き顔に、じわりと安堵の表情が広がっていった。

「じゃあ、私はまだまだ食材がいっぱいあるので、お料理を作ります。今日は夜勤がないので、気合い入れていきます！」

友笑がベッドの上に立ち上がった。子どもみたいに飛び跳ねる。ホコリが舞うからやめて！

その言葉をのみこんで、朝陽はスマホをポケットから取り出した。

「どうせならミントも呼ぼうか。あいつ、けっこう食べるし、作品も見せたいし」

「いいですね、呼びましょう」

お互いすぐにいつもの調子に戻って、それぞれの仕事にかかった。朝陽はゴム手袋をはめて、ゴミ袋や使い古したタオルをたずさえ、部屋を出た。掃除をはじめる前に、念のためスマホで現状を写真におさめておく。貼り紙もゴム手袋をした手で取り、保管することにした。

濡らしたタオルで、ドアにへばりついた卵の残骸をぬぐっていると、背後から「またなの？」と、声がかかった。

駒形さんだった。朝陽はぎょっとして振り返った。しかし、すぐに気を取り直し、立ち上がる。

「脅しがエスカレートしてます。通報してもいいくらいです」

駒形さんは、少し迷っている様子で片手を頬に添えた。

「もうちょっと、待っていただけない？　ここの住人の誰かでしょうから、あまり事を荒立てたくないの。管理会社を通して、迷惑行為をやめてもらうように文書を作成して、それぞれのお部屋に投函します」

大家の気持ちも、よくわかった。警察沙汰が噂になったり、ネット上に出まわったりしたら、ますます空き部屋が増えてしまうかもしれない。

とはいえ、このアパートは各階三戸の三階建てで、合計九部屋しかない。自分と友笑、そして空き部屋の二〇二をのぞけば、残りは六世帯だ。そのなかに、犯人がいるのだろうか。それとも……。

朝陽が疑いの目を向けると、大家の目がすぅっと細くなった。

「でもね、あなたたちにも原因があるということを、きちんと理解していただきたいの」

「僕も……ですか？」

「ええ、日下部さんの前庭のところにも、ゴミが置かれてるじゃないですか。佐野さんのお部屋だけでも大変な状況なのに、さらに日下部さんのお部屋までとなったら、周囲の方々も心配しますよ」

あれはゴミではないと訴えたかったが、それでもゴミをコンセプトにした作品であることに変わりはなく、説明する言葉が見つからない。

テレビなどの取材を受けたゴミ屋敷の住人は、必ずと言っていいほど「これは、ゴミじゃない」と主張する。近隣住民や視聴者は、呆れながら失笑する。朝陽もかつてはその一人だった。

しかし、今になってゴミ屋敷の住人たちの気持ちがよくわかった。

あれは、世間的にはゴミかもしれないけれど、本人にとってはゴミじゃないんだ。荒れ果て、ささくれだった心の大事な領域を守っている同志なんだ。

そんな主張をしても、ますます大家の不審が増すばかりだし、脅迫の犯人が本当に駒形さんだとしたら、さらに迷惑行為がエスカレートしかねない。朝陽は素直にあやまった。作品の置き場所は、ミントに相談するしかないだろう。

「あの……、ご提案なんですが、防犯カメラを一階の廊下が映る場所に設置してみるっていうのは、いかがでしょう。今は安価なカメラもあるみたいですし」

朝陽は掃除をつづけながら、それとなく相手の反応をたしかめた。

「もし犯人が映っていたら、警察を介さずに、本人と直接話をしてやめてもらうこともできると思いますし。何より、日頃の防犯にも役立ちます」

「そうねぇ……。知り合いの電気店に相談してみようかしら」

思案に沈んでいる様子で、駒形さんは片手を顔に添えたまま、腐ったキャベツを見つめていた。緑色のエプロンをつけていて、駒形さんの下の名前だろうか、「ＫＡＹＯＫＯ」と刺繡されていた。

「僕も機械にくわしいわけじゃないですけど、取り付けとか、操作方法とか、基本的なことならわかると思うんで、なんでも言ってください」

万が一、大家が犯人なら、この提案が抑止になると思った。もし、違っていたとしても迷惑行為の当人が判明する。

とはいえ、精神的に追いつめられれば追いつめられるほど、友笑の感性や感覚が研ぎ澄まされていくのもまたたしかだと言えそうだった。朝陽は電子書籍で少しずつアートの勉強をはじめていた。

なかでも、専門的な美術の教育を受けずに、人知れずアート作品を制作しつづける人たち――アウトサイダーアートやアールブリュットという分野に興味がひかれた。

彼らは、とくにアーティストとして、有名になりたいとか、大金を得たいというモチベーションを抱いているわけではない。そもそも、他人に鑑賞してもらう目的で作品をつくっていない。それでも、日々コツコツと制作をつづけ、人によってはとんでもなく巨大な建造物や、長大な小説、たくさんの絵画を生涯生みつづける。没後に作品が発見されるケースもある。

たいていの場合、彼らは心のなかにあるイメージや鬱屈を吐き出しつづけなければならない、やむにやまれぬ衝動を抱えている。物語にしてしまえば嘘臭く聞こえるほどの悲惨な生い立ち、相次ぐ身内の不幸、先天的、後天的な障害、戦争や大災害の体験を経て、みずからの生をつないでいくために表現をする。

友笑の作品に、圧倒的な存在感と説得力を付与するためには、彼女がより精神的な逆境にさらされる必要がある。もっと傷つき、もっと泣き、もっと不幸に……。

そんなの嫌だ――朝陽は思う。

やはり、友笑には混じりけのない笑顔で笑っていてほしい。幸福になってほしい。けれど、そのためには純度の高い作品をつくり、ミュージックビデオを成功させるのがもっとも近道だ。

友笑にとっての幸福は、いったいなんだろうと朝陽は考える。

今回参加するミュージックビデオが多くの人の目に触れることだろうか。

きれいな家に住むことだろうか。

お母さんと再会し、ともに暮らすことだろうか。

それとも、僕と同じように故郷を捨て、一から、新しく自分だけの王国をつくり上げることだろうか？

腐った肉や魚、野菜をゴミ袋にまとめて、朝陽はきつく結び目を縛った。


夜七時頃、ミントがやって来た。完成したゴミの王国の国民を見るなり、「すごい！」と叫び、写真を撮りはじめた。さっそく、ミュージックビデオのクライアントであるＳＡＢＯに送るのだという。

「友笑ちゃんの作品の第一弾が完成したお祝いでお酒でも飲みたいところだけど、ご飯食べたあと、みんなで車で出かけてみないか？」

興奮さめやらぬ様子の早口で、ミントが提案した。

「都内の不法投棄のスポットをめぐるツアーに出かけるんだ」

二十代前半の男女が、真夜中のドライブに出かける。話だけ聞くとワクワクするような青春の一コマのように思えるが、目的は作品のための廃材集めだった。シールを貼られ、正規に出された粗大ゴミを盗むのはおそらく犯罪だが、不法投棄されたものなら問題ないだろうとミントは言った。

「友笑ちゃんも、まだまだ廃材が必要だろ？」友笑の作ったバターチキンカレーを食べながらミントがたずねた。

「はい」口の端に黄土色のカレーのソースをつけたまま、友笑がうなずいた。「頭のなかに、いっぱい理想のゴミのかたちはあるんですが、それにうまく合致するような廃材はなかなかありませんので」

「でも、これ以上スペースが……」心のゴミ置き場は精神が保つかぎり無限だが、実際の部屋と敷地は有限だ。朝陽は口をはさんだ。「アパートでいろいろトラブルがあって、あの大家も神経質になってるんだよ」

「あぁー、早くお金が入って、会社つくって、倉庫とか、いろいろ借りられたらなぁ」ミントが遠い目でつぶやいた。「欲しい機材もいっぱいあるし」

「やっぱり、今度の映像にかかってるわけですよね？」

「そうだよ、友笑ちゃん、俺たち頑張んないと」

脳天気な二人の会話に危機感をおぼえないでもない。今はまだ直接的な危害はくわえられていないけれど、いつ犯人が友笑自身を傷つけようと画策するかわからないのだ。

食事を済ませると、深夜の出発に備え、友笑は少し眠るとベッドにもぐりこんだ。ミントは、本人の断りもなしに「佐野友笑」名義で、インスタグラムのアカウントをつくりはじめた。先ほど撮影した作品をアップしている。

「勝手にいいの？」朝陽は食器を片付けながら、心配になってたずねた。

「友笑ちゃんのお母さんが見てくれるとは思わないけど、めずらしい漢字の名前だから、もしかしたら発見してくれるかもね」

友笑の母親は、今、どんな暮らしをしているのだろうと想像せずにはいられない。四十を過ぎて友笑を産んだらしいから、年齢は六十を超えているはずだ。家の場所は東京の八王子らしい。一度、「八王子　ゴミ屋敷」で検索しようとしたこともあったのだが、こわくなって寸前でやめていた。

友笑の母親は、今もゴミ屋敷で、一人寂しく暮らしているのだろうか。救いの手を差し伸べてくれる何かを待ちながら、その何かが来ないことに絶望し、同じく無残に捨てられたゴミたちに囲まれながら、生活しているのだろうか。

しかし、奇跡的に「何か」がやって来ることもある。

友笑は近々故郷に帰る。

その結果がどうなるかは、今は誰にもわからない。

十一時半を過ぎ、朝陽はミント、友笑とともに守山産業に向かった。

「大丈夫なの……?」朝陽は小声でミントにたずねた。会社のトラックを勝手に持ち出して、賢人や社長にバレたら大目玉を食らうだろう。

「最後に給油しとけば、問題ないよ」今日の終業間際にこっそり車の鍵を持ち出していたらしい。

「あとは、朝いちばんで返しておけば」

ミントはレザージャケットを着こみ、ウェーブのかかった長髪を下ろしていた。バイクなら似合いそうな容姿だが、古ぼけた中型トラックの運転もなかなか様になっている。何をやらせても、絵になる男だった。

暗く、静かな会社の駐車場を、ライトをつけずにトラックを進ませる。朝陽は助手席に、友笑はシートの真ん中に座った。

公道に出ると、ミントがヘッドライトを点灯させた。肩の緊張をゆるめ、シートに上半身をあずける。

「人生初ドライブです！」友笑が肩をせわしなく上下させて叫んだ。「こんな素晴らしい体験がみんなでできるなんて、ホントに生きててよかったです！」

「友笑ちゃんって、いちいち大げさだよね」朝陽は上半身を弾ませたり、揺らしたりする友笑と、拳一つ分の距離をあけた。

「朝陽は、ようやく友笑ちゃんを名前で呼ぶようになったんだな」

「それはいいだろ、べつに！」ミントの意地の悪い指摘に、朝陽は頬が熱くなるのを感じた。

等間隔にならんだ街灯が、交通量の少ない街道に淡いオレンジ色の光を投げかけている。赤くなっているかもしれない顔を見られる心配のないことが救いで、朝陽はぴりっと冷たい窓の表面にこめかみをくっつけた。

ミントと友笑の会話を、そのままの姿勢でぼんやり聞いていた。

「私も免許ほしいなぁ」

「友笑ちゃんは、やめたほうがいいよ、絶対に」

「えっ、なんでですか？」

「間違えて歩道を走って、人をひいちゃうだろうから。あと、車のなかまでゴミ箱みたいになりそうだし」

「あんまりですよ、ミントさん。私をなんだと思ってるんですか」

「ゴミ姫様」

「ゴミ……姫」

「ゴミ姫様ぁ！」突然、ミントが芝居がかった口調で叫んだ。「人がゴミのようです！」

「ちょっとぉ！」友笑がミントの肩にパンチした。危ないから、と叫んで、ミントが少しぶれたハンドルを立て直す。

朝陽はこらえきれず笑い出した。この二人といると、なんでもできるような気持ちになってくるから不思議だ。

「朝陽さん、ゴミ姫様はあんまりですよね？　何か言ってくださいよ」友笑が朝陽の片腕をつかんで揺さぶる。

「織姫様みたいだから、僕はいいと思うよ」

「朝陽さんまで！」

おくれてやって来た青春、みたいな表現は恥ずかしいけれど、まさに今、学生時代に断念してきた数々の楽しい出来事を僕は取り戻しているんだと朝陽は思った。それは友笑も同様のはずで、ミントに感謝せずにはいられない。

間もなく日付をまたぐ深夜の街道は、回収の仕事で運転する朝の街並みとは違い、心が躍り立つようなきらめきがちりばめられているように感じられた。友笑、ミントといっしょにいるからだとわかってはいるのだが、タクシーや大型トラックのテールランプでさえ、鮮やかな赤が夜の闇に照り映えて、きらきらと輝いて見える。

ミントの運転するトラックは、やがて大きな街道をそれて、一級河川の川縁の道に入っていった。車の通行が一気に減り、うら寂しい雰囲気のなかをヘッドライトが暗闇を切り裂き、なぎ払っていく。

「まずは、河川敷の橋の下のスポットに行くよ」ハンドルを慎重に操作しながら、ミントが言った。「ここは、大型の廃棄物が絶えず捨てられてる場所なんだ」

ミントが車を停める。三人で、河川敷に設けられたコンクリートの階段を下りていった。

暗くてよく見えないが、あたり一面は大きく開けた場所で、野球場になっているようだ。さすがに零時を過ぎているだけあって、ジョギングや散歩をする人も見当たらない。暗闇のなかで、水の流れる音だけが響いている。

さらに進むと、川にかかる大きな橋が見えてきた。カラフルなスプレーの落書きでうめつくされた橋脚の根元に、何かが積み上げられ、小山ができあがっている。

橋の上の街灯が、薄ぼんやりとあたりを照らしているものの、河川敷一帯に明かりはない。朝陽はスマホのライトを点灯させた。

目の前にあらわれたのは、ゴミの山だった。ポリ袋が無造作に放り投げられ、積み重なり、その周辺にテレビやプリンターなどの家電類が散乱している。

友笑がさっそく物色をはじめた。素手でゴミたちを漁り、より分け、検分している。朝陽は横からその手元を照らしてやった。

「これ、好き！」

友笑が掘り当てたのは、車のハンドルだった。一般的な乗用車のサイズのステアリングだが、クラクションを押す真ん中の部分――おそらくエアバッグが収納されていたところが取り外され、枠組みや配線がむき出しになっている。なぜハンドルだけが投棄されているのかは謎だった。ほかに車の部品は見当たらない。

友笑がハンドルを胸元に抱きしめた。まるで、捨てられ、弱っていた子猫を拾って、慈しむような仕草だった。

「大事に使わせてもらうからね」

ほかにめぼしい物はなかったようで、トラックに戻った。

再出発したトラックは、寝静まった住宅街を進んでいく。到着した先は、大きな神社だった。様子をうかがうため、ミントが神社の周囲をぐるりと一周させる。

異様な光景が、ヘッドライトの先に映し出された。そこはちょうど神社の裏手の、竹林に隣接した、人家の見当たらない場所だった。

石づくりの塀があって、寄付をした人や団体の名前が彫られている。その一角に、ゴミの山があった。工事現場にあるようなコーンやバーが置かれていて、警告の文言が印刷された紙が、いたるところに貼られている。

「不法投棄を発見した場合、即刻通報する」「監視カメラ稼働中」といった文章がまったく意味をなしていないのか、様々な廃棄物が投棄され、積み上がっていた。神様や神罰の存在を意識させるためか、赤い鳥居の絵が縁石の部分に何ヵ所も描かれている。

都内にかぎらず、日本各地に言えることだが、なんの変哲もない場所なのに、なぜかそこだけ吸い寄せられるようにゴミが捨てられつづけるスポットがある。ゴミを一掃し、片付けても、片付けても、次から次へと投棄される。

いったい何が人を――ゴミを呼び寄せるのだろう。たしかに、ひときわ暗く、人目につきにくいところであることはたしかだが、ほかにそんな場所はいくらでもある。にもかかわらず、きれいなところはきれいだし、ゴミが集まるところには集まりつづける。

「地縛霊なんかも、同じところにたくさん集まって居座るって言うじゃん」ミントがいつもより も低く響く声で言った。「自殺の名所もそうだし」

「こわいこと、言わないでください!」友笑が叫ぶと、いきなり突風が吹いて竹林が怒ったように音をたてて揺れた。

ぎゃあと悲鳴を上げて、友笑が抱きついてくる。朝陽はあわてて相手の体を引きはがした。

「ほら、ゴミ拾うよ!」幽霊よりも、友笑の大胆さに肝を冷やした。「こんなところ長居は無用だよ」

空気は乾燥して冷たいのに、たしかにどこかねっとりとからみつくような薄気味悪さを感じる。地縛霊も、もし本当にいるのだとしたら、きちんと供養《くよう》もされず、成仏もできず、世間から見捨てられ、身動きできない透明な存在であることに変わりはないのだ。

友笑が黄色と黒の縞模様のバーをまたいで、ゴミを吟味しはじめた。朝陽はかじかんだ手をこすりあわせながら、あたりを見まわした。電信柱についた街灯が、あまりに心許ない、弱々しい光を落としている。竹林の奥のほうは漆黒の闇に塗りこめられていた。

「朝陽さん、ミントさん、これ運ぶの手伝ってください」

友笑が指をさしているのは、ロッカーだった。よく教室の隅に置かれ、掃除用具などが入れられているような、鈍い灰色の、縦長のものだ。ところどころ殴られたか、蹴られたみたいに凹んでいた。シールやステッカーが貼られ、それらが乱暴にはがされた痕跡がいたるところに白く残っている。扉は半開きで、なかには何もない。

「よくお仕置きやいじめで、こういうところに閉じこめられてたので、感慨深いものがありますね」友笑は、やはり動物に対してするように、ロッカーを優しくさすっている。

「さらっと悲しいこと言わないでよ」ロッカーの上部を倒しながらミントがつぶやいた。朝陽は下の部分を持つ。

せーの、と声を上げたとき、遠くのほうからサイレンの音が聞こえてきた。みるみるうちに近づいてくる。思わずミントと顔を見合わせ、音のする方向と気配を探った。

「ヤバくない？」トラックの前でいったんロッカーを置き、荷台に上がったミントを急かした。

「早く積んじゃおう」

「こんな裏手まで来ないだろ。それに、やましいことしてるわけじゃないんだし」

ミントの楽観的な予想に反して、神社の境内の木々に、パトランプの真っ赤な光がぐるぐると躍った。サイレンの音が、真っ直ぐこちらに向かってくる。

「えっ、えっ、えっ……！　どうするんですか？　逃げますか？」友笑がパニックになっていた。あたふたと、ゴミの前を行ったり来たりしている。「私、ロッカーに隠れましょうか？」

「ちゃんと説明すれば、大丈夫だって」ロッカーを積み終え、ミントが荷台から飛び降りた。

サイレンを切ったパトカーが、ランプを光らせながら、路地をゆっくりと近づいてくる。助手席から降りた制服警官が、「トラックから離れて！」と手振りでこちらの動きを制しながら、小走りでやって来た。

「不法投棄は、れっきとした犯罪だからね。ちょっと事情聞かせてもらうから」三十代くらいの警官が、差しっぱなしにしていたトラックのキーを運転席から抜き取った。「全員で、三人?」

「誤解ですって!」パトランプの光に染まった顔をゆがませ、ミントが叫んだ。「我々はゴミを捨ててたんじゃなく、拾ってたんです」

「こちらの社務所から通報が来てるんだから。そういう言い訳は通用しないよ」

「言い訳じゃないですって。決めつけてかかってるのは、あなたたちでしょ」

反抗的な態度ととられたのか、対応していた警官が、運転席で無線のやりとりをしていたもう一人に、「応援呼んで」と指示を出した。

「こういうことは、はじめて?」

「はじめても何も、一切やましいことはしてないですよ。だいたい、あなたたち僕らがゴミを捨てた瞬間を見たんですか? 見てないですよね?」

「こんなボコボコになったロッカーを、いったい誰が好き好んで拾うの」

「だから、先入観で決めつけんなって。だいたい、あんたの態度さっきからなれなれしいんだよ。俺の友だちか? 違うだろ。社会人のくせに、敬語話せねぇのかよ」

朝陽はミントの危なっかしい態度に内心で舌打ちした。下手に出ていれば、いつか誤解もとける。けれど、相手のペースに合わせてヒートアップしてしまっては、話がこじれるばかりだ。

「そこの女の子、だいぶ若く見えるけど、未成年じゃないよね? 何か年齢がわかるもの持ってる?」

友笑が無言で首を横に振った。怯えた様子で、自分の体を抱くように両腕をまわし、震えている。朝陽は友笑の前に立ちはだかり、財布から免許証を出して警官に提示した。

「すみません、僕の身分証です。あそこにある防犯カメラなんですが、もしダミーでないなら、僕らがゴミを捨てていないことがわかると思います」

神社の塀に、カメラが取り付けられていた。すべてが映っていることを願うしかない。ものの十分もしないうちに応援のパトカーが数台駆けつけて、あたりは物々しい雰囲気に包まれた。何人かの警官が、社務所に向かっていった。トラックのナンバーが照会され、所有者も調べられた。

女性の警官が、友笑をパトカーに連れていく。名前や住所などを聞かれているのだろう。うなだれた後頭部がパトカーのリアウィンドウから見えて、朝陽は心底彼女の精神状態が心配になった。

やがて、カメラの映像が確認されたらしく、朝陽たちは解放されることになった。

「最初に対応した警官に謝罪してほしいんですけど」ミントが憮然とした態度で、腕を組み、体をそらせた。「こっちが犯罪者みたいに決めつけてかかって。態度もめちゃくちゃ横柄だったし」

よせって！　と朝陽が説得しても、こういうことははっきり主張しないとダメだからと、譲る気配がない。

私服の刑事が、ミントの前に進み出た。

「君は何もやましいことをしてないって言うけど、たとえあきらかなゴミだとしても、勝手に自分のものにしてしまうのは、遺失物横領やその他の罪に触れかねないような、かなりグレーな行為だからね」

この刑事の言う通り、法律や理屈の上ではそうとらえられてしまうのだろう。道に落ちている財布を拾って、くすねてしまう行為と、やっていることは変わらない。

「今日はゴミが投棄されることが多い曜日だから、神社の人はこんな時間まで不審車の出入りを監視してたみたいだけど、君たちの行為は、本当に誰にも迷惑をかけていないって胸を張って言えるかな？　たしかに我々が最初から決めつけていたのは悪いけど、これだけ多くの人を勘違いさせて、巻きこんで、神社の人たちにも迷惑をかけたのは素直に反省してほしいな。欲しい物があるのなら、堂々と昼間に許可をもらえばよかったんだよ」

恰幅のいい刑事に穏やかにさとされ、ミントは渋々といった様子で「すみません」と頭を下げた。

「拾ったロッカーは持っていっていいって、社務所の人も言ってたから、このまま真っ直ぐ帰るんだよ」

意気消沈した三人で、トラックに乗りこんだ。出発したときに感じていた高揚感は、すっかりかき消えていた。体の芯から冷えきって、話す気力も起こらない。

ところが、警察のもとから離れると、ミントだけは「いやいや、参っちゃったよね」と、へらへら笑い、一人でしゃべりはじめた。空元気を振り絞っているのは、あきらかだった。

「せっかくだから、ファミレスでも寄っていこうか。ちょっと暖まりたいし、朝まで時間あるし」朝陽と友笑の返事も待たず、街道沿いに見えたレストランの駐車場にハンドルを切ってしまう。

「でも、真っ直ぐ帰れって言われましたよ」友笑が口をとがらせ、つぶやいた。

「小学生じゃないんだから」ミントが鼻で笑い、さっさと運転席を降りてしまう。「俺が奢《おご》るから、文句ないだろ」

正直、そんな気分ではなかったし、一連のミントの態度に少し反感もおぼえていた。警官とのやりとりで気が立っているのはわかるけれど、かなり気分屋で強引な一面もあるのかもしれないと今さら知った。

それでも朝陽は、友笑の背中に軽く手をかけて、うなずきかけた。友笑も少し安心したような笑顔を浮かべ、トラックを降りた。

一階がすべて駐車場で、高床式のように二階が店舗になっている、典型的なチェーンのファミレスだった。すぐに席に通され、メニューを渡される。

「友笑ちゃん、腹減ったでしょ。なんでも食っていいからね」ミントがわざとらしく髪をかき上げながら言った。

「食欲、ありません」

友笑は、白いタートルネックのニットの袖を伸ばしたり、縮めたりしながら、メニューには見向きもしなかった。

窓際の席で、二階から街道の往来が見下ろせる。深夜二時半を過ぎても、せわしなく行き交う車やトラックがヘッドライトの帯を引いて通り過ぎていった。交差点の信号が律儀に青、黄、赤を繰り返し点灯させる。三人はしばらく無言で、それぞれに窓外の代わり映えしない光景に視線を落としていた。

「ごめん……」

沈黙を破ったのは、力のないミントの声だった。

「こわい思いをさせて、悪かったよ」

組んでいた腕をほどき、テーブルに手をつく。レザージャケットがこすれて、バリバリと独特な音をたてた。

「気持ちが入りこんじゃうと、俺、後先が見えなくなって暴走して、それで後悔してっていう繰り返しなんだ。巻きこんでしまって、本当に申し訳ない」

ミントが軽く頭を下げた。気まずそうなその表情を、長い髪が覆い隠す。

「きちんと向かいあってあやまりたくて、ファミレスに誘ったんだ。嫌なら出ようか？」

うつむいていた友笑が勢いよく首を横に振った。

「私たちも、同意して参加したわけですし、落ちてる物を拾うのは、私がふだんしていることでもありますので」

「考えてみれば、そうじゃん！」ミントが顔を上げた。「言っとくけど、許可とってなかったら遺失物横領だからね」

「お前が言うなよ」朝陽はすかさずつっこみを入れた。「って、僕が言えることでもないけどさ、僕たちが若干引っかかってたのは、ミントの態度なんだよ」

「うん、それは素直に反省してる。今思い出すと、反抗期のガキみたいだったなって、すごい恥ずかしい。でも、俺は友笑ちゃんと朝陽を、なんとかして守りたいって思ったわけで……」

乙女のように顔を両手で覆うので、友笑がメニューを上下させてあおぎ、風を送ってやった。

ミントが、きちんと自分の行いを省みることのできる性格でよかったと、朝陽は胸をなで下ろした。そして、何より僕たち友人のことをいちばんに考えてくれていた。

　気を取り直した様子で、友笑がメニューを広げた。速読のような、ものすごいスピードで一気にめくり、たった一周で注文を決定させる。

「ミントさんの奢りなんですよね？　じゃあ、私、ステーキ三百グラムのご飯セットと、ドリンクバーと、チョコレートパフェで。あっ、あとポテトフライとピザもつけましょう」

「食欲ないって言ってたよね……？」

「今、出たんです」

「さっきから三分も経ってないよ！」

　やっぱり、僕たちは良いトリオだと、朝陽は思った。誰かが素直にあやまれば、こうしてすぐにいつもの和気藹々とした雰囲気に戻ることができる。

　店内はすいていた。ノートパソコンで、何か作業をしている一人客がちらほらといるくらいだ。そのせいか、注文した料理は次々に運ばれてきた。

　まさにがっつくという表現がぴったりの勢いで、友笑が肉を頬張りはじめた。朝陽とミントは、ピザやポテトフライをつまみながら、その様子を笑顔で見守る。

「まさか、お店でステーキが食べられる日が私に訪れるなんて、思ってもみませんでした。本当に生きててよかったです！」

「だから、ファミレスくらいで大げさだって」ミントが苦笑いで応じた。「これから、いくらでもおいしいとこ、連れてってあげるよ。とりあえず、次は撮影終わった打ち上げかな」

「私、お寿司がいいです！」

ステーキを食べながら、頬を赤く上気させ「お寿司好き好き、お腹すきすき」と、でたらめな歌を口ずさむ。これだけよろこんでくれるなら、なんでも食べさせてやりたくなる気持ちがよくわかる。

あっという間にステーキを平らげ、次はチョコレートパフェだ。

パフェのてっぺんにのせられていた緑色の草を、友笑は指先でつまみ、受け皿の上によけた。その様子を注視していたらしいミントが、ぼそっとつぶやいた。

「友笑ちゃんも、ミントは食べないんだね」

「えっ……?」よく聞き取れなかったのか、友笑が目顔で問い返す。

「いやっ、いいんだ。なんでもない。食べて、食べて」めずらしく取り乱した様子で、ミントは右手を大きく顔の前で振った。

朝陽は、より分けられ、このまま捨てられる運命にある、ミントの葉の鮮やかな緑色を見つめた。ステーキ皿には、同じく友笑に見向きもされなかったパセリだけが転がっていた。

付け合わせのミントもパセリも、友笑が日々茹でる無味スパゲッティと同じく、ほとんどの場合、食べられることなくあっさり捨てられてしまう。パフェはパーフェクトの意味らしいが、ミントの扱い方だけは完璧でない気がした。パーフェクトにするなら、ミントも料理に入れるときにするように、刻んで、混ぜて、捨てられないようにしてほしい。

「僕はいつも食べてるよ」朝陽は横から手を伸ばし、友笑がよけたミントを取って、口のなかに放りこんだ。

嘘ではなかった。パフェは滅多に食べないけれど、子どもの頃から残したことは一度もない。

アイスはチョコミント味がいちばん好きなのだ。奥歯で噛むと、すっと鼻に抜けるような清涼感が口のなかに広がった。脂っこいものを食べたあとだから、なおさら心地良かった。

「気、つかわなくていいって。ただ、ちょっとむかしのこと、思い出しただけで」テーブルに頬杖をつき、ミントは窓をぼんやり見つめていた。外が暗いので、ミントの顔がうっすらと窓の表面に映っている。左右反転しているからか、ふだんミントがただよわせている自信と余裕のまったく感じられない、弱々しい表情に見えた。

「聞きますよ、むかしのこと」

友笑がウエハースにアイスをのせ、ミントに差し出した。

「私たち、友だちじゃないですか。つらいことは、分けあいましょう?」

少し迷った様子を見せたものの、ミントがウエハースを受け取り、一口で食べきった。「ありがと」と、つぶやく。

「しかたがないので、朝陽さんにも一口あげます。ミントだけじゃ、かわいそうなので」

「しかたがない、は余計だろ。人の金で食っておいて」朝陽は顔をしかめながら、友笑が差し出したアイスつきのウエハースをもらった。「まあ、ケチな友笑ちゃんにしてはいい心がけだと言えるけど」

「私はケチじゃありません、意地汚いだけです!」

「自分で言わないで!」

ミントが、鼻から息をもらして笑った。天井を見上げ、あー、何を一人で悩んでんだろと、ため息まじりでつぶやく。

ミントが上半身を起こし、いつになくおずおずと話しはじめた。

「名は体を表すって言うけどさ、俺ってつくづくミントみたいな存在なんだなぁって、むかしからずっと思ってて。それが、どうしても嫌で」

「えっ、いいじゃないですか。爽やかで、おしゃれで」友笑が首を傾げる。「キラキラネームっぽいのが嫌なんですか？」

「いや、あってもなくても誰も困らない、見向きもされない存在だから。引き立て役で、少なくとも主役ではない」

話をつづけながら、髪を耳にかける。店内の明るい照明に照らされたミントと、夜の窓に映る暗いミントが、まったく同じ動きをする。

「いじめられっ子に典型的なキャラかもしれないけど、俺、なるべくお調子者を演じて、周りの空気をひたすら温めて、おどけて、そうやって自分の立ち位置を確保してきたんだ」

実家が清掃、産廃業者だから、「ゴミ屋」「臭い」とからかわれ、いじめられたと、以前話してくれた。

「あの頃の俺は、パフェにのってるミントみたいだったなって思うよ。彩りや風味を与えるだけで、最後は必ずよけられて、捨てられる。クラスでグループやペアをつくるときはあぶれたし、仲良しだと思ってた友だちのなかで、夏休みの遊びに俺だけ誘われなかったこともあったっけ……」

そう言って、しばらく言葉をつまらせ、高い鼻梁を人差し指で撫でさする。涙をこらえているのかもしれない。

「大学に入ってからは、俺が主役なんだ、俺がやりたいことをやるんだって決意して、バンドでボーカルをしたり、藝大だったから絵画や立体の作品づくりをしたけど、ことごとくうまくいかなかったな。俺は付け合わせのミントに過ぎないんだっていう意識が、ずっと頭のどこかにこびりついてて、払拭できなくて、それで結局、中退しちゃった」

朝陽は思った。ミントの兄、賢人の忠告は的外れだ。賢人の目には、好き勝手自分のやりたいことをやる、ムードメーカーのような存在に映っているかもしれないけれど、ミントはひたすら脇役が輝ける道を探していたのかもしれない。

「でも、すべては今の俺をつくるために、必要な体験だったって思うよ。俺だって、捨てられる人の気持ちがわかるし、だからこそ二人と友だちになろうと思ったわけだし。今はクライアントのアーティストを輝かせる引き立て役でいいって思ってる」

スプーンをくわえたまま「意外です」と、友笑が言った。

「私、ミントさんはいつだって自信満々で、我が道を行って、自分のやりたいことをやり通す人だと思ってました」

「いじめてたヤツらを見返したいっていう気持ちもなくはないけど、いちばん大事なのは、最後の最後で、自分のことを自分で見捨てない覚悟というか、信念みたいなものがあるかどうか……かな」

また、俺、恥ずかしいこと言っちゃってるねと、ミントは肩をすくめた。朝陽は、友笑と同時に首を横に振った。

ミントは、まだ若いのに、自分だけの確固たる「国」を心のなかに打ち立て、領土をしっかりと維持し、守っている。それは簡単なように見えて、なかなか真似できない立派なことだ。

「だから、今度のＭＶは必ず成功させたいんだ。ＳＡＢＯっていうパフェに、なんとしてもミントの風味と彩りを添えたい。二人とも、頼りにしてるからね」

口のなかに、まだほのかに残るミントの爽やかな清涼感が告げていた。

たとえ、誰が見捨てようと――そして、生まれ育った故郷を捨てようと、最後まで自分のことだけは捨てるな、と。

第五章　きれいなゴミ屋敷

それから二週間あまり、ミントはほぼ毎日、回収の仕事を手伝うようになった。

「撮影の準備はあらかたできたし、あとは機材のレンタル代と打ち上げのお寿司代を稼がなきゃな」トラックの荷台にのぼったミントが、切実な表情を浮かべて言った。「友笑ちゃん、めちゃくちゃ食うから、今からこわいよ。ファミレスの食事代も馬鹿にならなかったし」

「だから、僕も半分出すよって言ったのに」朝陽は空き缶が入った小型のコンテナを荷台に持ち上げた。「でも、あの子なら、回転寿司でもふつうによろこびそうな気がするけど。無理に高いところに行く必要もないよ」

「まあ、それもそうかもな。『こんなにおいしいお寿司、はじめてですぅ！』って、百円皿のネタで叫びそう」

「『生きててよかったですぅ！』」

「『舌の上で、とろけますぅ！』」互いに、友笑の真似をして笑いあった。

資源の回収作業だった。折りたたみ式の小型のコンテナに捨てられた空き缶を、ケースごと回収していく。なるべく一つにまとめて、空いたコンテナから折りたたんでいった。

「しかし、金がないのは俺だけかと思ったけど、ゴミを見たところ、どこも不景気だもんなぁ」

コンテナを積み上げたミントが、オーライと叫びながら荷台から飛び降りた。「ビールの銘柄見れば、一目瞭然だよ」

運転手がトラックを進ませる。朝陽とミントは、その後ろを小走りでついていった。

次の集積所にも、コンテナに缶が捨てられている。ミントの言う通り、物価が上昇をつづけているせいか、昨年よりもあきらかにビールの割合が減り、発泡酒、第三のビールの缶が目立つ。安いチューハイも多く見受けられる。

「駅の南と北で、ゴミの格差が際立ってるのも、また皮肉なもんだよなぁ」コンテナを持ち上げたミントがつぶやいた。冬の青空をカラスが飛び交っている。

東京の南部の区の、一般的な住宅街での回収だったが、今めぐっているのは急行が停まる私鉄駅の北側だった。むかしながらの家屋、アパート、築年数の古い低層マンションが建ちならぶ庶民的なエリアだ。

一方、南側は電鉄会社の再開発によって、ここ数年で一気にラグジュアリーになった。商業ビルや何棟ものタワーマンションが建ち、北側にはない高級スーパーが出店した。

タワマンから捨てられる空き缶は、価格が高い銘柄のビールが多い。発泡酒などほとんど飲まれていないことがわかる。

線路の高架を通り抜けるだけで、世界は一変する。ふだんはあまり意識しないその一線を、物言わぬゴミたちが語ってくれる。高そうなワインやシャンパンの空き瓶を見るたび、朝陽はそう思う。

「俺、絶対、向こう側に行くから」ちょうどコンテナを荷台に持ち上げるタイミングだったのか、ミントが言葉に力をこめた。「だから、朝陽もついてきてよ」

汗臭い作業着でひたすらゴミを回収する日々に耐えながら、霞がかかったように先が見通せない未来におずおずと足を踏み出す。ファミレスで、ミントの学生時代の話を聞いたからこそ、なんとかして彼をサポートしてあげたいと思うようになっていた。

「ああ」という朝陽の返事をかき消したのは、自転車の激しいブレーキの音だった。「おい！」という男性の叫び声も同時に響く。朝陽とミントは声の先に視線を向けた。

自転車に乗った若い男性が、「危ないだろ！」と、なおも回収のトラックに向けて怒声を発していた。

ミントが駆け寄り、「どうされました？」と、柔らかい声でたずねた。

「このトラックが急に幅寄せしてきたんだよ。こっちはふつうに走ってただけなのに、いきなり追い越してきて、こっちの進路をふさぐかたちで停まりやがって」

朝陽は窓の開いている運転席を見た。ハンドルを握るのは、労働者供給事業で派遣されてくる、日雇いの初老の男性だ。たしか、名前は佐和木《さわき》といっただろうか。

佐和木は、まったく意に介していない素振りで、自転車の男性の指摘を無視している。面倒臭そうな、うんざりした表情まで浮かべている。

話を聞くかぎり、非は完全にこちらにありそうだった。住宅街の路地の左側を、自転車はトラックよりも先行して走っていた。次の集積所は間近だった。佐和木は自転車をやり過ごしてから、集積所につければよかったのに、いきなり加速して自転車を追い抜かし、その進路をふさぐかたちで左側に寄せて停止した。行き場を失った自転車は、トラックの横っ腹に巻きこまれる寸前で、急ブレーキをかけた。急な幅寄せと、進路妨害ととられてもしかたのない荒い運転だ。

佐和木が謝罪をしないので、朝陽とミントが自転車の青年にひたすらあやまった。

「あんまり言いたくないけどさ」青年が運転席の佐和木に聞こえるような大声で吐き捨てた。「こういう仕事って、社会に適応できない人間がやってんじゃないかって思うよ」

朝陽は腹の底が煮えたぎるような怒りを佐和木に対して感じた。

民間の作業員も、区の清掃職員も、住民たちに悪印象を持たれないよう、細心の注意を払って日々の仕事に従事している。それなのに、たった一人の無茶な振る舞いで、全員が同じレベルの意識で働いていると見られかねないのだ。乃村さんをはじめとした作業員たちの努力を思うと、やりきれない思いに駆られる。

自転車の青年が去っていくと、ミントが運転席側にまわって、外から窓枠に手をかけた。

「佐和木さん、安全第一です。事故を起こしたら、取り返しがつきませんよ」

「あの自転車がちんたら走ってんのが悪い」

「自転車が通り過ぎるのを待っても、十秒も変わりませんって」

先日の警官とのやりとりで懲りたのか、ミントは終始丁寧で、穏やかな物腰でさとす。しかし、暖簾に腕押しだった。佐和木はあからさまに舌打ちし、「こんな仕事、早く終わらせたいんだよ」と、ため息をついた。

ミントがヘルメットを取り、頭をかきむしる。彼も彼なりに怒りをこらえているのだろう。朝陽はミントが叫び出す前に、二人のあいだに割って入った。

先日、いっしょの作業になった際に少し世間話をしたことがあったが、佐和木は借金を返すために、六十五歳を過ぎてからも日雇い労働をかけもちでこなしているという。その日の運転や勤務態度はまったく問題なかったのだが、どうやら今日は虫の居所が悪いらしい。

「佐和木さん、何があったか知りませんが、自暴自棄になったらダメです」朝陽は少し高い運転席に向かって、顔を上げた。「何があろうと、最後まで自分のことを見捨てたらいけないと思います」

すさんだ生活が垣間見えるような投げやりな態度が、そのまま表情や運転にあらわれているような気がしたのだ。自分のことを最後まで見捨てるな——その言葉はミントの受け売りだったけれど、自分と同じようにきっとこの人の心にも響いてくれるはずだと信じていた。

ところが、佐和木は日に焼けて、シミが浮かんだ顔をあからさまにゆがめた。

「二十歳そこそこの若いヤツに何がわかる」

ハンドルを強く握りしめた佐和木が、徐々に語調を荒くした。

「最後まで自分のことを見捨てるなだって？　そんなことは、世間知らずの若い人間だから言えんだよ」

「でも……」

「二十年地道に切り盛りしてきた居酒屋がつぶれて、借金だけが残って、ずっと国民年金だったから年金もこの先少ない。死ぬまでこうしてコツコツ労働して、借金を返してかなきゃならない。お先真っ暗の人間に、よくもそんな酷なことが言えたもんだな。自分の心を捨てて働かなきゃ、生きていくこともままならないんだよ」

朝陽は返す言葉が見つからず、押し黙った。ヘルメットをかぶり直したミントが、「とにかく」と、つぶやいた。

「とにかく、同じようなひどい運転をした場合、会社に報告しますから。高い日当目当てで来ていただいてもかまいませんが、給料分の仕事はきっちりこなしてください」

釈然としない気持ちを抱えたまま、ふたたび回収作業に戻った。空き缶が触れあう硬質な音が、絶えず耳元にまとわりついてくる。

やがて、コンテナを満載したトラックは、空き缶の中間処理センターに向かった。少しは反省をしたのか、佐和木はもう無謀な運転はしなかった。気まずい沈黙が支配する車内で、朝陽はずっと佐和木の言葉を反芻していた。

中間処理センターに到着すると、手早くコンテナを下ろしていった。ここからは、センターの作業員が、まず目視による選別で資源以外の混入物――スプレー缶や、タバコの吸い殻の入った缶、その他の類似物をはじいていく。

その後は、機械によってアルミ缶とスチール缶に分けられる。すべての工程を経て、空き缶はプレスされ、巨大なサイコロ状にまとめられ、再生工場に輸送される。

何度も捨てられ、溶かされ、また生まれ変わっていくサイクルが、この世界を支えている。しかし、まるまる百パーセントが再生されるわけではなく、少しずつ、少しずつ、資源はすり減っていく。

フォークリフトで運ばれてくる、圧縮された巨大な缶の集合体を見つめながら、朝陽は思った。

いつでもやり直せる、最後まで自分を見捨てないと、そう鼓舞しあえるのは、僕たちが若いからだ。

幾度もリサイクルされる資源のように、失敗し、捨てられ、それでも立ち上がり、そのたびに精神をすり減らし、最後の最後で絶望にうちひしがれた佐和木のような人間には、「自分を見捨てるな」という言葉があまりに残酷に聞こえてしまうのかもしれない。

こんなネガティブなことを考えてしまう原因は、たった一つだった。

明日、友笑は母親に会いに行く。朝陽はそれに同行する。ようやく、実家の住所が判明したのだ。

友笑の母は、かつて会社の上司と不倫をしていた。相手が離婚し、自分と結婚してくれるものと思いきや、友笑を身ごもったことであっさりと捨てられた。そのうえ、勤めていた会社も、友笑の母親だけが退職に追いこまれたという。

男と社会に捨てられた結果、同じような境遇のゴミたちを集め、自分たち母子を囲った。しかし、虐待、ネグレクトとみなされ、子どもまで奪われた。

何度も捨てられ、魂をすり減らした友笑の母が、今、どんな状態にあるのか。

友笑もこわいだろうが、朝陽もこわい。その緊張が伝わったのか、トラックに乗りこむ前に、ミントが肩に手をかけてきた。

「明日だな」

「うん」

「大丈夫。朝陽は、友笑ちゃんのことだけ考えていればいい。友笑ちゃんの手を離すなよ」

朝陽は、日々の回収作業でごつくなり、血管の浮き出た右手を見つめた。

西の方角に高尾《たかお》をはじめとした山々をのぞむ、郊外のベッドタウンだった。

西八王子《にしはちおうじ》の駅を降りた朝陽は、友笑とともにスマホのナビを確認しながら歩いた。甲州《こうしゅう》街道と中央線の線路を少しそれれば、喧噪《けんそう》は遠のき、閑静な住宅街が広がっている。このあたりは、まだ平坦な地形がつづいていた。

覚悟はとうにできているはずだった。友笑もまた、同じのはずだ。それでも、声が震えてしまう。

「その角を曲がると、もうすぐだよ」朝陽は、道の先を指さした。

「はい……」こわばった表情のまま、友笑がうなずいた。お土産のシュークリームの箱を、大事そうに、お腹の前に抱えている。

事前に電話で連絡はしていない。アポイントなしに訪れる。もし、お母さんに新しい家族ができていたら——幸せな生活を送っていると確認できたら、会うことはあきらめると、友笑は電車のなかで秘めた思いを語った。

住宅街の四つ角を曲がる。足が重い。一歩一歩、友笑と歩調を合わせて進んでいく。

実家がまだゴミ屋敷のままなら、すぐに目につくだろう。

すでに引っ越している可能性もある。

友笑の言うように、別の家族ができている場合もある。

朝陽は、息を思いきり吸いこんで、顔を上げた。

「きれい……だね」思わずつぶやいてしまった。

ゴミ屋敷はあたり一帯を巻きこんで、景観を乱すものだ。視線の先には、ごくごくふつうの家並みがつづいていた。

「もう、いないんですかね？」友笑が立ち止まり、何かに怯えるように電信柱に身をひそめた。

「いや、佐野っていう表札が……、ほら、そこの家」

「えぇっ……！」友笑は顔まで完全に電信柱の陰に隠れた。

かなり築年数は古そうだが、クリーム色の塗装は比較的最近になって塗り直されたもののように見える。目につくところにゴミはない。汚い家は、よく窓の内側に物が積み上がっている様子が往来から見えることがあるが、そういった気配もない。

玄関先には、冬にも咲く種類だろうか、スミレのような色とりどりの花が咲いたプランターがいくつか置かれている。何も異常がないどころか、むしろ、つつましく、ささやかな玄関先の美化に気を配っているようにも見える。ここがゴミであふれかえっている光景など、まったく想像がつかなかった。

日曜日だ。

もし、ほかの家族がいるなら、在宅している確率がいちばん高い曜日を選んだ。午後二時。家のなかはひっそりとしていて、話し声やテレビの音などは聞こえてこない。

「チャイム、押してみようか？」

朝陽がたずねると、友笑は首を勢いよく横に振った。

「じゃあ、しばらく様子見てみる？」

今度は髪が激しく乱れるほど、思いきり何度もうなずく。朝陽も電柱に体をあずけた。

天気予報は確認していないのだが、やはり二十三区よりも、気温が一、二度低い気がする。山のほうから、かわいた冷たい風が下りてきた。このまま、ずっと電信柱に隠れてはいられない。ただでさえ、住宅街にたたずんでいるだけで周囲から不審者に見られかねないのだ。

「よし、僕が行ってくるよ」朝陽は意を決して、電信柱から体を引きはがした。「なんとか玄関先まで家の人を引っ張り出すから、友笑ちゃんはここから見てて」

友笑がコートの裾をつかんでくる。電信柱にリードを縛られ、飼い主においていかれる犬のような、濡れた目をしている。

「大丈夫だって」朝陽は友笑の手を優しくつかんだ。「あくまで、会うか会わないか、最後に決めるのは友笑ちゃんだから。こわがる必要なんかこれっぽっちもないんだよ」

最近、自身の行動で迷ったとき、ミントならどうするだろうかと想像してみる癖がついている。ミントの場合、間違いなく、率先してチャイムを押しに行くはずだ。朝陽のなかの行動の指針になりつつあるミントの励ましの言葉を胸に、一歩を踏み出す。

インターホンに、冷えてかじかんだ指先を添える。押しこむ前に、一度呼吸を整えた。

間延びしたチャイムの音が、家のなかに響いた。ゆっくりと余韻を残して、消えていく。

朝陽は、一瞬、背後を振り返った。電信柱から半分だけ顔を出した友笑が、こちらを心配そうに見つめてくる。柄にもなく、親指を立てて笑顔を返してやった。

「はい……」

インターホンのスピーカーから、女性の声がした。朝陽は家のほうに向き直った。声が震えないように、緊張でうわずらないように気をつけながら、「あの……」と、慎重に第一声を発した。

「そちらは、佐野さんのお宅でよろしいでしょうか？」

「はぁ……」

「突然すみません。佐野友笑さんという方を、ご存じでしょうか？」

無言の間があく。やがて、こちらを探るような「知っていますが……」という小声が聞こえてきた。

「実は、今、友笑さんがここに来ております」

「本当ですか……！」おさえていた感情がはじけるような、高い声が響いた。

「はい。失礼ですが、友笑さんのお母さんの、美幸《みゆき》さんで間違いありませんか？」

「間違い……ありません」すぐに冷静な声音に戻り、相手は口ごもった。「でも……」

「躊躇される気持ちもわかりますが、少しお顔を見せていただけませんか？」朝陽は前のめりで、インターホンに顔を近づけて訴えた。「お元気な姿を見せてくれるだけで、友笑さんも安心すると思うんです」

「あの……、大変失礼ですが、あなたは施設の方ですか？」

「いえ、友人です」

「友人……？　友人ってどういうことですか？」

相手の予想外の問いかけに、朝陽は前傾させていた上半身を少し引いた。

こちらが男性であることを気にかけているのだろうか？　しかし、友笑も大人といっていい年齢だし、高校卒業後、とっくに施設を出ている。仮に交際している男性と来訪したところで何もおかしいことはない――と思ったら、いきなり通話が途切れた。ブツッという音を最後に、インターホンが沈黙する。

朝陽は両手を腰にあてて、二階建ての家屋を見上げ、ため息をついた。なかなか一筋縄ではいかない。

足元に視線を落とす。塀に沿って、蟻の隊列が行進していた。

ゴミ屋敷みたいな蟻の巣ってあるんだろうかと、一瞬、変なことを考えてしまった。一匹くらい、何の役にも立たないゴミをせっせと運びこむアウトローなヤツがいるかもしれない。

いや……、ありえないだろう。蟻も蜂も、その他の昆虫も、生存に必要なもの以外には興味すら示さない。それなのに、友笑も、友笑の母も、つらい世界で生存するためにゴミを集めていた。人間とは、なんと不可解な生き物なんだろう。

目の前で扉が開く音がする。朝陽はハッとして顔を上げた。

「すみません……」友笑の母親らしき人物が、しきりに前髪を指先で整えながら顔をのぞかせた。

「あまりに突然で、心の準備が……」

失礼とは思いながら、つい相手の顔を凝視してしまった。

似てる……。

第一印象は、それ以外になかった。友笑が還暦を迎えたら、こんな感じになるだろうか。

少し垂れた目元が、とくにそっくりだった。丸い輪郭もそのままだ。百五十センチ半ばの身長も同じくらいだろう。

黒いシンプルなニットを着ている。ショートボブの髪は、少し白髪がまじっているものの、きちんと手入れされているのか、年齢のわりにつややかだった。かつてのゴミ屋敷の主とは思えないほど、清潔感がある。

「それで……、友笑は……？」友笑の母が、控えめに周囲に視線をめぐらせた。

朝陽は背後を振り返った。

「お母さん……！」

友笑が電信柱の陰から、おずおずと進み出る。

「お母さんですよね？」

目に涙が浮かんでいる。寒さと、こみ上げてくる様々な感情で、鼻が真っ赤だ。

「覚えてますか？　この家で、かくれんぼをしたこと。私は覚えてます」

つぶれそうなほどの力で、シュークリームの箱を抱えている。友笑は十数年分のブランクを少しずつ埋めるように、一歩一歩、ゆっくりと母親に歩み寄る。

「私、友笑です。会いに来ました。おそくなってしまって、すみません」

しかし、その足が突然、とまった。

「誰……？」

友笑の母の不穏なつぶやきを、朝陽も聞き逃さなかった。

「あなた、誰なの？　友笑だなんて、何かの冗談ですよね？　いったい、あなたたちは誰なんですか？」

朝陽は友笑の母に視線を向けた。あきらかに敵意と警戒に満ちた眼差しを、友笑に向けている。

「友笑はまだ、七歳なんです。あなたが友笑なわけないでしょ！」

友笑の母が叫んだ。怒りなのか、悲しみなのか、その顔は激しくゆがんでいた。

「あなたたち、何かの詐欺なら、警察に通報しますよ！」

理解をこばむような実の母の言葉に、友笑は体を凍らせている。頬をつたう涙だけが、重力にしたがって落ちていった。

朝陽は怒りをおぼえた。

会いたくないのなら、ここまで出てこなければいい。中途半端に希望を与えて、それを絶望にひっくり返すような行為を、到底許すことなどできなかった。

しかし、何か様子がおかしいのもたしかだ。友笑が七歳だなんて、それこそ何かの冗談にしか聞こえない。

友笑の母が、怯えを隠そうともせず、玄関に後ずさりかける。ここで引き留めなかったら、すべてが水の泡だ。友笑は永遠に決着のつかない母と故郷への思いを抱えたまま生きていくことになる。

「ちょっと、お話だけでも……」朝陽は閉まりかけたドアに手をかけた。

「やめてください。本当に通報しますよ！」金切り声があたりに響いた。

騒ぎを聞きつけたのか、「佐野さん、どうされました？」と、突然声がかかった。

見ると、隣家の門扉を開けて、体を半分のりだした女性が、眉をひそめてこちらをうかがっている。友笑の母と同年代くらいだろうか。

「ああ、よかった、矢中《やなか》さん」友笑の母親が、胸をなで下ろした様子で安堵の吐息をもらした。

「不審な人たちが、急に押しかけてきて……」

矢中と呼ばれた初老の女性が、こちらを見やる。そして、涙を流す友笑に視線を移す。その途端、細められていた女性の目が、大きく見開かれた。口もぽかんと開いている。そうだ、気づいてくれ――朝陽は心のなかで訴えかけた。母と娘の顔を見くらべれば、一目瞭然のはずだ。

どのくらいこの地域に住んでいるのかわからないが、佐野家がゴミ屋敷だった時代を知っている住人なら、すべての事情を把握している可能性が高い。何せ、幼い友笑がこの家で発見されて、近所中が大騒ぎになったというくらいだから。

案の定、矢中さんは「もしかして……」と、ふさがらない口に両手をあてた。路上に立ち尽くす友笑に、一歩近づく。

「そうなのね？　やっぱり、そうなのね……」要領を得ない言葉を口の先でつぶやきながら、矢中さんが友笑の背中にそっと手をかけた。そして、友笑の母親に目を向ける。

「佐野さん、私、この方たちのお話をうかがいますので、佐野さんは少しだけ家のなかで待っていていただけます？　きっと、何か特別な事情があると思うの」

「でも……」友笑の母親が、釈然としない表情を浮かべた。

「大丈夫だから。ちょっとだけ、待っていてちょうだい」

そう声をかけられた友笑の母親は、何度も友笑と矢中さんを振り返りながら家のなかに戻っていった。

朝陽も、そしておそらく友笑も、まったくと言っていいほど状況がつかめていなかった。赤の他人でさえ、友笑が隣家の生き別れた娘であると気づくことができたのに、当の本人が真っ先に否定するなんて想像すらできなかった。それでいて、友笑の母親が嘘をついたり、演技をしたりしているとはまったく思えなかったのだ。

「佐野さんの娘さんね？」矢中さんが、友笑に問いかける。

友笑が、こくこくと、無言でうなずく。涙が落ちて、アスファルトにしみていった。

「会いに来たのね？　お母さんに、久しぶりに会いに来たのね？」

年齢のわりに——と言っていいのか、矢中さんは百七十センチ以上の高身長で、かがみこむような姿勢で友笑にたずねる。

「よかった。本当によかった……。私、ずっと罪悪感を抱いていたから」

噛みしめるような矢中さんの言葉に、朝陽はぴんときた。もしかしたら、この矢中さんこそが幼い友笑を発見し、警察や児相に通報した張本人なのかもしれない。

「とにかく、寒いから一度ウチに入って。ねっ？」矢中さんが手招きする。「そこの彼氏さんも。さぁ」

「かっ、彼氏じゃないですが……」否定しながらも、矢中さんの招きには素直に応じた。とにかく、話を聞かなければ事態は何も進展しない。

リビングに通され、訳もわからないまま、勧められた椅子に腰をかけた。

「お父さーん」矢中さんが、二階に向かって大声を出す。「ちょっと来てちょうだい！　佐野さんのところの、娘さんが……」

矢中さんの旦那さんが、リビングに下りてきた。旦那さんも、友笑の顔を見て「おぉ」と、息をのんだ様子だった。

テーブルの向かいに座った矢中さん夫婦が、ゴミ屋敷時代の友笑の母親の様子を少しずつ語ってくれた。

「私たちにとって、かつての佐野さんの——友笑さんのお母さんの印象は最悪でした」奥さんが、ぽつりとつぶやく。「いくらお願いしても、なだめすかしても、ゴミは増えるわ、悪臭はすごいわ、虫も発生するわで、市役所にお願いしても埒があかないし。せっかく買った念願のマイホームなのに、真剣に引越しも考えたくらい」

その当時を思い起こしているのか、旦那さんが腕を組んだまま重々しくうなずく。

気持ちはよくわかる。朝陽は友笑に対して、当初、まったく同じ悪感情を抱いていた。友笑の場合はアパートの一室だが、ここは一軒家のゴミ屋敷だ。物量や悪臭は段違いだろう。話を聞いている友笑が、申し訳なさそうに肩をすぼめる。

「友笑さん、本当にごめんなさいね」奥さんが軽く頭を下げた。「友笑さんのことを通報して、あなたが施設に引き取られていって、私、少しせいせいした気持ちだったの。佐野さんの自業自得なんだって、自分に言い聞かせて。でも、ちょっと考えたらわかることだけど、ストレスや寂しさがゴミ屋敷の原因なわけだから、佐野さん一人になって、ますますゴミの量が増えてしまって……」

出された温かいお茶の湯飲みを、朝陽は両手で包んだ。かじかんだ指先がゆるんでいく。部外者は黙って話を聞くだけだ。

「でも、あるとき市役所からやって来た、ケースワーカーって言うのかしら——社会福祉士の女性がとても熱心で、素晴らしい方で、親身になって佐野さんのお話を聞いてあげて」

「最初は毎日のように、ここまで通ってきてくれたからなぁ」旦那さんも、奥さんの言葉にうなずく。

ケースワーカーの滝本《たきもと》さんは、他愛ない世間話を交わしながら、徐々に友笑の母の信頼を得ていったという。愚痴を聞いてくれる話し相手ができただけで、最初はかたくなだった友笑の母、美幸さんの態度はしだいに軟化していった。

滝本さんは、そこでこう提案した。

娘さんがいつ帰ってきてもいいように――そして友笑ちゃんを気持ち良く迎え入れるためにも、おうちをきれいにしてみないか。このままでは、ゴミであふれた家の前に立った瞬間、友笑ちゃんは踵を返してしまうだろう。そうならないように、掃除をしよう。家をピカピカにしよう！

その言葉は効果絶大だったらしい。さっそく業者に依頼して、ゴミを一掃した。

友笑の母は無職で、両親の遺産を食いつぶしながら暮らしていたのだが、それからはきちんと職を得て、荒れ果てた家のなかもリフォームを施した。それは、友笑が小学校に入学した年――施設に引き取られた約三年後の出来事だった。

「滝本さんは、友笑さんを迎えに行ってもいいんじゃないかって提案したんだけど、佐野さんはそれだけは頑として受け入れなかったみたい。あくまで、友笑の意志にまかせたいって。私は一度、友笑を捨ててしまったから、自分のほうから会いに行く権利はないし、もしかしたら、施設にいたほうが友笑にとっては幸せかもしれないって」

母子ともに、互いの幸せを思い、遠慮しあっていたということらしい。

友笑がうなだれる。頰にたれた髪が、涙で濡れた顔を隠した。朝陽はその背中をさすってやった。

おそくなってしまったかもしれないが、こうして勇気を出して会いに来たじゃないか。これから、いくらでも失った時間を取り戻せるはずだ。

しかし、矢中さん夫婦の話にはつづきがあった。

「それからずっと、佐野さんはあの家をきれいに保って、静かに暮らしてきたの。この近所で、あそこがひどいゴミ屋敷だったなんて、今では知らない人のほうが多いくらい。私たちも、すっかり佐野さんと和解して、親しい近所づきあいもしてきた」そこで、言いにくそうに口ごもった奥さんが、となりに座る旦那さんにちらっと視線を向ける。

旦那さんがあとを受けて話しだした。

「それが、半年くらい前から、佐野さんの言動が少しずつおかしくなってきたんですよ。友笑が小学校に上がったんだって、うれしそうに入学式の古い写真を見せてきたり、友笑にプレゼントするんだって、あきらかに小学生が使うような幼い絵柄の巾着袋をミシンで縫ったり……」

「私、滝本さんに相談したんです。滝本さんは、もうお仕事を引退して市役所をやめてたんですけど、個人的に連絡先を知ってたから、お願いして、来てもらって」

「滝本さんの話では、心因性——つまり心の問題で記憶が解離して後退しているのか、それとも初期の認知症なのかわからないから、すぐにでも病院に行くべきだって。でも、佐野さんは、私はどこも悪くない、病院になんか行かないって」

話を聞くうちに、ついさっきの友笑の母の不可解な言動の理由がわかってきた。

朝陽が、自分は友笑の友人だと名乗ったとき、あきらかに不審そうな反応をしてきた。たしかに、女児と大人の男性が友人というのは気持ちが悪い。

矢中さん夫婦が交互に話をつづけた。

「おかしな言動は友笑さんに関することだけで、生活にはほとんど支障がないみたいだったから、本人の意志を尊重して、とりあえず滝本さんと様子を見てみようっていうことになって。家も変わらずきれいだし、きちんと家事もできてるみたいだし」

「でも、手をこまねいている状況を、見守るっていう体の良い言葉で置き換えているだけで、我々としても歯がゆい思いをしてたんですよ。結局、佐野さんの生活が立ち行かなくなるまで病状が悪化しないと、行政は介入できないみたいですから。そろそろ、娘さんを捜さないといけないと思っていたところに来てくれて、本当に助かりました」

「要するに……」朝陽は、湯飲みから手を離し、夫婦の話を総括した。「あのお母さんは、友笑ちゃんが今、七歳だと思いこんでいる状態だと」

テーブルに肘をつき、頭を抱える。朝陽は混乱する脳を理性で必死になだめながら、思考を整理した。

「認知症や心因性の可能性があるってことは、やっぱりストレスとか、極度の孤独感とか、そういう精神的な問題なんじゃ……。もうゴミを集めることはできないから、現実逃避で友笑ちゃんがまだ子どもの頃に逆行して……」言葉を重ねれば重ねるほど、友笑を追いつめていることに、朝陽ははたと気がつき、あわてて口をつぐんだ。

友笑が両手で顔をおおった。

「私がいつまでも会いに来なかったからだ……」

そんなことない、という安易ななぐさめはできなかった。かける言葉が見つからない。

「早く……、もっと早く会いに来ればよかった……！」

友笑は叫んだ。

嫌だ、嫌だ、そんなの嫌！　叫びながら、嗚咽をもらし、テーブルに突っ伏してしまった。

つらい役目を終えた矢中さん夫婦が、無言のまま涙を浮かべている。朝陽も、心のなかが、ぐちゃぐちゃにかき混ぜられ、押しつぶされ、破裂しそうになるほどの鋭い痛みを感じた。

ゴミの王国は、とっくに滅んでいた。

本来なら、故郷を捨てるも、戻るも、友笑の自由意志のはずだった。しかし、友笑が選択をする前に、何もかもなくなっていた。あらゆる感情が宙に浮いたまま、友笑はどこにもやり場のない後悔を、こうして口から叫んで吐き出すしかない。

朝陽は、突っ伏す友笑を後ろから抱きしめた。

私はここにいるんだ、気づいてくれと叫ぶように、熱を放ち、鼓動を刻む、小さい体だった。

それでも、その叫びは、母親には届かない。

「会いに行こう。何度でも、会いに来るんだ」

朝陽は友笑を抱きしめたまま、つぶやいた。泣き叫ぶ友笑の体の振動が、じかに響いてくる。

「そうしたら、思い出してくれるかもしれない。まだ、何もかも失ったわけじゃないから」

友笑がゆっくりと体を起こす。魂が抜けきったような呆けた顔で、こちらを見つめてくる。

「私たちも協力する。私が友笑さんを、お母さんから引きはがしたようなものだから」

矢中さんが、テーブルに身をのりだすようにして、温かい声を響かせる。

「あきらめちゃダメだよ。きっと、治る。友笑ちゃんのこと、思い出してくれるよ」朝陽は言葉に力をこめた。

涙で濡れた友笑の瞳に、徐々に輝きが戻ってきた。

「そうですよね」

子どもがするみたいに、ごしごしと服の袖で目元をぬぐう。

「みんなから見捨てられて、最後の最後に自分のことも自分で捨ててしまったお母さんを、私だけは絶対に捨てません。私が拾います、何度でも」

涙声で語った決意をみずからに言い聞かせるように、友笑は静かに拳を握りしめた。

たった一人でも、自分のことを拾い、掬い上げてくれる存在がいるのだとわかれば、どれだけ心が救われることだろう。

「落ち着いたら、もう一度おとなりに行ってみましょうか」矢中さんが緊張した面持ちで提案した。「でも、最初はやっぱり過度な刺激をしないほうがいいと思うの。無理に説得して、思い出させようとしたら、あの感じだとパニックになりかねないし」

「僕もそう思います」朝陽も同意した。「ここで拒絶されて、二度と家に上がれなくなるのがいちばんこわい」

「そうだね」旦那さんがシャツの長袖を肘までまくる。「ケースワーカーさんみたいに、熱心に何度も通って信頼を得てから、まずは病院に行くように説得するべきだと思う」

意見はまとまった。

朝陽と友笑は児童養護施設の職員で、現在、七歳の友笑の近況報告に来たという設定で仕切り直しをする。先ほどの訪問とはあきらかに整合性がとれないけれど、そこは美幸さんの反応を見ながら、柔軟に押しきるしかない。

四人で家を出て、もう一度、佐野家のチャイムを押した。最初は矢中さんの奥さんが対応してくれた。

「佐野さん、お待たせしました。ちょっと行き違いというか……、誤解があったみたいで、このお二人、児童養護施設の新しい職員の方たちですって。ご挨拶がてら、お子さんの報告に上がったみたい」

すぐに扉は開いた。しかし、友笑の母、美幸さんはいまだに猜疑心に満ちた表情を浮かべている。「施設の名前は？」と、友笑に向かって質問してきた。

問われた友笑が、うわずった声で答える。

「みっ、みどりの森《もり》福祉園の日下部と申します！」

なんで僕の名字を名乗るんだと思ったが、たしかに「佐野」とは言えないわけで、とっさに口をついて出てきたのだろう。

「私……、じゃなくて、友笑さんの通っている学校は日野市の夢が丘小学校で、誕生日は五月二十五日、血液型はO型で、えっと、えっと……、一年のときの担任は小森《こもり》先生で、あだ名はともちんで、好きな食べ物はハンバーグで、嫌いな食べ物は筑前煮に入ってるしいたけで、それから座右の銘は……」

しゃべりすぎだって……！　朝陽はあわてて友笑の耳元で釘をさした。

ところが、美幸さんは、「くわしいのね」と、はじめて笑みをこぼした。いくらか警戒をといてくれた様子だ。

「どうぞ、上がって」

玄関に足を踏み入れる前に、もう一度、「焦らないでね」と、友笑に耳打ちする。矢中さん夫婦が、「私たちは、ここで……」と、手を上げて見送ってくれた。

通されたのは和室だった。いぐさの良い香りがただよう、きちんと整頓された部屋だ。「日下部家基準」で見渡してみても、ホコリや髪の毛が落ちていない、じゅうぶんきれいな家だ。

ゴミ屋敷を片付けてからの十数年間、友笑の帰りをずっと待ちながら、たった一人、この家をきれいに保ちつづけてきた美幸さんの孤独を思うと、やるせない思いに駆られる。朝陽は友笑とともに座布団の上で正座し、キッチンに向かった美幸さんを待った。

やがて、美幸さんは温かいほうじ茶をいれて、戻ってきた。

「これ……、よかったらどうぞ、と言いたいところなんですけれど、かなりつぶれてしまって」

友笑が申し訳なさそうに、シュークリームの箱を座卓に置いた。

ふたを開けると、原形を失ったシュークリームが、箱の内側にへばりついていた。「あらら」と、美幸さんが笑った。もう一度、キッチンに戻って、カスタードが飛び出たシュークリームを皿に取り分けてくれた。

せっかく出してくれたのに、食べないのも申し訳ない気がして、友笑の体温で温まったシュークリームを口に入れる。ただただ甘ったるいだけで、緊張して味がよくわからない。まともに美幸さんの顔が見られない。

小ぶりの飾り棚の上に、写真立てがあった。施設の人が撮ってくれたのだろう。小学校の門の前でランドセルを背負い、仏頂面でピースをしている友笑だ。今の友笑をさらにミニサイズにした幼い姿に、思わず緊張がとけて、笑いそうになった。表情とポーズがまったく釣りあっていない。

朝陽は嚙み殺しかけた笑顔を、あえてそのままにした。「友笑」という名前の由来を思い出したのだ。

「もうすぐ二年生ね……」美幸さんも、写真を見つめているようだった。「友笑は元気にやってるかしら？」

「はい」と、友笑が引きつった笑みで答える。「掃除用具箱に閉じこめられたり、体操着を隠されたりしてますが、おおむね元気にやっております」

美幸さんが「いじめ……？」と、眉をひそめた。朝陽は笑みを浮かべたまま、友笑の膝を座卓の下で叩いた。

「いやっ！　違うんです！」友笑があわてた様子で、かぶりを振る。「かなえちゃんという親友もできて、毎日が充実しているみたいです。今度、写真を持ってきます。かなえちゃんとのツーショット」

友笑もやはり、母親の顔を直視できないようだ。じっと座卓の木目を見つめている。それでも、自分語りをやめようとはしなかった。

「ただ、お勉強がちょっと苦手なようでして、頑張ってはいるんですが、今一つといった感じでして。でも、体育は得意です。ドッジボールはいつもいちばん最後まで残ることができます。ときどき、意地の悪い男子から集中砲火を浴びますが、すべてよけられます」

照れ隠しなのか、しきりに前髪をおさえるように撫でつけながら、友笑はしゃべりつづける。先ほど玄関先に出てきた美幸さんとそっくりな仕草だった。

「友笑さん、いつもお母さんのことを恋しがっています。帰りたいって、夜に泣いていることもあります。そうしたら、私が抱きしめて、なぐさめてあげます」

大人になった友笑が、子ども時代の友笑を――幼い自分自身を抱きしめ、必死になぐさめている光景が浮かんできた。

朝陽は笑顔を絶やさないまま、胸が苦しくなるような切ない思いに耐えていた。

きっと、友笑は「今すぐ友笑さんを迎えに行ってあげてください」と、訴えたいはずだ。しかし、当の本人は今、母親の目の前にいる。過去と現在の板挟みにあって、友笑も苦しいはずだ。それでも、母親を混乱させないため、必死で涙をこらえている。

「友笑も頑張ってるんですね」

美幸さんが、指の腹で涙をぬぐった。

「友笑の近況が聞けて、何よりです」

そう言って立ち上がり、飾り棚の引き出しを開けた。

「これ、友笑にあげるかどうか迷ってたんですが……」

美幸さんが取り出したのは、手作りのナップザックだった。デフォルメされた飛行機が空を飛んでいる絵柄だ。紐がついていて、口が絞れるようになっている。矢中さんが話していた巾着袋は、これのことかもしれない。

「体操着や給食着を入れるのに、使ってもらえたらと。友笑、気に入ってくれるでしょうか?」

少し首を傾げながら、ナップザックを座卓の上に広げる。

「絶対、気に入ります！」友笑が座卓に手をつき、前のめりで腰を浮かせた。「お預かりしてもいいですか？　友笑さんに、お渡ししますので」

「わかりました。よろしくお願いします」

こちらに向き直った美幸さんが、頭を下げた。

「厚かましいお願いですが、これを使ってる友笑の写真も撮っていただけますか？」

うっ……。友笑がうめいた。

タイムスリップでもしないかぎり、そんな写真は撮れない。いったいどうするんだと、朝陽は冷や汗をかいたが、受け取らないのも不自然だ。

「友笑さんは、どうやら照れ屋さんで、写真が大の苦手なようなんですが……」と、苦しい前置きをしながら、友笑がナップザックを手に取った。「なるべく、頑張ってみます」

ありがとう、と美幸さんがつぶやいた。その遠い目は、現在の友笑の姿をまったく映していないようにも見える。

朝陽は、魂の抜けた、透明なペットボトルの人形を思い出した。

たとえ、社会や周囲の人々から散々見捨てられたとしても、自分のことを拾ってくれる誰かがあらわれれば……。きっと、鮮やかな色彩は取り戻せるはずだと信じたい。

これ以上長居をしても、負担になってしまうかもしれない。今日は顔が見られただけでもよかったと、朝陽は自身に言い聞かせた。

玄関に向かいながら、友笑は家のなかをあらためて眺め渡したようだった。ゴミにあふれた、かつてのこの家でのおぼろげな記憶を反芻《はんすう》しているのかもしれない。

見送る美幸さんに、二人そろって頭を下げ、佐野家を辞した。帰る前に、もう一度矢中さんの家にも立ち寄り、礼を述べた。再訪の約束も交わす。

無言のうちに、駅に向かった。整理しきれない気持ちや思考が、ぐるぐると渦を巻いていた。友笑の戸惑いや混乱は、それ以上だろう。もらったナップザックをさっそく背負ったその後ろ姿は、それでも心なしか吹っ切れたようにも見える。とにかく、失われた時間を取り戻すべく、足繁く母親のもとに通うしかない。

友笑が言った。

「私、お部屋をもっともっときれいにします」

背負ったナップザックの紐を、大事そうに両手で握りしめている。どんなに背伸びして買ったブランド物のバッグよりも、そのナップザックは無邪気に笑う友笑にいちばん似合っている気がした。

「お母さんがきれいにできたんだから、私にもできるはずです」

「無理はしてない？　大丈夫？」

「はい」

「じゃあ、頑張ったご褒美に、何かおいしいものでも食べに行こうか」

「やった！」友笑が両手を突き上げた。「お寿司は打ち上げにとっておきたいので、今日はもつ鍋なるものを食してみたいです。体が冷えましたし、お店のお鍋、食べたことがないので。あっ、安心してください。お鍋はちゃんと取り箸を使うので！」

苦笑しながら、朝陽はさっそくスマホでお店の検索をはじめた。西に鎮座する山々に、冬の日が沈みつつある。

「朝陽さんと、お店でいっしょにお鍋を食べられる日が来るなんて……」

「生きててよかったですぅって、言うんでしょ？」

「なんで、わかったんですか？　エスパーですか？」友笑は本気で驚いて、目を丸くしていた。

「さっき言いかけたんですけど、私の座右の銘は『生きててよかった』なんです。最近は一日に必ず一つ、生きててよかったと思えることを見つけるようにしています」

それって、座右の銘というよりは、ただの感想じゃないかと思ったが、朝陽は笑顔でうなずいた。実に友笑らしい言葉だ。

「朝陽さんと、ミントさんに出会って、はじめて家飲みができました。人生初ドライブもして、お店のステーキも食べられました。ついでに、人生初職務質問も」

前を歩いていた友笑が、くるっと振り返る。

「そして、お母さんに会いに行くことができました。お母さんが私を憎んでいないこと、愛してくれていることを実感できました。全部、ぜーんぶ、朝陽さんがとなりにいてくれるからです。本当に生きててよかったです」

こんな短時間で、どん底まで叩き落とされた悲しみが癒えるはずない。現に泣きはらした目は真っ赤だ。

それでも、今はその空元気に寄り添ってあげたかった。

「その座右の銘を、友笑ちゃんのお母さんにも言ってもらえるように、頑張ろう」

そう励ましながらも、朝陽は自分の母親の姿をどうしても頭から振り払うことができなかった。

あの病室での一件以来、母から連絡は一切来ていない。それはそれで不気味だった。

家で掃除をつづける代わり映えのしない日常のなかで、一日のうちたった一つでも、生きていてよかったと思える瞬間は母さんにあるのだろうか……？

もつ鍋を食べているあいだも、朝陽はずっとそんなことをぼんやりと考えつづけていた。だから、友笑とともにアパートに帰り、一〇一号室の扉の前で自分の母親の姿を見つけたとき、朝陽は一瞬、幻覚が見えたのかと思った。

大きなキャリーをかたわらに置いた母が、ゆっくりとこちらを振り返る。

「ねぇ、朝陽……、これはいったい、どういうこと？」

なぜか、母さんは怒っている。挨拶の言葉や、突然訪れた理由の説明もないままに、低い声を響かせた。

いっしょにいる友笑の存在を見とがめたのかと思ったが、どうやら違うらしい。さすがに、母はそこまで狭量じゃない。

「この嫌がらせは何？」

母は扉を指さしている。

そこに、例の貼り紙がされていた。

〈迷惑なゴミ屋敷カップルは即刻退去せよ！〉

足元には、錆びきった空き缶に、しおれた黄色い菊が二輪。首を重く垂れた菊の花はあきらかな警告だった。

三回目のいたずらだ。しかし、今までと大きく違うのは、友笑の部屋ではなく一〇一号室の扉に脅迫の文章が貼られている点だ。今も制作がつづいている友笑のペットボトル人形と作品は、すべて朝陽の部屋の前庭に保存されている。なるべく目立たないように隅に寄せてはいるのだが、上階のベランダから見下ろせば、こちらの前庭が余計な廃物で埋めつくされはじめていることが、一目瞭然でわかるのだろう。

朝陽は、「ごめん、僕の母親」と、友笑にささやいた。両手を前で組んだ友笑が、眉を八の字に下げて、あわてた様子で頭を大きく下げた。

「すみません……、全部、私のせいなんです。朝陽さんは、何も悪くないんです」

「ちゃんと、説明してちょうだい、朝陽」友笑の謝罪をあからさまに無視して、母が詰問する。

「あなたがゴミ収集の仕事をしてるってだけでショックだったのに……、ゴミ屋敷って書かれているのは、どういうことなの？」

言い逃れは到底できなかった。朝陽は、隣室がゴミであふれていることをかなりオブラートに包んで説明した。みるみるうちに、母の表情が険しくなる。

「それで、なんで朝陽が脅されなきゃいけないの？　そもそも二人はどういう関係なの？　退去を迫られるほどひどい状態なの？」

混乱のために高ぶる感情がおさえられないのか、母は矢継ぎ早に質問をぶつけてくる。

ごめんなさい、ごめんなさい……。友笑が泣きながら必死にあやまりつづけた。

いったい何度泣けば、友笑は幸せになれるんだろう？　朝陽は母に懇願した。

「頼むから、帰ってくれって。何しに来たんだよ」男子中学生のように、そっけない口調であしらう態度を申し訳なく思いながらも、朝陽は語気を強めた。「だいたい、来るんならまず連絡してくれよ」

「しばらく、こっちに泊まろうかなって思って来たの。なんで、追い返されなきゃならないの？」

父さんとのあいだに何かあったのだろうか……？　しかし、何があろうと、すべてはあの病室で自分が蒔いた種だ。こんな状況でなければ母親を心から歓迎できたはずなのに、あまりにタイミングが悪すぎた。

母にしつこくせっつかれ、友笑の部屋を見せることになった。

「なんなの……、これは……」

愕然とした表情で、母が友笑の部屋の玄関先に立ち尽くしている。大きなキャリーの取っ手をつかみ、かろうじて体重を支えている。

「ありえない……」

そう。日下部家の人間からしたら、ありえないほどの汚部屋だ。朝陽だって、最初は「ありえない」と思った。

それでも、これはこれでかなりきれいになったほうなのだ。今では、玄関から奥のリビングまで真っ直ぐに見通せるほど、余計な物は減っていた。まるで除雪されたみたいに、人が一人分通れるくらいの床が見えるようになっている。

「朝陽には、きれい好きの人じゃないと、ふさわしくないの。こんな部屋に住んでいる女性なんて……」

「ちょっと、母さん！」

もともと、母さんは穏やかで、優しい人だ。しかし、当惑と怒りで我を忘れているらしい。突然、息子と仲睦まじげに帰ってきた女性の存在。その女性の部屋のあまりの汚さ。そして、その汚さに耐えかねた住人――もしくは大家とおぼしき人間からの脅し文句と嫌がらせ。

清潔一筋で生きてきた母親が、ショックを受けて取り乱すのも無理はないと思う。けれど、あまりに過保護な言葉が、朝陽にとっては恥ずかしく、一刻も早く追い返してしまいたかった。

きれい好きの人と結婚し、ホコリ一つないきれいな部屋に住む。ちょっと前まで、朝陽自身もそう思っていた。

そんなの、同じことの繰り返しだ。母さんは、自分とまったく同じ境遇に、息子の妻を引っ張りこみたいのか。そもそも、過剰な掃除から逃れたくて家から出てきたんじゃないのか……？

まだ何か言いたそうな母親の背中を、朝陽は強引に押した。キャリーケースとともに自分の部屋へ入れる。前庭を見られたら、さらに面倒な事態になることはわかりきっていたけれど、今さらあの作品たちをどこかに隠すこともできない。

朝陽はもう一度外に出て、ナップザックを背負った友笑の背中をさすった。

「ごめん、今日一日、友笑ちゃんについててあげたかったけど……」

友笑が首を左右に振る。

「私が悪いんです。朝陽さんを巻きこんでしまって、本当に申し訳ないです」

「一人で大丈夫？」

「はい……」友笑が引きつった笑顔を浮かべた。

最近、このあたりでよく姿を見かける茶虎の野良猫が、尻尾を立てながら目の前をゆっくりと横切っていった。泣きながら笑っている友笑の顔を不思議そうに見つめている。

「朝陽さんが、となりにいてくれるって考えただけで、私は安心して眠れます。だから、大丈夫です。家を出てきたお母さんの話、聞いてあげてください」

「わかった……」しおれた菊の花を拾い上げ、握りつぶした。貼り紙も勢いよくむしり取り、くしゃくしゃに丸める。

もう、証拠なんか必要ない。朝陽は視線を転じた。

アパートの外階段の軒下に、防犯カメラが目立たないように設置されている。アプローチから一階の廊下にかけて、広い範囲がおさまる位置だ。赤外線センサーで、人——あるいは猫などの動物が通ると、自動で録画がはじまるタイプで、一週間前、大家と協力して設置した。

ということは、駒形さんは犯人ではない。録画が止まっていないかぎりは……。

こんなにもややこしい事態を招いてしまったのも——そして、友笑がここまで精神的に追いこまれたのも、すべては犯人のせいだ。

もちろん、こちらにだって非はある。けれど、不満があるのなら直接言ってくればいい。友笑に言えないのなら、大家や管理会社に訴えればいいのだ。

こうして姑息な嫌がらせをする犯人のことは、絶対に許せなかった。すぐにでも大家の家を訪問し、映像を確認する必要がある。

茶虎の猫が、人間たちの悩みや狂騒をあざ笑うかのように、悠然とアパートの茂みの向こうへ去っていった。

一人暮らしには広いがらんどうの部屋も、母親が一泊しただけで、途端に息苦しいほど狭い空間に様変わりしてしまった。母は寝袋と枕をキャリーにつめてやって来たのだ。いったい、どれだけここに滞在するつもりなのかは、こわくて聞けていない。

とにかく、次の日は仕事があったので、早朝に母をおいて家を出る。友笑の状態も気がかりだったが、話を交わす暇はなかった。

寒風が吹きすさぶ、土砂降りの朝だった。それだけでも気鬱なのに、母や友笑のこと、その他の懸念が脳裏から離れず、ため息ばかりついてしまう。

「友笑ちゃんのお母さん、そんなにひどい状態なのか？」

ミントがポリ袋を、回収車の後部に投げ入れながらたずねてきた。

「病院に行ってみないと、なんとも……」

激しい雨が風にあおられ、絶えずカッパに叩きつける。雨音、回収車のエンジンとプレスのモーター音で、かなり大声を出さなければならない。

正直、これ以上、しゃべりたくない。つらいことを、思い出したくない。いつもの家庭ゴミの回収だったが、コンビを組むミントにもそっけない態度をとってしまう。昨晩見た防犯カメラの映像が脳裏をよぎる。

「ミント、なんでお前はあんなことをしたんだ……？」

小声でつぶやいた声は、ミントには届かなかったようだ。聞かれなくてよかったと、少し安堵する。

カッパが重い。吐き出す白い息は、矢のような雨粒に叩かれてすぐに散っていく。頭のなかでこんがらがる様々な感情や思考も、一つにまとまりかける前に、別の心配事が割りこんできて、結局散り散りになってしまう。

第一の気がかりは、母親だ。

夫婦の喧嘩のきっかけは、料理に混入した母の髪の毛だったという。

父は母をなじった。こんな料理は食べられないと、当てつけのように冷凍パスタを温めて食べはじめたらしい。

毎日の料理と掃除、専業主婦の対価のない労働、夫の不機嫌、子の不在――ついに母のなかで積もりに積もったものが爆発した。

徐々に老眼がひどくなって、細かいところが見えにくいのだから、いくら気をつけていてもこういうことは起こる。家族の髪の毛くらい、よけて食べればいい。

自分たちには、すぐそこに老後の生活が迫っている。じきに体もつらくなる。毎日、家の隅々までぴかぴかにする必要はない。ふつうの家庭の、ふつうのきれいさで私たちは満足するべきだと母は訴えつづけた。

あの病室での一件から、母さんは今までずっと考えつづけてきたのだろう。私の人生はこのままでいいのかと熟慮を重ねた結果、思いきって運命のループに切れ目を入れようと試みた。

しかし、父は母の反論と提案をいっさい認めようとはしなかった。どれだけの口論に発展したのかはさだかではないが、じゃあ自分で掃除や料理の大変さを味わってみればいいと言い捨てて、母はついに家を出た。

すべて僕が勧めたことだ。それなのに、いざ両親に別居の危機が訪れると、さすがに心がざわついた。いったい、僕は何がしたかったんだろう……？

考え事をしながら、自動的に手を動かしていたから、ポリ袋の不自然な重みと、はじける音に気がつかなかった。

「ッ……！」

あまりの臭気に声も出ない。

着用しているカッパにびっちりと、汚物——人糞が飛び散っていた。

おむつだ……。おむつをつめこんだポリ袋が、プレスで破裂したのだ。

自分の体をおそるおそる見下ろす。鼻が曲がりそうになる匂いが、茶色いヘドロ状の塊からわき上がってくる。動きがどうにもぎこちなくなる。

「ふざけんなよ……」

口で息をしながらつぶやいた。本当についていない。

これだけの量がはじけ飛ぶということは、赤ちゃんではなく、老人を介護したおむつだろう。

どこの自治体も、おむつはきちんと汚物をトイレに流してから捨てるようにとお願いしてある。

しかし、それが守られていないおむつの廃棄は少なくない。

もちろん、大変だとは思う。毎日、毎日、食事や風呂、下の世話をつづける。おむつくらい、そのままゴミ袋に突っこみたくなる気持ちもわからないではない。

でも、それを回収するほうの苦労も想像してほしい。

「雨でよかったな」

ミントが肩を叩いてきた。

「しかも、土砂降りで。どんどん洗い流してくれるぞ」

「さわるなよ」

冗談っぽく話すその口調に腹が立って、自分でもハッとするほど、邪険にミントの手を払ってしまった。言い訳をするように、小さく「ごめん」とつぶやく。

あとからあとから、雨が叩きつける。ミントの言う通り、カッパについた汚物も流れていく。しかし、重くふさぎこんだ気持ちがきれいに洗われることはなかった。

昨夜は、母親との言い争いが絶えることがなかった。前庭に置かれていた友笑のペットボトル人形を、母が勝手に解体しようとしたのだ。これを壊したら親子の縁を切ると脅して、朝陽は今朝、家を出てきた。母は憮然とした表情で、「あなたが何を考えてるのか、さっぱりわからない」と、嘆きの言葉を吐いた。友笑との出会いが、息子を毒してしまったとでも考えているらしい。

東京観光や買い物でもしてくればいいと、気分転換を勧めたのだが、今朝の土砂降りでそれもあきらめたようだ。一日やることがなく、結局、母さんは部屋の掃除と料理をするのだろう。せっかく家を出てきたのに、これでは夫のための家事が、息子のためにすり替わっただけだ。

慣れ親しんだ環境は、逃げても逃げても、追いかけてくる。

朝陽はかじかんだ両手を、ぐっと握りしめた。じっとりと濡れたグローブが氷みたいに冷たい。とっくに手の感覚はなくなっていた。

「オーライ！」ミントが声をあげると、回収車がゆっくりと進んでいった。

大雨の住宅街は、白く煙っているようだった。カッパのフードから滝のように雨粒がしたたって、いったい自分がどこをどう進んでいるのかよくわからなくなる。対向車がしぶきを上げながら、通り過ぎていった。

「マジかよ、ふざけんなよ……」今度はミントが不機嫌をあらわにして舌打ちした。

次の集積所でミントが取り上げたのは、大きなポリ袋二つ。

こんな大雨でも、動物的な刺激臭が鼻をついてただよってくる。さっきの汚物とは、また別のたぐいの臭気だ。

「これ、表の商店街のラーメン屋のだぞ、絶対。こういうこと繰り返してるらしいから、噂になってんだよ」

本来、店舗の営業で出た廃棄物を家庭ゴミとして回収してもらう場合、有料のシールを袋に貼付しなければならない。もしくは守山産業のような業者と契約を交わし、事業ゴミとして引き取ってもらう必要がある。

いずれにせよ、ゴミを出すにはお金がかかるわけだが、シールを貼らないままほかの家庭ゴミに紛れさせる不法投棄を、そのラーメン屋は繰り返しているらしい。しかも少し離れた集積所を転々と移動しながら、カモフラージュして捨てている。

「臭いから、バレるんだよ、すぐに」

ミントの言う通り、スープの出汁をとった、豚か鶏の骨が混じっているせいだろう、家庭ゴミではありえないほどの圧倒的な腐臭を放っている。

残置すれば鳥獣が荒らして、この集積所を使っている関係ない住民に迷惑がかかる。ひとまず回収して、あとで報告し、区の清掃職員に戸別訪問で指導してもらう以外に方法はない。

ミントがポリ袋を回収車に投げ入れる。朝陽も集積所に置かれていたすべての袋を回収し、プレスのボタンを押した。

「ストップ！」

ミントが突然、怒鳴り声をあげた。朝陽はあわてて「停止」ボタンに手を伸ばした。

プレスが止まる。朝陽も、すぐに気がついた。

破れた袋から、スプレー缶がのぞいている。殺虫剤のスプレーだ。いつもだったら缶の音で気づくのかもしれないが、今は大雨で聴力と集中力が奪われている。

ありえない。燃えるゴミの日だ。プライベートと仕事の溜まりに溜まった怒りで、朝陽は思わず回収車のボディーを殴ってしまった。

「なんで、どいつもこいつも、自分勝手なんだよ……！」

ミントが気づかなかったら、スプレー缶はこのまま回収車に取りこまれていた。最悪の場合は、この車が爆発、炎上していたかもしれない。

捨てるほうは、たかが一つくらいバレないだろう、問題ないだろうと思っているのかもしれないが、ライター、スプレー、電池、バッテリーの混入が原因の車両火災は、全国で定期的に起こり、ニュースにもなっている。知らなかったでは済まされないほどの大きな人災だ。

「想像力がなさすぎるんだよ！」

もう一度、車体を叩く。

ミントがいきなり、その腕をつかんできた。

「まあまあ、落ち着きなって。怒っても無駄なんだよ、こういうことは」

茶化すような口ぶりと、まるで他人事のような態度が、余計に気にさわった。

「ミントだって、警官にキレてただろ」

「あれは、俺らに対する態度がムカついたからな。でも、ルール違反のゴミに関してはいちいち腹立てたって、何も変わらないだろ。民間にできることはないんだし、本人が目の前にいるわけじゃないんだし、エネルギーの無駄」

「じゃあ、逆を言えば、ミントは相手が目の前にいなきゃ、何をしてもいいって考えてるわけだ」ついつい、突っかかるような口調になってしまう。

昨夜、朝陽は大家の駒形さんの家を訪れ、防犯カメラの映像を確認させてもらった。

自分の母親のことよりも、友笑の母親のことよりも、何よりも……、頭のなかで大きなとぐろを巻いてうごめいているのは、ミントの裏切りだった。

「ミントは、もうちょっと想像力がある人間だと思ってたよ」

「想像力ってそんなに必要かな？」

ぼそっとつぶやいただけなのに、ミントのその声は、篠突く雨音の間隙を縫ってはっきりと朝陽の耳に突き刺さった。

「ミント、それ、本気で言ってる？」

「ああ」と、片手に殺虫剤のスプレーを握ったまま、ミントがうなずく。「俺は適当に、想像力のスイッチをオンオフしてる。消すときは消さなきゃ、この世界ではやっていけないよ」

カッパのフードの先から、雨粒が絶えず流れ落ちてくる。まるで、膜がかかった、手の届かない向こう側にミントが立っているような気がする。ミントの声も、プールのなかにいるみたいにくぐもって聞こえた。

「どんなに訴えても、ゴミをまともに分別できないヤツ、弱い人間をいじめて差別するヤツ、強引に金を盗むヤツ、他人を騙すヤツがいなくなることはないんだよ。ヤツらはまともに物を考えてない。怒っても、嘆いても、しょうがない。一定数、どうしようもない人間はいて、こっちがいちいち想像力を働かせてたら、身がもたないだろ」

肩をすくめたミントが、言葉の合間に「オーライ！」と叫んだ。鈍重なエンジン音をあげて、回収車がゆっくりと次の集積所に進んでいく。大きな水たまりを踏んだタイヤが、しぶきを上げた。

「じゃあ、弱者や被害者に、想像力を馳せるべきか。でも、そんなことをしたって、俺たちに何ができる？　佐和木のおっさんみたいな人の境遇を思ったところで、借金を減らしてやることなんてできない。友笑ちゃんのお母さんを不憫に感じたところで、病気を治してやることはできない。どっかの国の独裁者の見栄と独断で起こされた戦争を、どうかやめてくれと願ったところで、独裁者は消えてくれないし、戦死する人を救うことなんてできない」

「でも……！」

雨のなかをずんずん進んでいくミントに、あわてて追いすがる。朝陽は叫ぶ。

「会社に誘ってくれたとき、ミントは言っただろ！　朝陽は人の痛みに真摯になってくれる。話を聞いて、寄り添ってくれるって！」

カッパのフードに隠れたミントの表情は見えない。雨が邪魔だ。灰色の雲が邪魔だ。自分の力で蹴散らせるものなら、蹴散らしてやりたい。

「だから、僕は協力したんだよ。その言葉を信じたんだよ」

どこもかしこも、灰色で埋めつくされた世界で、必死に訴える。

「それでも、ミントは人の気持ちを慮る想像力なんて必要ないって言うのかよ……！」

ミントがおもむろにフードを取り払った。激しい雨が、ミントの顔を叩く。グローブを取った手のひらで、その顔を一度大きくぬぐうが、余計ずぶ濡れになっただけだった。

「想像力なんて、邪魔な足かせになるときもある。自分の身を守るとき以外、捨てるときは、捨てなきゃな。いじめられてるときに身につけた処世術だ。俺はもう、捨てられる側にはなりたくない」

「ミント、お前、僕に……、友笑ちゃんに言うべきことはないのか？」

次の集積所にも、ゴミがうずたかく捨てられている。

うんざりする。何もかも。人間の業が積み上がっているように見える。

「撮影、頑張ろう。それ以外の言葉はないよ」ミントが笑った。フードをもう一度かぶり、グローブをつけ、ゴミに向き合う。

朝陽は口を閉ざした。友笑のため、撮影当日までミントとの関係を終わらせるわけにはいかなかった。

アパートの防犯カメラに映っていたのは、まぎれもなくミントの姿だった。

警告の文句が書かれた貼り紙をして、菊の花を置いたのは、ミントだった。

あるいは、ミントは模倣犯で、一、二回目のいたずらの犯人は別にいるのかと考えもしたが、あきらかに文章の筆跡は同じものだった。一回目はたしかミュージックビデオの打ち合わせをしたときで、ミントは一足先に帰っていった。あらかじめ用意していた紙を貼る時間はいくらでもあったのだ。

怒りとか、嘆きとか、悲しみとか、そういったありきたりの感情を軽く超越したような虚脱感にとらわれていた。

僕はそれでも、想像力を捨てたくないと朝陽は思った。屈折したミントの気持ちを想像してみる。

たぶん、ミントはMVの成功しか頭にない。

いじめたヤツらを見返すため、のし上がるため、捨てられる側から脱するため、なりふり構わず突き進む。使える物は使い、捨てる物は容赦なく捨てる。

友笑の精神を揺さぶり、あおり、追いこみ、作品を高みにステップアップさせるため、攻撃をしたのだろう。もしかしたら、僕たちを裏切ったという感覚さえないのかもしれない。たしかに、ミントの言動は最初から一貫していたし、嘘もついていない。

けれど、友笑に真相を言えるわけがなかった。MVの撮影は、来週の土日に予定されている。今さら僕だけ抜けるなんて、友笑に不審を抱かせるだけだ。

朝陽は天をあおいだ。

痛いほどの雨の粒が、次から次へと顔を叩く。口を開け、朝陽は声にならない叫びをもらした。

第六章　途中から観たドラマ

天城《あまぎ》高原の別荘地で、晴天の撮影日和に恵まれたにもかかわらず、朝陽の心のなかに低く垂れこめた雲が晴れることはなかった。友笑の手前、ふだんと変わらずミントと接しなければならないとわかってはいるのだが、どうしても受け答えがぎこちなくなってしまう。

土曜の早朝に、機材と友笑の作品を積んだ二トントラックで出発した。朝陽の低いテンションが、三人横並びの狭い車内で目立たずにすんだのは、友笑とミントもあまりしゃべらなかったからだ。

出発した当初こそ、「友だちとの、はじめての旅行です！」と、はしゃいだ様子を見せたものの、友笑はすぐに眠りに落ちた。夜勤の合間の作品制作と、ここ最近のショックな出来事の数々であまり睡眠がとれていなかったらしい。

寝息をたてる友笑を挟んで、運転席のミント、助手席の朝陽が言葉を交わすことはなかった。もはや、気まずいとも思わない。皮肉なことに、「友笑ちゃんの手を離すなよ」という、ミントの励ましの言葉が頭にしつこくこびりついている。

考えてみれば、ミントに出会えたからこそ友笑はここまで前進できたわけで、何もなければ今も漫然とゴミを部屋に溜め、深夜に無味スパゲッティを茹でるだけの人生がつづいていただろう。ミントのおかげで、心のなかの鬱屈を作品という目に見えるかたちに昇華して吐き出すことができたし、少しずつ部屋もきれいになってきた。母親との邂逅《かいこう》だって、ミントの勧めがなければ、病状はより進行して完全に手後れになっていたかもしれない。

溺れて、沈みそうになってる友笑ちゃんを、俺たちで引っ張り上げる——そう語ったミントの誘いの言葉はたしかに本心だったのだろう。ありきたりなたとえだけれど、バネが跳躍するためには、一度、深く押しこむ必要がある。ミントとしては、泣く泣く友笑を崖から突き落とし、そこから這い上がる力をつけさせようと考えたのかもしれない。

それでも、やはりだまし討ちのような行為を許せるわけがなかった。わざわざミントが突き落とさなくても、友笑は今までじゅうぶんすぎるほどつらい思いをしてきたのだ。

早朝の高速道路の朝焼けを見つめながら、朝陽は車内で一人、首を振った。

別荘に到着すると撮影準備であわただしく、頭のなかを占める様々な心配事を振り払うことができた。

山の中腹の切り開かれた場所に建つ、ログハウス風の貸別荘だった。周囲に建物は見当たらないし、そもそも行楽シーズンでもないから人の気配もない。ハウスの周辺は平らに均《なら》され、下草が生い茂っている。ところどころに、黒く汚れた雪が残っていた。

初日の土曜日は、準備とカメラテスト、そしてＳＡＢＯが出ないシーン——山の風景などの撮りだめだ。二日目に主役のＳＡＢＯが到着し、本番の撮影を行う。

まずは、友笑の作品を荷台から下ろし、ミントの指示でそれぞれの人形を別荘周辺に配置していった。

葉を落とした大きなブナの木の下には、神社で拾ったロッカーを使った作品が置かれた。ボコボコに凹んだロッカーの内部に、セーラー服を着た女の子のペットボトル人形が立っている——というよりも、ぎゅうぎゅうにつめられ、閉じこめられている。

両手を顔のあたりにあげ、左右の壁に這わせるような仕草で、困惑げに斜め上に視線を向けている。きっと、クラスメートに無理やり押しこめられたのだろう。スカートはずたずたに切り裂かれ、白いセーラー服には靴の裏の痕がいたるところに残されている。

落ち葉が降り積もった、真冬のブナの原生林に、ぽつんと放置されたボコボコのロッカーと、そこに永遠に閉じこめられた、ペットボトルの女子中学生。

一見して、異様だ。それでも、なぜか心が締めつけられるようなもの悲しさが、真冬のかわいた寒風を浴びるかのごとく、体の芯にまで伝わってくる。

「ゴミ」の語源は木の葉や落ち葉だったという説があるらしい。時代とともに「ゴミ」の意味は拡大し、人間が出すゴミそのものも巨大な静脈のシステムをつくりあげなければならないほどに増加した。

はるかむかし、人間にとってあまり使い道のない邪魔なゴミは、せいぜい落ち葉くらいだったのかもしれない。食べ終えた野菜クズ、木の実の殻、動物は土にうめる。生活に必要な道具や衣服は、修繕して使いつづける。貝塚は現在に残る、古代のゴミ捨て場だ。

いずれにせよ、缶、ビニール、プラスチック、ペットボトルといった処理に困る厄介なものを、便利さと引き換えに手に入れた人間は、もう自然には戻れないのだった。石油だって、もともとは生物由来のプランクトンの集積からできているはずなのに、なんでビニールもプラスチックも土に帰らないんだろう？

友笑の作品は、そんな人間のエゴや業も映し出しているように見える。人の生活を豊かにするはずの資本主義社会からこぼれ落ちたものたちが、大自然の浸蝕と孤独にひたすら耐えてたたずんでいる。

「じゃあ、友笑ちゃん、そのロッカーに片手をかけて、立ってみて」

カメラを手にしたミントが、テストの映像を撮りはじめた。友笑はＳＡＢＯの代わりに、画面のなかに立っている。

「朝陽は、もうちょい下から照らして」

太陽光を反射する素材の、銀色の丸いレフ板を手にして、朝陽はその場にしゃがみこんだ。葉を落としたブナの枝の隙間から、まばゆい日光が落ちてくる。

「ここは、ラストのサビで使うところなんだけど、三時くらいの太陽の角度がベストだな」ミントがみずから印刷した絵コンテに書きこみをした。

まったく常と変わらない、堂々とした態度のミントと接していると、防犯カメラに映っていたあの映像は本当だったのだろうかと自信がなくなってくる。

準備とカメラテスト、風景などの撮影がすべて終了し、日が暮れる頃、別荘に戻った。買いこんでいた食料とお酒で前祝いをしようと、ミントが冷蔵庫からさっそくビールを取り出してくる。

肉体的にも、精神的にも気をつかって疲れていたから、早く寝たかった。どんな顔をしてミントと乾杯したらいいのかわからない。

三人で缶をぶつけあう。友笑の手前、笑顔を取り繕った。

「ミントさんは、本当にすごいですよねぇ」やはり友笑も疲れているのか、半分くらい飲んだだけで顔が真っ赤になっていた。「ザ・プロフェッショナルです」

「何言ってんだよ。友笑ちゃんがすごいんだよ。マジで感謝だ。出会えてよかった」

うそ寒く聞こえるミントの言葉をそれ以上聞きたくなくて、朝陽はそれとなく席を立った。ログハウスには大きな窓があって、今はカーテンが引かれていた。ちらっとめくってみる。

見渡すかぎり、漆黒の闇が広がっていた。遠くのほうに大きなホテルでもあるのか、規則正しく明かりのついている窓がならんでいる。東京よりは静かなのかと思っていたら、案外こういうところのほうが騒がしいことに朝陽は気づいた。

常緑樹の木々や草が風にあおられて、絶えずざわざわと大きな音を立てている。近くにいるのか、遠くにいるのかさだかではないフクロウの鳴き声が、おぼろに、それでいて力強く響いてくる。きっと、夏は蟬の鳴き声でうめつくされるのだろう。

対して、友笑とミントの会話は、あまり盛り上がっていないようだった。ソファーに座るミントが、沈黙に耐えかねたのかテレビをつけた。

「夜中に……」

友笑が口を開いた。

「ふとしたときにテレビをつけて」

朝陽は振り返った。友笑はビールの缶を両手で握りしめて、その手元に視線を落としている。

「そしたら、全然知らないドラマをやってるときって、あるじゃないですか」

「あるね」と、ミントが言葉少なにうなずいた。

「私、そういう、まったく話の筋の知らないドラマを、途中から観るのが好きなんですよ」

「なんで？　俺はすぐにチャンネル回しちゃうけど」

「登場人物の事情もバックグラウンドも知らないから、自分と全然関係ない、通りすがりの人の人生をちょっと垣間見ているみたいな感覚で、そういう人たちが泣いたり、笑ったり、怒ったりしていると、みんな生きてるんだなぁ、一人一人に人生があるんだなぁっていう、なんだかほっこりするような、安心するような気持ちになります」

そう言って、ビールを口元に運ぶが、酔って唇が弛緩《しかん》しているのか、どぼどぼこぼしてしまった。うわぁと叫んで、ティッシュを抜いている。

「ストーリーがわからないから、変に感情移入しなくてよくて、疲れたときに観るには距離感がちょうどいいんです。いろんな人たちが、生きて、しゃべってる。それを感じるだけで安心するんです」

着ているTシャツの胸元はびしょびしょだ。本気なのか冗談なのか、そのTシャツには大きく「部屋着」という文字がプリントされている。「部屋着」って書いてあれば、間違いなくそれは部屋着なわけで、物が散乱したなかで見つけやすいし、間違えないですみます、といつぞや話していた。

「でも……」

部屋着Tシャツに鼻を近づけて、「ビールくさっ」と、つぶやいた友笑がつづけた。

「私自身の人生も、なんだか途中から観たドラマみたいな、微妙な距離の遠さを感じるときがあるんです。どこか他人事というか、手が届かないというか、リアルさに欠けるというか……、悲しくて泣いていても、うれしくても、怒ってても、関係ない人の関係ない喜怒哀楽を見ているみたいな感じがするんです」

深刻になりそうな気配を感じて、友笑の座るソファーのとなりに、朝陽はわざと勢いよく腰かけた。スプリングがはずんで、小柄な友笑が飛び上がる。またしても、缶からビールがこぼれた。

私のお気に入りの部屋着なんですよ！　友笑が笑顔で叫んだ。

「リアルな人生から、わざと距離をとってたんです。そうじゃなきゃ、耐えられなかったんです。自分の人生を、テレビに映ってるみたいに遠くから眺めないと、正気じゃいられなかったんです」

友笑が部屋着の裾をぎゅっと握りしめる。笑顔がじわじわと消えかけて、しかし友笑の強い意志の力で、ふたたび口角がぐっと上がる。

「でも、そういう感覚も、今はすっかりなくなりました。二人が友だちになってくれたときから、自分の人生を、自分のものにできた気がするんです」

朝陽は懸命に返す言葉を探した。同時に、ちらっとミントの表情をうかがう。

お前は、友笑の独白に、何も思うところがないのか。あやまるならこのタイミングをおいて、ほかにない気がした。しかし、ミントは髪をかき上げながら「そっか、よかったね」と、つぶやいただけだった。

ちょっと、Tシャツを洗ってきますと、友笑が洗面台に向かった。

「まったく、あんなふざけたTシャツ、どこに売ってんだよ」ミントが肩をすくめる。

朝陽は何も答えなかった。結局、そのあともまったく三人の会話は盛り上がらず、食事があらかた済むと、交代で風呂に入って早めに寝ることになった。

寝室が三つあったので、それぞれの部屋で就寝する。朝陽は喉のかわきをおぼえて十二時過ぎに一度目が覚めた。

リビングから、ぼそぼそと誰かが話す声がする。不審に思って、二階にある寝室をそっと出て、階下をのぞき見た。

ミントがソファーに座っていた。極端にボリュームを落としたテレビをつけている。リビングの明かりはついておらず、テレビの光だけがちらちらとミントの無表情を照らしている。

ときおり、ミントはグラスに注いだ、ウイスキーらしい飲み物をあおっている。朝陽は目をこらした。今日撮ったテスト映像を再確認しているのかと思ったが、テレビに映っていたのは深夜枠のドラマだった。

べつに観たくて観ているわけではないのだろう。眠れないのかもしれない。

眠れないのは、明日への緊張か、興奮か、それとも友笑への罪悪感からか。朝陽はその心中を察することができない。

ストーリーもバックグラウンドもわからない他人の人生に、ミントはじっとかわいた視線を送っていた。

翌日の朝いちばん、ミントは最寄りの駅へＳＡＢＯをトラックで迎えに行った。最寄り、と言っても車で往復一時間はかかるらしい。

少しのあいだ友笑と二人きりになり、ほっとする。フクロウにとってかわって、甲高い鳴き声の鳥たちが盛んに朝を告げている。夜露に濡れた草原が白く輝く、爽やかな朝だった。

「朝陽さん、昨日からずっと変じゃないですか？」友笑が心配そうにたずねてきた。

「そんなことないよ」心臓が跳ね上がる。ミントが不在のときに聞いてくるということは、何らかの異変に感づいているに違いない。あわてて話題をそらした。「ところで、その部屋着Ｔシャツ、何枚持ってるの？　それ、昨日着てたのと違うでしょ」

「家に五枚あります」と、なぜか誇らしげに胸を張る。「でも、ちょっと問題がありまして、洗濯してもそこらへんに放って、着たあとも放って、どれがどれだかわからなくなるんで、匂いを嗅いで判断するしかないんです」

「だから、ちゃんとしようって！」

友笑とのお決まりのやりとりを交わし、精神の安定を得たのも束の間、ＳＡＢＯを乗せたトラックが戻ってきた。

ＳＡＢＯは、クラスになじめない不登校児だったとは思えないほど、気さくで、フレンドリーな女性だった。セネガル人の父と、日本人の母をもち、ピンクに染めた編みこみの髪型が、褐色の肌によく似合っている。

「ハーイ！」と、ＳＡＢＯが握手を求めてきたので、朝陽はためらいながらも右手を差し出した。

細い体だったが、握る力は強かった。この体から、ハイトーンのエネルギーに満ちた歌声がほとばしるのかと、思わずしげしげとSABOのことを見つめてしまった。

SABOは、友笑にはハグを求めた。が、友笑のほうは、おっかなびっくりといった様子で、されるがまま体を硬直させて、SABOに抱きしめられている。

「取って食うわけじゃないから、安心して」SABOが大きな口を開けて笑った。「友笑ちゃんの作品、とってもすごいよ。いっしょに撮影できてうれしい」

「あ……、アリガトウゴザマス」人見知りの友笑が、緊張のためか片言に聞こえる日本語で返す。

「SABOさん、良い匂いシマスネ」

「あのね、友笑ちゃん、私の部屋もすっごい汚いの。散らかり放題でいいんだよ。そっちのほうが、創造性が豊かになるらしいから」

「えっ、そうなんですか?」

「あんまり物がない部屋じゃ、何も生まれないらしいよ。テレビでやってたけど」

SABOの言葉が、朝陽にとってはちょっと耳に痛い。子どもの頃、ガチャガチャのグッズやフィギュアを集めるクラスメートの趣味に憧れたこともあったのだが、ああいう細々した物を並べたら、ホコリを取るのが大変に違いないと断念した思い出が、今になってよみがえってくる。

SABOが自分でメイクをほどこし、着替えをしているあいだに、カメラの準備も完了した。

さっそく撮影に入る。

冒頭のシーンは、SABOがログハウスの大きな掃き出し窓から、ウッドデッキに下り立つ。

そこには、エプロンをかけた大人の女性のペットボトル人形が立っている。ドロドロに溶けた電子ケトルと、底に穴が開いた鍋を、それぞれ両手に持っている。今にも駆け出しそうな前傾姿勢は、誰も味方のいない、束縛だらけの家のなかから逃げたがっているようにも見えた。林へ、森へ、自然のただなかへ。

　ＳＡＢＯは、その肩に優しく手をまわす。

　そして、ウッドデッキについた小ぶりの階段を下りて、草原のなかを歩き出す。

　ミントはジンバルと呼ばれる、ブレを補正する一脚にカメラを固定している。朝陽はミントの指示にしたがって、レフ板を調整しながらＳＡＢＯを照らした。シーンごとの撮影が進んでいく。

　轍《わだち》のついた未舗装の山道に、錆びきったバスの停留所の看板が立っている。永遠に来ないバスを、穴だらけの傘をさしたサラリーマンが待っている。

　そのとなりに、骨がバキバキに折れたビニール傘をさしたＳＡＢＯが立つ。ときおり道の左右を見渡す。もちろんバスも、車も、人もやって来ない。

「もうちょっと無表情でいいよ、ＳＡＢＯちゃん」カメラを回しているあいだも、ミントが細かく注文をつけた。「楽曲で感情は伝わるから、無理に顔をつくる必要ないよ」

　友笑がスマホからＳＡＢＯの曲をかける。ＳＡＢＯはそれに合わせて口パクをするのだが、音楽は編集時にのせるので今は録音をしていないらしい。周囲の雑音やしゃべり声を気にせずに撮影を進めていく。

　汚れきった黒い残雪の上でうなだれているのは、ゴミ収集の作業着を着たペットボトル人形だった。両手にポリ袋を持っているのだが、袋の底は二つとも破れていて、そこから無残にゴミが落下し、散らばっている。足元にゴミの小山ができた作業員は、底の抜けた袋を手にしたまま途方に暮れている。ＳＡＢＯは斜めになっている作業員の帽子を真っ直ぐに戻してやり、励ますようにその背中に手をかける。

冬でも葉を落とさない常緑樹は、アセビという名前らしい。丈の低いアセビの木々のトンネルのなかに、SABOは新しい人形――ゴミの王国民を見つける。

前後の車輪が大きくゆがんで、それ以上前に進みようのないボロボロの自転車をかろうじて体で支えているのは、かなり古めかしい制服を着た郵便配達員だ。傾斜のきつい森のただなかを、進むことも、戻ることもできずに往生している。黒い肩掛けカバンから、届けられることのかなわない手紙があふれていた。

SABOが、落ちている手紙を拾い上げ、ついた土を払ってやる。

配線がむき出しのハンドルを手にしたまま、乗るべき車を失い、森にたたずむタクシー運転手。壊れたテレビに、壊れたゲーム機をつなぎ、そこに視線を注ぎつづける野球帽の少年。四つの脚のうち一本が欠けたアンバランスな椅子に座る老女は、体の前に立てた杖でかろうじて体重を支えているように見えるが、その杖自体も真ん中あたりで折れかけている。今にも転倒して、起き上がることすら困難になるだろう。

大サビは、女の子の閉じこめられたロッカーだ。

SABOは慈しむように、ロッカーに片手をかける。が、女子中学生を救い出すような行動は一切とらない。何もできないことに対し、SABOはあきらめきっているかのような無表情で、遠くを眺めている。それでも、ブナの原生林のなかで、女の子のそばに寄り添いつづける。

あの土砂降りの日のミントの言葉が、嫌でもよみがえってくる。

想像力なんて、邪魔な足かせになるときもある。

被害者に思いを馳せたところで、その人を救い出せるわけじゃない。捨てられて助けを求める人、つらい思いに耐える人は星の数ほど存在する。

訳がわからなくなる。

ＳＡＢＯの歌声が、感情を激しくかき乱す。ひずんだギターの音と、ベースの重低音。あえて安易なノリを拒むかのような、コロコロと拍子の変わる打ち込みのリズムが下腹に響く。

捨てられたものたちに勇気を与え、その魂を鼓舞するようでありながら、どこか諦念の混じる歌詞が、一つの意味にまとまりかける前に、バラバラに崩れ、鼓膜のなかでゆるくほどけていってしまう。Ｃメロで唐突に挿入されるラップパートが、無力な自分への卑下の言葉を圧倒的な早口でならべたてる。

正解なんてないのかもしれない。

僕は友笑を救えない。

もちろん、友笑の母親も。

そして、身内である自分の母親でさえ……。

かく言う自分だって、社会から捨てられて、孤独に耐えながら助けを求めるちっぽけな人間にすぎない。

「オッケー！　オールアップです！」

夕日が高原に差しこむ頃、ミントの大声が響いた。

最後のシーンは、少女のペットボトル人形だった。朝陽が友笑の分身かもしれないと感じた、ふりふりの白いワンピースを着て、赤い靴を履いた小さい女の子だ。その手に赤いカーネーションを持ち、頭上に高く掲げている。

最初は、枯れる寸前の花、もしくは空気の抜けたバルーンを持たせる案もあったのだが、SABOの強い希望でラストシーンは新鮮な生花を少女に与えた。

夕日に照り映えて燃え上がる赤いカーネーションと、透明な体の内部で強い乱反射を起こす少女の前に、SABOがひざまずく。そして、片手をそっと少女の頰に添える。

ひずんだギターの音が余韻を残して消えていくアウトロとともに、画面はぶつりと暗くなる。

SABOが、ミントと抱擁を交わした。

「私、実はメジャーレーベルに所属が決まったんだ」SABOがミントの背中を励ますように叩いた。「できれば、これからもミントに映像を頼みたいから、早く会社をつくってね」

「わかった」ミントがSABOの肩の上で軽くうなずく。

風が吹き渡る真冬の高原は、残酷なほど空気が透き通っていた。少女の人形の着るワンピースのフリルが、絶えず寒風になびいている。友笑がその手から、そっと赤いカーネーションを抜き取った。

ミントがSABOを伊東《いとう》駅まで送っているあいだに、朝陽は友笑とともに片付けをはじめた。朝陽のなかで、すでに答えは決まっていた。

ふたたび戻ってきたトラックにすべての荷物を積み終え、あわただしく東京への帰路につく。

高速に乗ると、すでにあたりは真っ暗になっていた。うとうとと首を前後に振りながら寝ぼけまなこをこすっていた友笑が、完全にヘッドレストに後頭部をあずけて寝息をたてる頃、朝陽はゆっくりと口を開いた。

「僕、やっぱり、ミントの会社には入れないよ」

目を閉じ、規則正しい寝息をもらす友笑の様子を再度確認する。その向こうに、ハンドルを握るミントがいる。

「そっか……。ここ最近、朝陽の態度がそっけなかったから、薄々感づいてはいたよ」じっと前を見すえたまま、ミントがつぶやいた。「いつから俺の仕業だって気づいてたんだ？」

「三回目の嫌がらせの前に、大家さんに防犯カメラをつけてもらった」

「なんだ……。もうちょっと、周りを確認しておけばよかった。最後の最後で、詰めが甘かったな」

どこまでも他人事のようなミントの口ぶりに、怒りが再燃しかける。となりに座る友笑の息づかいを感じ、心を平静に保った。

「気づかれなければ、このまま僕たちを騙しつづけるつもりだったのか？」

「騙してなんかいないよ」

ミントがウィンカーを右に出した。アクセルを踏みこみ、前を走っていた乗用車を追い抜かす。もとの走行車線に戻ると、大きく息を吐き出し、同じ言葉を繰り返した。

「騙してなんかいない。みんなが最終的に幸福になれる道を、俺は探してただけだ」

ぐっすり寝ているとはいえ、すぐ近くに友笑がいる状況をあえて選んでこの話題を持ち出したのは、自分が醜く声を荒らげず、感情を乱さずに、ミントと対峙できると思ったからだ。

ミントに対する感謝の念は消えていなかった。友笑と僕を外の世界に引きずり出してくれたのは、まぎれもなくミントだ。だからこそ、朝陽はどうしても許せなかった。相反する感情が、激しくぶつかりあっている。

「じゃあ、僕たち三人が友だちっていうのは？　あれは嘘なのか？」

「だから、嘘じゃないって」

ミントも、決して大声を出さない。終始、低い声でつづける。

「まあ、でも、友笑ちゃんに才能がなければ、ここまで深く関わってこなかったのもたしかかもな。心のなかに広がる原風景を、ここまでストレートに、相手をぶん殴るみたいに暴力的にアウトプットできる人間はそうそういないから」

「じゃあ、なんであんなことをしたんだ？　あんな方法をとらなくても、じゅうぶん友笑ちゃんは作品にありったけの感情をこめられた」

「なんで……」ミントが自問した。「なんで……だろうな。つくる、と同時に、破壊する。友笑ちゃんにはつらいことも、うれしいことも、いろんな感情がぐちゃぐちゃになってかき混ぜられるような体験をしてほしかった。おかげで、すべてがこのＭＶに結実した」

トラックがトンネルに入った。

トンネルの側面にならぶオレンジ色のライトが、猛スピードで窓外を去っていく。その光が過ぎゆくたび、ミントの顔が明るくなったり、暗くなったりを繰り返す。

「朝陽も、そろそろ引き際を考えたほうがいいぞ」

「はっ……？　引き際って？」

思わず身をのりだして、運転席のミントを見やる。

「神経質な潔癖症と、ずぼらでがさつな男女がうまくやっていけるはずがない。今はいいかもしれないけど、一つ屋根の下で暮らしていくなんて絶対できっこない。友笑ちゃんを傷つける前に、きっちり線引きするべきだ。互いの国境線を」

「僕たちに、ちょっとずつ変わっていけばいいって言ってくれたのは、ミントだろ……！」

思わず腹の底から声を出しかけて、あわてて喉の手前でおさえつける。

それでも、ミントの言う通りだとわかりきっていたのだ。互いに少しずつ歩み寄ったところで、限界はある。それぞれが慣れ親しんできた環境からは、そうそう逃げられない。それこそ、数十年いっしょに暮らしていけるような夫婦になんかなれない、と。

友笑のことを放っておけない、どうしようもなくいじらしく感じてしまう——この感情が、相手を好きだという気持ちに直結しているのかも、自分でよくわからない。

「たしかに、俺の都合が良いように、朝陽と友笑ちゃんをあおった部分もあるかもしれない。俺は朝陽を心の底から信用してたんだよ。朝陽なら、何があろうと友笑ちゃんの手を決して離さないだろうと思ったんだ」

トンネルを抜ける。車の走行音がくぐもって響いていたのが、急に底が抜けたようにミントの声がはっきりと耳に刺さる。

「言っただろ？　俺は俺のことを最後まで見捨てない。そのために、何かほかのものを捨てなきゃいけないと判断したときは、容赦なく捨てる。これで、朝陽や友笑ちゃんが俺から離れていってしまうのなら、しかたがない」

トラックの右側を、とんでもないスピードでスポーツカーが通り過ぎていった。そちらにちらっと目をやったミントがつづけた。

「結局、人間だって、捨てたり、捨てられたり、拾ったり、拾われたりっていう宿命と循環から逃れられない気がするんだよ。ゴミと変わらないんだよ」

ハンドルを握るミントの肩が、少しこわばっているようにも見える。

「そんな容赦のないサイクルのなかで、嘆くか、開き直るか――悲しむか、いっそのこと楽しむかだったら、俺は後者を選ぼうと思ったんだ。朝陽なら、わかってくれると思ったんだけどな」

たしかに、感受性や想像力が強い人ほど、その拠って立つ土台は、容易に嘆き悲しむ方向に傾斜してしまいかねない。ミントみたいに、都合良く想像力をオンオフできる器用な人間ばかりじゃない。

「僕は、どんなにつらくても、想像力を捨てたりなんかしない」そうつぶやいた朝陽は、ふととなりに座る友笑を見た。そして、息をのんだ。

少し頭を傾けて寝入る友笑の目尻からこめかみへかけて、涙の筋が流れていた。

東京に着くと、最近契約をしたレンタルスペースのコンテナに、友笑の作品を運びこんだ。さすがに母のいるリビングを通り抜けて、ふたたび前庭に作品を保管するわけにはいかなかったのだ。レンタル代は、友笑と折半することにした。

「それじゃあ、お寿司は日をあらためて」アパートの前で停まったトラックの運転席から、ミントが手を振る。

「はい、ミントさんも、お気をつけて」友笑も手を上げた。

あれだけ友笑が楽しみにしていた打ち上げが、気重でしかたない。もし、僕が行かないと言ったら、友笑はどうするだろうか？　そんなことを考える余裕もないくらい疲れていた。今はすぐに風呂に入って寝たい。

朝陽と友笑は、となり同士、それぞれの部屋の前に立った。

「さすがに大変だったね」朝陽は鍵を取り出しながら苦笑した。

「はい……」友笑がうつむく。

「あのさ……」車のなかでこわい夢でも見てた？　その言葉をのみこむ。あの涙はいったい何だったのだろう。

「いや……、なんでもない。おやすみ」

「おやすみなさい、朝陽さん」友笑が鍵をシリンダーに差しこむ。その動きが、ぴたりととまる。

「あのっ……！」

しばらく目を見合わせる。

友笑の瞳に、いつもの快活な輝きが感じられないのは夜の暗さのためかと、朝陽は一歩、友笑に近づいた。

友笑が、思わず、というように身を引き、後ずさりする。

「ごめんなさい……。私のほうこそ、なんでもありません。それでは」

細く開けた扉のなかに、友笑は猫のようにするりと姿を消した。

朝陽も自室の扉を開ける。その途端、濃いスパイスの匂いがただよってきた。

「暇だから、カレーをスパイスからつくってみたの。初挑戦」

母が頬に笑みを溜めながらリビングから顔を出した。東京に突然押しかけてきてからここ数日、

「暇だから」が母の新しい口癖になっていた。

掃除なんかしなくていいと朝陽が言っても、暇だからやると言って譲らない。一軒家の掃除にくらべたら千倍楽だからと、やはり隅から隅まで磨いている。

たしかに、この部屋にはテレビもないし、東京には今まで何回も来ているのだから、観光だってたかがしれている。ミニマルな生活に慣れきっているので、買い物もあまりしない。早々にやることがなくなるのは目に見えていた。

「朝陽、お腹減ってる？　お手製スパイスカレー、食べてみる？」

今では、安い布団セットを通販で買い、すっかりこの部屋に根を下ろしつつある。そのせいで、友笑はこの部屋で仮眠をとれなくなった。

いくら親子とはいえ、キッチン五畳、リビング八畳のアパートでともに生活するのは息がつまる。それなのに、母さんのほうはいつもより生き生きしているようだ。少し若返ったようにすら見える。同じ家事をするのでも、縛られ、強要されている状態と、自発的にやっているのとでは、天と地ほどの差があるのだろう。前庭に保管していた作品が、昨日ですべて運び出されたことも上機嫌の要因かもしれない。

父からの連絡は、今のところすべて無視しているらしい。

「じゃあ、もらおうかな」さっきまで疲労で空腹を感じていなかったのに、スパイスの刺激的な匂いで食欲がわいてきた。

今では、友笑の部屋から持ってきたちゃぶ台が大活躍だ。クッションに座り、さっそく出されたカレーを頬張る。「うん、おいしいね」と、自分でも呆れるほど棒読みに聞こえる口調で感想を述べた。

「浮かない顔ね」ちゃぶ台の向かいに腰を下ろした母が、こちらの顔をのぞきこんできた。

「まあ、かなりの強行軍だったから」

撮影の予定は前から話していた。子どもの頃から息子に親しい友人がまったくいないことを、母さんは言葉にはしないけれど気にかけていて、だからこそいっしょに泊まりがけで出かける友だちができたことをとてもよろこんでくれた。

母も目にしたあの嫌がらせの張本人がミントだったなんて、まさか言えるわけがない。

「友笑ちゃん、呼んでみたら？」突然、母が予想外の提案をしてきた。「あの子もいっしょだったんでしょ？　お腹すいてるんじゃゃない？」

「えっ……、いいの？」おそるおそる相手の表情をうかがってしまう。

「何よ、信じられない、みたいな、気味の悪そうな顔して。友笑ちゃんは、ただの友だちなんでしょ？」

「まあ……、そうだけど」

「一昨日くらいかな。ちょっとお話ししたけど、きちんと挨拶できるし、礼儀正しいし、良い子じゃない」

母さんが取り乱したのは友笑との初対面のときだけで、朝陽が彼女の生い立ちや、作品制作とMV撮影、懸命に部屋のゴミを減らそうとしていることを話すと、少しずつ態度も軟化してきた。交際しているわけではないと朝陽が明言したことも大きかったかもしれない。

そう、僕たちは友だちだ。それ以上でも、以下でもない。少なくとも、今は……。

それなのに、互いの国境線を引けと忠告してきたミントの言葉が、胸の奥底に深く刻みこまれてしまったようで、気持ちが落ち着かない。

「じゃあ、ちょっととなりに行ってくるよ」一口食べたカレーをそのままにして、立ち上がった。

一〇二号室のチャイムを押す。すでに十時半を過ぎている。

しかし、二回押してみても応答がない。風呂に入っているのかもしれないが、なぜか大きな胸騒ぎがした。先ほどの友笑の涙が頭から離れなかったのだ。

一度部屋に戻って、電話をかけてみる。出ない。朝陽は前庭に飛び出した。躊躇はなかった。

「朝陽!」と、母が制止するのも聞かず、邪魔なサンダルを脱ぎ捨て、フェンスを乗り越える。

窓にかかったカーテンが、十センチくらい開いている。なかは暗い。天城高原の葉擦れと同じようなざわめきが、心のなかで絶えず不穏な音をたてている。

朝陽は顔を近づけた。額に手をかざして、窓の向こうを透かし見る。

物が積み上がったスペースの隙間に、友笑の足が見えた。朝陽は掃き出し窓に手をかけた。鍵はかかっていなかった。

足をかけ、上がりこむ。無意識のうちに息をとめていたようで、激しく脈打つ心臓にうながされるまま、大きく空気を吸いこんだ。

ゴミに囲まれて寝そべる友笑の左手のあたりに、真っ黒い血だまりができていた。ぱっくりと割れた手首から、なおも血が流れ出る。

無傷の右手は、美幸さんからもらった手作りのナップザックをしっかりと握っていた。

「友笑ちゃん!」必死に名前を呼びかける。

友笑のまぶたは薄く開いていた。その瞳が弱く揺れて、じわりと涙の膜が張る。

「友笑ちゃん！　わかる？　今、救急車呼ぶから！」

血で汚れないように、朝陽はナップザックを友笑の手から取り上げようとした。しかし、友笑は強い力で握りしめ、決して離そうとしなかった。

「お母さん……」

友笑がうわごとのようにつぶやいた。

「ごめんなさい」


病院の処置室のベッドに寝そべった友笑のかたわらに、朝陽は腰をかけた。

朝陽が我を失うほどの出血量だったわりに、十針程度縫っただけで手首の傷は閉じた。軽度の栄養失調と貧血のため、今は点滴を受けている。それが終われば、入院の必要はないらしい。無事に処置が済んだことを、母親に先ほど電話で報告してきたところだ。

「本当にすみませんでした、ご迷惑をかけて」

友笑が枕の上で、顔を傾けてこちらを見た。青白い頬が無機質な蛍光灯の光をうけ、今にも脆く溶けてしまいそうな氷細工のように見えて、心が痛んだ。

「朝陽さん、大家さん、ごめんなさい」

「あやまらなくていいから」大家の駒形さんが、友笑の頭に手をかけて優しく撫でた。

救急車が到着すると、駒形さんも騒動を聞きつけてやって来た。何かあったら困るし、友笑が心配だからと、朝陽の母親と相談のすえ、いっしょに救急車に乗ってくれたのだ。「店子《たなこ》は、むかしの感覚でいったら、子どもも同然なのよ」という言葉に、本当に救われた。保険証を探すどころではなかったので、治療費が一時的に十割負担になってしまったのだが、駒形さんが全額立て替えてくれた。

いつぞやは疑ってしまってすみませんと、朝陽は心のなかで丁重にあやまった。食事会では、本当のお母さんと思ってほしいと、不用意な発言をして険悪なムードになってしまったものの、駒形さんは心から友笑を気づかってくれたのだと今ならわかる。

「ここ最近、ちゃんと食べてなかったのね？」

「はい、忙しくて」

「食べないと、心もやられちゃうの。無理にとは言わないけど、これからも本当に困ったときは、頼ってちょうだいね」

手首を切るに至った理由を、駒形さんは無理に聞き出そうとしなかった。防犯カメラの映像にミントが映っていたときも、しつこく事情を問いただすことなく、すべてを朝陽にまかせてくれた。

それが、このざまだ。朝陽は強い自責の念に駆られていた。

「やっぱり、聞いてたんだよね？　トラックのなかで、僕とミントが話してたこと」

「はい……」友笑が枕の上で弱々しくうなずく。「二人の会話が意識の向こうにうっすらと聞こえて、だんだん目が覚めてきて、なんだか重要な話をしているようだったので、そのまま寝ているふりをつづけていたら……」

「こっちこそ、ごめん。無神経だったよ」

どれだけショックだっただろうと思う。都合良くミントに使われ、捨てられた。そして、僕にも捨てられてしまう未来をおそれた。

友笑が右手を伸ばし、すがるように朝陽の小指を握りしめる。

「本当はこんなことしちゃいけないって、頭ではわかってたんです。皆さんに迷惑をかけるし、私がいなくなったら、お母さんのことを誰が気にかけてあげるんだって、思いとどまろうとしたんです」

少し血で汚れてしまったものの、手作りのナップザックは無事で、そのまま友笑の部屋に置いてきた。またここに戻ってくるんだから大丈夫だと、血だらけで泣きじゃくる友笑に必死に言い聞かせた。

「でも、私の見ているもの、感じてるものが途中から観たドラマみたいに急に遠ざかって、テレビに映ってるみたいに、何も手触りがなくなってしまって、ああ、私って結局、一人ぼっちなんだって思ったら、何もかも、どうでもよくなって」

深夜の別荘で、話の筋も知らないはずのドラマにじっと視線を注いでいたミントの無表情が思い出された。

朝陽は、友笑の左手首に巻かれた、痛々しい包帯を見つめた。うわべだけの励ましなんか、今はいらない。本心を伝えたいと思った。

「たしかに友笑ちゃんの言う通り、みんな一人ぼっちなのかもしれない……」

ミントも孤独だった。孤独になる道を、あえて選んだ。人間として強いか弱いかの問題じゃないと朝陽は思った。

「家族のつながりも、見せかけとまでは言わないけど、一時的なものに過ぎなくて、夫婦も――親子でさえ、結局は互いを本当の意味で救うことなんてできないし、心の底から理解しあえることもないわけだし」

ミュージックビデオの撮影中に感じたことを、そのまま吐き出しつづける。

「でも、だからこそ、ただいっしょにいるってだけでいいと思うんだ。となりに座って、となりを歩いて、となりで今日も生きて呼吸をするだけで」

たくさんのペットボトル人形にそっと寄り添うＳＡＢＯの無表情が、脳裏をよぎる。

友笑が枕から顔を浮かしかけた。駒形さんがふたたび友笑の頭に手をかけて、やんわりとそれを押しとどめる。

「友笑ちゃんが、友笑ちゃんのお母さんを何度も拾うんだって決意したみたいに……」

人間だって、捨てたり、捨てられたり、拾ったり、拾われたりっていう宿命と循環から逃れられない気がするんだよ。ゴミと変わらないんだよ。

ミントのあきらめのにじんだ声が脳のなかに充満している。

「友笑ちゃんが自分自身を捨てたとしても、僕が何度でも友笑ちゃんのことを拾ってあげるから。だから……」

あきらめと希望が入り混じり、汚い残雪のようにグレーに染まるこの心を、否定も肯定もしない。ただただ、静かに受け入れるだけだ。

「僕はここにいるよ。友笑ちゃんの、となりにいる」

友笑がぐっと力を入れて、まぶたを強く閉じた。

「よかったです。本当に生きててよかったです」

湯気の立つロールキャベツを食べた直後のような、温かいため息を吐き出しながら友笑はつぶやいた。

「朝陽さんに出会えてよかったし、ミントさんにも……、やっぱり私は出会えてよかったとあらためて思います。ミントさんだって、苦しい思いを、たった一人で耐えてるに違いないんです」

「今日も見つけられたね。生きててよかったこと」

「はい」友笑がまぶたを開けた。「ふざけた部屋着Tシャツを着たまま死ななくて、本当によかったです。この格好で、お医者さんに『ご臨終です』って言われると思うと、ぞっとします」

「やっぱり、ふざけて買ったんだ！」

「ごめんなさい！　朝陽さんに笑ってほしくて」

「だからって、ふつう五枚も買わないよ。一枚でいいから！」

今も着ている部屋着Tシャツは、かわいた血のあとが点々と赤黒くしみをつくっていた。

笑顔を見せた朝陽と友笑に安心したのか、駒形さんもふっと息をもらすように笑った。

「あなたたちを見てると、なんだかうらやましいような、こそばゆいような感じになって、もう、見てらんないわ」

「うらやましい……？」朝陽は思わず問い返してしまった。

「あのね、私にだって、若いときがあったんですから」駒形さんがすねたように、口をとがらせた。「ずっと、おばあさんをやってるわけじゃないんですから」

「す、すみません」

一転、真剣な表情に戻った駒形さんが言った。

「まあねぇ、人間、所詮一人ぼっちなんだってもっと早くに気がつけていれば、私ももうちょっと楽に人生を過ごせたのかもしれないなぁって思って」

ひっつめた髪からこぼれた後れ毛が、大きなため息で揺れた。

「私がお節介なせいだって自分でもわかってるんだけど、息子と娘ともどんどん疎遠になっていって。日下部さんの言うように、親子でも――親子だからこそ、相手が何を考えてるのかわからなくて、宇宙人みたいに感じることがあるし」

駒形さんは骨張り、血管の浮いた薄い手を、ブランケットをかけた友笑のお腹においた。

「結局、死ぬときも、一人よ。だからこそね、若いのに、今死ぬことなんてない。もっと、たくさん人生を楽しみなさい」

子どもに対してするように、その手をぽんぽんと優しく上下させる。

「私もたくさんの人を拾ってきた」

静かな病院の廊下を、あわただしく行き交う足音がした。新たな救急患者が運ばれてきたのかもしれない。

「最後はね、火葬場でお骨を拾うの。自分の両親、夫の両親、姉、早くに亡くなった同級生、たくさんの親戚、そして、最後は夫。本当によく頑張ったね、お疲れ様、ゆっくり休んでね、そう言って大好きな人たちの骨を拾ってきた。みんな、焼かれて骨になってしまったけれど、誰かがきっと拾ってくれる。いつか私も、同じように誰かに拾われる。そして地球に帰っていくのね」

駒形さんは、とくに悲しんでいるとか、嘆いているとか、そういった負の感情のまったく感じられない、淡々とした口調でつづけた。

「拾ってくれる人がいるっていうのは、とっても幸せなことよ、佐野さん。私のいちばん上の兄は、戦争に行ったきり戻ってこなかったから、お骨もないって聞いてる。私が生まれる前のことだけど」

拾ったり、拾われたり――その繰り返しでこの人生をつないでいけるのなら、一人ぼっちだとしても、一人じゃないと朝陽は思った。

「はい……、今はとても幸せです。その幸せを捨てかけたことは、すごい後悔しています」

友笑が今も握りしめているこの小指が、朝陽にはくすぐったくも、温かく感じられた。

「大家さんも長生きしてください。でも、もし亡くなったときは、私と朝陽さんでお骨を拾います。あれって、たしか二人でいっしょの骨を拾うんですよね。共同作業みたいに」

「本当ね。嘘じゃないわね！」

駒形さんが、ぐいと友笑に顔を近づけた。

「私、お葬式に呼ぶ人のリストを今からつくってるんだけど、二人の連絡先、本当に入れるからね。絶対、来てちょうだいね！」

いつもの駒形さんの、圧の強い物腰が急に復活して、朝陽は苦笑した。友笑の傷が癒えて落ち着いたら、駒形さんのおうちにお邪魔しよう。

今なら、駒形さんの手料理を心から楽しめそうな気がした。

「もったいない、もったいない」

ミントの兄、賢人がぶつぶつつぶやきながら桐の大きな箪笥を持ち上げた。

「本当にもったいない」

賢人とともに箪笥を運び、トラックの荷台に上げる。箪笥には区の指定のシールがいくつも貼られていた。

今日は、粗大ゴミの回収作業だった。本来朝陽がペアを組むはずだった作業員が急に休み、手のあいていた賢人が手伝うことになったのだ。営業職なので今は滅多に現場に出ることのない賢人は、運動不足なのか激しい息をつき、出っ張った腹を揺すりながら荷台から飛び降りた。そして、何かの呪文のように「ああ、もったいない」と、繰り返す。

たしかに、桐の箪笥は絶対に高価で丈夫なものに違いなく、目立った傷や破損もない。ひとむかし前なら、親から子へ、そして孫へと受け継がれるはずの立派な代物だ。が、現代のライフスタイルやインテリアには、あまりそぐわないのかもしれない。

この箪笥だけじゃない。問題なく使えそうな家具や家電がゴミとして出されることは多く、そのたびに賢人は同じ言葉をつぶやいている。「もったいない」と。

「久々に現場に出てみると、あらためてとんでもないゴミの量だなって思うよ」

今日は百件近くの回収をこなすまで帰れない。トラックがいっぱいになれば、粗大ゴミの中継センターに降ろしに行き、ふたたび回収のルートに戻る。それを一日中、ひたすら繰り返す。

「我々はゴミのおかげで生活してるわけだけどさ、さすがにここまで多いと、処分場のキャパは大丈夫かって心配になっちゃうよ」

東京二十三区の、最後のゴミの埋め立て地、新海面処分場は、あと五十年ちょっとでいっぱいになるらしい。五十年というのはマシなほうで、全国的に見たら二十年も最終処分場がもたない地域が多いそうだ。いっぱいになったあとどうするのかは、今のところ誰にもわからない。処分場に適した土地はそうそう見つからないし、東京湾にはもう埋め立てられる余地が残されていない。

解決を棚上げにして、ただただあとの世代に丸投げしている問題は多い。

ゴミを減らさなきゃいけないのは、誰の目にも明白だ。でも、その危機感が、一人一人の住民レベルにまで行き届いているとは言いがたい。実際、埋め立てられるゴミの量は数十年前とくらべて着実に減ってきてはいるのだが、それはどちらかといえば灰のセメント利用やリサイクル意識の浸透など、技術の進歩や自治体、企業の努力によってなしえたものだ。

「そういえば、ミントの会社には入るのか？」

次の回収場所への移動中、トラックのなかで賢人がたずねてきた。

「いや、やめたよ」朝陽は言葉少なに答えた。とくにそれ以上話すつもりはない。

「そうか、意外だな。あれだけバズってるのに」

編集が終了し、ユーチューブにアップされたＳＡＢＯのＭＶ『手紙』は、公開早々に二千万回再生を突破し、今ものすごい勢いで伸びている。朝の情報番組のエンタメコーナーでも取り上げられ、海外でもブームになり、一億超えの再生数が確実視されている。もはや社会現象と言っても過言ではない。

ＭＶのエンドクレジットには「監督／守山民人　ゴミアート／佐野友笑」と、二人の名前が刻まれていた。

そのおかげで、地道に作品のアップをつづけていた「佐野友笑」名義のインスタグラムのフォロワー数が、万単位で爆発的に増えた。今では友笑本人がアカウントを引き継いでいるのだが、あまりの反響の多さに友笑がビビり、全削除しようかと本気で悩んでいたほどだ。

なんと、個展の依頼まで来たらしい。

ＳＡＢＯが所属することに決まった大手レーベルの企画で、ＭＶに登場したペットボトル人形たちを展示するイベント〈ＳＡＢＯからの『手紙』――ゴミの王国展〉だ。二週間の展示期間で、一万五千人の動員を見こんでいるというから驚きだ。

友笑本人にもインタビューの依頼が多数来ているのだが、本人は断りつづけているらしい。今では傷口の抜糸も済み、友笑はいつもの快活さを取り戻している。明日はまた二人で、八王子の友笑の実家を訪問する予定だ。

「まあ、朝陽は俺と同じで、地道に生きたらいいさ」トラックを降りながら、賢人が言った。

「うん、そのつもりだよ」朝陽は答える。ＳＡＢＯ、ミント、友笑を取り巻く環境の変化を、どこか他人事のように感じている自分がいる。エンドクレジットに朝陽の名前ものせようかと、撮影当日にミントに聞かれたのだが、断っていた。

「あれ。おかしいな」賢人が首をひねった。「ゴミ、ないじゃん」

粗大ゴミは予約制なので、一件ずつ住民の氏名や住所、置き場所がリスト化されている。物はマッサージチェアで、一軒家の玄関前に出されているはずなのだが、そこには何もなかった。

賢人が家のチャイムを押す。すみませんとあやまりながら出てきたのは、八十代の男性だった。

「ゴミとして出すのをずっと迷っていて、時間を過ぎてしまいました」そう言って、申し訳なさそうに頭をさする。「でも、踏ん切りがついたので、すぐに運び出しますね」

「もしよければ、お手伝いしましょうか？」

「本当に助かります」

賢人とともに、靴を脱いで上がりこんだ。

「実は、先日亡くなった妻が、毎日使っていたマッサージチェアでして、今もふと見ると、そこに座っているような気がして、なかなか捨てがたくて」

リビングに置かれていたのは、かなり年季が入り、座面の合皮がところどころ破れかけているものだった。しかし、大事に長年使われていたのがわかる。座っていた人の愛着がにじみ出ているような気がした。

「日本人って、よく物にも魂が宿るって考えるじゃないですか」賢人が手に作業用のグローブをはめながら、旦那さんに言った。「それってあながち嘘とも思えなくて、我々作業員は、捨てられる物とかゴミに、よく表情があるよねって話をするんです。長年、ゴミに接していると見えてくるんですよ、自然と」

旦那さんがうなずきながら、チェアの背もたれに手をかける。この人も、つい最近奥さんの骨を拾ったのだろうと朝陽は思った。

「気休めで言ってるんじゃなくて、このマッサージチェアはとっても安らかな顔をしてますよ。ここまで大事に使ってもらって、感謝している表情です。丁重に運ばせてもらいます」

「そう言ってもらえると、いくらか気持ちが楽になります」

せーの、と声をかけて、賢人とともに持ち上げる。玄関先で「本当にありがとうございました」と、旦那さんが深く頭を下げた。

荷台にマッサージチェアを納めると、賢人の持っている会社支給のスマートフォンが着信音を鳴らした。清掃事務所からの電話らしい。

連絡があるときは、大抵、何らかのトラブルがあったときだ。案の定「取り忘れですか？」と、スマホを耳にあてた賢人が顔を曇らせた。

「午前中の二丁目のタワマンの、ルームランナーですよね？　いや、なかったです、確実に。ええ、エントランス、ゴミ置き場、裏口すべて確認しました。あと、記載のあった部屋番号のチャイムも押してみましたが、不在でしたよ」

朝陽もしっかり覚えている。午前中に回収予定だったルームランナーは、どこにも出されていなかった。電話を切った賢人が、苛立ちをおさえた低い口調で告げた。

「朝陽、今から、そこ回収に行くことになった。取り忘れのクレームの電話が入って、しかも相手は怒鳴り散らしてるらしい。まあ、職員さんも毎度のことだから、こっちの言うこと、信じてくれたけど」

取り忘れのクレームは、粗大ゴミにかぎらず、可燃ゴミでもよくあることだ。こちらは確実に集積所のゴミを一掃した記憶があるにもかかわらず、「出していたゴミが回収されなかった。早く取りに来い」という催促の電話がかかってくるのだ。

そういう人間は、寝坊や出し忘れを、絶対に認めようとしない。どういう神経をしているのかと思うのだが、電話口で怒鳴り、威嚇し、何がなんでも言うことを聞かせようとする。そうすれば、こちらが取りに来ると高をくくっているのだ。

二丁目にあるタワーマンションに到着すると、ゴミ置き場に粗大ゴミシールの貼られたルームランナーが置かれていた。

「絶対なかったよな」

「ああ、絶対になかった」

朝陽は賢人とともに、怒りを吐き出すように言い合った。

「見ろよ、ほとんど新品に近いぞ。本当にもったいない」と、賢人が吐き捨てた。「さっきの物の表情の話じゃないけど、悲しい顔してるよな、このルームランナー」

もちろん先入観もあるのだろうが、たしかに賢人の言う通り、捨てられるのが不服そうな、沈んだ表情でその場に体育座りしているように見えるから不思議だ。

「買ったはいいけど、下の階に響くとか、三日坊主で飽きたとかで、どうせすぐに使わなくなったんだろ。もうちょっと、買う前にきちんと考えてくれよ」

賢人の呪詛の言葉を聞きながら、朝陽は天高く伸びるタワーマンションを見上げた。ネットオークションやリサイクルショップを利用するのも面倒で、邪魔となれば粗大ゴミにすぐ出してしまう金持ちの感覚は、たしかに理解できないものがある。

二人で苦労して重たいルームランナーを持ち上げた。先ほどのマッサージチェアの横に積みこむ。生まれてすぐに捨てられ、破砕される。たしかに不憫だ。

腰を伸ばしながら、朝陽はここ最近ずっと考えていたことを、ぽつりと賢人につぶやいてしまった。

「なあ、ゴミが人をかたちづくるってことはないかな」

「はい？」

「僕はさ、ずっと人間の性格や精神状態が、ゴミの出し方とか、部屋のきれいさにあらわれるって思ってたんだ。でもさ、逆もまたしかりっていうか……、説明がちょっと難しいんだけど」

トラックに乗りこみ、グローブを取った賢人が、次の回収場所を確認しながら言った。

「要するに、ゴミの出し方が人格を形成する部分もあるんじゃないかってこと？」

「そう。心とゴミが相互に影響を与えあうような……、そんな気がするんだよね。きちんと使うかどうか先のことを考えて物を買って、なるべくゴミを少なくして、しっかり分別して、朝起きて出してっていうさ、そういうすっきりした日常を送れることが、心の健全さにもつながるというか」

二十三区の場合、治安が悪いとされている地区、あるいは学生街は、まともに分別がされず、ゴミストッカーや集積所がひどい有様である場合が多い。

一方、きちんと分別して、収集日に毎回ゴミを出すようになった友笑は、今やみるみるうちに心身の健康を取り戻しつつある。部屋もどんどんきれいになっている。心、部屋、出されるゴミ――これらが互いに良い循環でまわっている証拠だ。日下部家みたいに完璧にしろとまでは言わないけれど、最低限のルールときれいさを守れば、きっとより気持ちの良い生活と、心の余裕が生み出されるはずだと信じたい。心の余裕は、他人への優しさも生む。

「職員さんが、小学校とか幼稚園で、日々、清掃指導をしてるわけでしょ」

公務員である清掃職員はよく学校をまわって、ゴミが処理される過程、分別やリサイクルの仕方、環境問題などを、ときにはゲーム形式などで工夫して指導している。

「それなのに大人になると、まあいいかって面倒臭がって、分別がいい加減になっていく人もなかには出てくるし、嘘ついて、怒鳴って相手に言うことを聞かせようっていうとんでもないヤツもわいてくる」

愛着をもって使い古されたマッサージチェアと、新品同然で捨てられるルームランナーが、これから目指すべき道筋を教えてくれたような気がした。

「都庁の職員になって、やりたいことが見えてきたんだ。この仕事を通して」

朝陽は手のなかのグローブを握りしめた。

「今までの生活様式やゴミの出し方じゃ、いつか世界が破綻する。とくに二十三区は家庭ゴミの回収が無料だから、量なんか気にせず、なんでもかんでも出してしまえばいいっていう意識の低さにつながってると思う。都のレベルで、もっとゴミを減らしたり、住民に危機感を共有してもらったり、そういう活動ができないかな」

「頼もしいな」

となりのシートに座った賢人が、笑顔を見せた。

「大学で最初出会ったときは、朝陽、捨てられた子犬みたいに寂しそうだったのに。すっかり顔が大人になったよ」

うるさい、という照れ隠しの言葉をのみこみ、朝陽は答えた。

「僕は、賢人と、この仕事に拾ってもらったようなものだから」

第七章　自分だけの王国

翌日、友笑とともに西八王子の駅を降りると、まずはお世話になった矢中さんの家を訪問し、あらためてお礼を述べ、菓子折を手渡した。矢中さんも、あれから元ケースワーカーの滝本さんと連絡を取りあい、美幸さんに適した近隣の病院を探してくれているという。

いよいよ、佐野家のチャイムを押す。最初ほどではないけれど、やはり友笑は緊張しているようだ。

「もう、この傷口は消えません」幼少期に生まれ育った家を見上げながら、友笑はいまも痛々しく残る手首の傷を、右手の人差し指でそっとなでた。「時間がもとに戻せないのなら、当たり前だけど私は前に進みます」

それは、いまだに過去に縛られている母の美幸さんを、現在の地点にまで連れ戻す決意表明のようにも聞こえた。

友笑は今もコツコツと作品制作をつづけている。前庭の廃材は作品とともに少しずつレンタルスペースのコンテナに移し、使わない物は処分をはじめた。おかげで、部屋のなかもふくめ、一

○二号室は見違えるほど一気にきれいになった。大家の駒形さんもご満悦の様子だ。レーベルの企画展や、作品購入の依頼でまとまった収入が見こめるので、カビだらけの浴室やシンクの清掃を業者に頼むつもりらしい。生活の軸足は食品工場勤務において、あくまで作品制作は余暇の時間で行うという。

玄関の扉が開いた。今回は、昨日のうちに電話で訪問の時間を伝えていたから、美幸さんの表情にも心の余裕が感じられた。とはいえ、友笑を七歳だと思いこんでいる病状に何も変わりはない。

「こんにちは、みどりの森福祉園の日下部です。今日は、友笑さんの写真を持ってきましたよ」

友笑が笑顔を浮かべながら言った。「あと、つぶれていないエクレアも」

部屋の掃除をつづけているおかげで、むかしのアルバムも無事発掘できた。そのなかから、小学校一年生当時の写真をいくつか見繕って持ってきたのだ。

前回と同じ和室に通された。お茶とエクレアを出してくれた美幸さんの前に、さっそく友笑が写真を広げる。

「これは、この前お話しした、親友のかなえちゃんです」

友笑とかなえが、肩を組んでいる写真は、なぜか二人ともあいている手に大きな松ぼっくりを持っている。そのほかに、運動会の徒競走でゴールテープを切る、躍動感のある一枚が美幸さんの目をひいたようだ。

「元気そうですね」

「はい、もう元気だけが取り柄です——というと、お母さんは怒るかもしれませんが」

「いえ、ただただ毎日、潑剌と暮らしてるっていうだけで、私はとてもうれしいんです」

「それで、先日頂いたナップザックの写真なんですが」

前回会ったとき、手作りのナップザックを背負った写真を撮ると、絶対にかなわない約束をしてしまったのだ。

「本人は、すごくよろこんでたんですが、やっぱりどうしても照れてしまって……。これは、施設で遠足に行ったときのものです」

友笑が取り出したのは、小学生当時の友笑がナップザックを背負っている写真だった。白い紐を両肩に背負っているのはわかるが、レンズのほうを向いてピースしているので、肝心のナップザックの絵柄までは写っていない。

これでごまかしきれるかと、朝陽はおそるおそる美幸さんの表情をうかがった。

「ちゃんと使ってくれてるのがわかっただけで、とてもうれしいです。お渡しした甲斐がありました。本当にありがとうございます」

美幸さんは涙ぐんだ目を細めた。飾り棚の上に、今日も変わらず、友笑の入学式の写真が飾られている。

「あの……」ずっと黙っていた朝陽は、膠着している今の状況を少しでも前に進めたいと願い、口を開いた。「お母さんと友笑さんがいっしょに暮らしていたときの、いちばんの思い出って何ですか?」

「思い出……」美幸さんが遠い目で天井を見上げる。

友笑の口からはかくれんぼの話が出たが、美幸さんは娘とのどんな記憶を胸に、日々を生きているのだろう。過去の思い出をたぐり寄せ、脳の引き出しを開ける作業で、美幸さんの意識にもしかしたらプラスの変化が起こるかもしれない。

　美幸さんが、かすかにため息をもらしてから、天井を見つめたまま言った。

「私たち、たまに高尾山に出かけてたんです」

　朝陽はとなりにいる友笑に視線を向けた。友笑が無言で首を横に振る。覚えていないということだろう。三歳か四歳くらいのことなので、無理はない。

「お恥ずかしいんですが、私は友笑の存在を周囲に隠してました。不倫のすえの子どもで、友笑が後ろ指をさされるかと思うとかわいそうで。とくに、近所では有名なゴミ屋敷だったので、周囲の人たちに何かひどいことを言われたり、されたりしないかと心配だったのもあります。私自身、怒鳴られたり、脅されたりしたことは、一度や二度じゃありませんでしたから」

　美幸さんが、かけていた老眼鏡をゆっくりとはずした。そして、朝陽と友笑に視線を配るが、その瞳は何か違うものを映しているようにぼんやりとしていた。

「でも、ずっと家に閉じこめておくわけにはいきませんから、ときどき外出してました。今思うと不憫なんですが、大きいボストンバッグに、家を出るときだけ友笑に入ってもらってました。そこに入ると、お出かけができるとわかっているので、友笑はよろこんでバッグにおさまってました。もちろん、家を少し離れたところで、誰も見ていないのを見はからって、すぐに外に出しました。散歩をしたり、遠出をしたり」

「それで、高尾山に？」

　朝陽の問いかけに、うつむいた美幸さんがうなずいた。

「ケーブルカーを使っても、途中で友笑は疲れちゃうんで、私がおぶって頂上まで行って、ソフトクリームなんかを食べたりして……」

正座をした友笑が、膝の上で拳を握りしめている。

「友笑は、登山道に落ちてるゴミを必ず拾おうとするんです。空き缶とか、ペットボトルとか。私がゴミを拾ってくるのを真似したのかもしれませんが、友笑は『かわいそうだから』ってゴミを拾いながら何度もつぶやくんです」

「かわいそう?」

「私は、そうだよね、お山が汚れてかわいそうだねって言ったんです。そしたら、友笑は違うよって答えて。お山じゃなくて、ゴミがかわいそうだって、拙い言葉で訴えるんです」

美幸さんは、両腕を体の前で交差して抱きこんだ。

「その友笑の言葉、今でも強烈に覚えています。お山は、夜は暗くて、誰もいなくなる。そんななかで一人ぼっちで地面に転がってかわいそうだって。おうちにはたくさんの物やゴミがあって、みんな集まって一人ぼっちじゃないのに、このゴミはこんなこわいところにぽつんと取り残されてかわいそうだって……」

しだいに涙声になってきた美幸さんが、言葉をつまらせた。

「友笑が引き取られていったのは、その直後です。こんなことを言わせてしまうような育て方をした申し訳なさで、私は友笑とは離れて暮らしたほうがいいんだと自分に言い聞かせました」

家に戻るかどうかはあくまで友笑の意志にまかせたいと、かたくなに言い張る美幸さんの気持ちが、今ならなんとなく理解できた。

友笑が腰を浮かせて、座卓に身をのりだした。

「友笑さん、お母さんの具合が悪いかもしれないって聞いて、ものすごく心配しています。お願いだから、早く病院に行ってほしいって。それを、どうしても伝えてくれって頼まれてきました」

「友笑が……？」

「はい、どうか二人で暮らす未来のためにも、病院に行っていただけますか？」

少し思案に沈んでいたものの、美幸さんは最後には「わかりました」と、うなずいてくれた。

「よかった」と、友笑が安堵のため息をもらした。

捨てられた一人ぼっちの孤独をなぐさめあう、ゴミの王国——友笑は幼いながらも、その温かさと、むなしさに囲まれて育った。大自然にぽつんと取り残されたペットボトル人形が、なぜあんなにも胸に迫るのか、その理由がわかった気がした。たとえ友笑が覚えていなくとも、高尾山に転がるゴミは確実に彼女の意識の奥底に刻みこまれているはずだった。

佐野家を辞して、ふたたび矢中さんに経過を告げる。さっそく滝本さんと連絡を取り、すぐにでも受診の日程を調整してくれることになった。

駅へ向かう道すがら、朝陽はずっと確認していなかったスマホを取り出した。さっきからポケットのなかで何度もバイブレーションが着信を伝えていたのだ。

「うわっ！」と、思わず叫んでしまった。父親からのメッセージが、いくつも届いていた。順を追って確認する。

〈これから東京に向かう。〉

〈まずは朝陽のアパートに行こうと思う。母さんはそこにいるのか?〉

〈引っ越した先のアパートの住所がわからないから、教えてくれ。〉

それが約二十分前で、返信がないことにしびれを切らしたのか、〈とにかく、出発する。これを見たら、必ず連絡するように。〉というメッセージが最後だった。

「どうしよう。すぐに帰らないと」

今は十一時だ。車で来るとして、午後の早い時間には父さんが到着してしまう。走ってもどうしようもないとわかっているのだが、焦る気持ちがおさえられず早足で改札を通過する。

「落ち着いてください!」友笑が叫んだ。「まずは、お母さんに連絡するべきです」

電車を待つあいだ、母親に電話をかける。父さんの来訪を告げると、母さんはただ一言静かに答えた。

「迎え撃ちます」

その言葉で、朝陽も覚悟がかたまった。父にアパートの住所を送る。

一時間半ほどでアパートに到着し、友笑と別れる。部屋に飛びこむと母は料理をしていた。

「お昼は野菜たっぷりの焼きそばだよ」と、ちょっと震える声でうるんだ瞳を向けてくる。

平静をよそおっているようだが、緊張しているのはあきらかだった。何か手を動かしていないと、不安でしかたがないのだろう。とりあえず二人で腹ごしらえをする。無言で咀嚼する。いったい、父さんとの結婚生活にどう決着をつけるつもりなのかは、こわくて聞けなかった。

午後二時過ぎ。

机の上に置いていたスマホが震えた。父さんからの着信だった。

「今、アパートの前に着いたんだが、いったいこれはどういうことなんだ！」

「はいっ……？」いつになく取り乱した父の声が鼓膜に刺さる。

「なんだ、このアパートは？　いつもこうなのか？」

いつもこう、という言葉がいったい何を指しているのかわからない。まさか、またあのいたずらが……？　いや、ありえないと、朝陽は心のなかで否定する。ミントがふたたびあの嫌がらせをするはずがない。

朝陽はスマホを持ったまま部屋を飛び出した。

唖然として、言葉も出なかった。ただただ、その場に立ち尽くしていた。

アパートのアプローチから、一〇一号室の前にかけて、たくさんのペットボトル人形――ゴミの王国民たちが立っていたのだ。ざっと十数体はいるだろうか。

彼ら、彼女らは、まだ服を着せられる前の、まさに生まれたままの姿で、屹立している。ただ、前を見すえて、無言のまままたたずんでいる。

まるで兵馬俑《へいばよう》みたいだった。侵入者を拒むように、ずらっと居並ぶその偉容に、人形を見慣れている朝陽ですら息をのんだ。壮観だった。

太陽が半透明の体をぎらぎらと輝かせる。思わず手でひさしをつくってしまうほどまぶしい。

無言だけど、みんな、何かを訴えている。ゴミの王国民たちが、それぞれの領土を主張している。

僕は、私は、ここにいるのだと叫んでいる。

友笑が制作中の人形を引っ張り出してきて、ならべたのだろう。

朝陽はこらえきれずに笑いだした。

緊張が風に吹かれて消し飛んでいく。空を見上げて、腹の底から笑った。友笑の励ましが、痛快なほどに父と対峙する恐怖を押し流していった。

「何なんだ、これは！」父さんが人形のあいだを縫うように近づいてくる。

「何？　これ、友笑ちゃんがやったの？」母さんも呆気にとられている。

人は一人ずつそれぞれのうちに、侵しがたい「国」をもっている。夫婦、親子でさえ、その個人の領域には、真の意味で足を踏み入れることはできない。孤独の、一人ぼっちの人形たちが、勇気を持って立ち上がれと伝えてくれる。

朝陽は、人形が立ちならぶなかで、父親と向かいあった。鼻から息を吸いこみ、今まで溜めこんでいた思いを告げる。

「日下部家の『清潔の国』は、所詮、父さんの国でしかなかったんだよ」

病室で相対したときのような気後れは微塵《みじん》もなかった。朝陽はつづけた。

「息子の健康のためっていう、それらしい大義名分を掲げた父さんの独裁国家に、母さんと僕は無理やり巻きこまれた。抑圧されてきた。そのひずみや亀裂が、今になって爆発したんだ」

「お前、何を言ってるんだ？　俺の国……？　ここは日本だぞ」

「それぞれの内面の話をしてるんだ。部屋もゴミも心も、父さんの国に支配されてきた。だから、母さんは亡命した」

「えっ、私って亡命したの？　いつ……？」

三人の会話がまったく嚙みあわない。それでかまわないと朝陽は思う。家族はもともとばらばらの存在だ。それでも、愛をもって互いの国境を尊重し、互いに国交を樹立し、互いを拾いあうからこそ、絆の深い、健全な家庭になる。

本来、清潔な部屋や家は健やかな心を育むはずなのに、日下部家がどこかゆがんでいるのは、それが強要されたきれいさだからだ。

「父さんは、捨てられたんだ」

朝陽は思いきって真実を告げた。

「あなたは一度、捨てられたんだ。まずはそれを認めるところから、はじめないと」

近くに立つペットボトル人形の肩に朝陽は手をかける。太陽の光を吸いこんでほのかに温かい王国民が、それでいいんだ、突き進めと励ましてくれる。

父さんは、体の横にたらした拳を握りしめている。今にも怒鳴りだしそうだったが、朝陽はまったくこわくなかった。

怒鳴られても——たとえ殴られたとしても、僕のなかの「国」は揺るがない。

母さんが、一歩、父さんに歩み寄る。最初はおずおずと、しかし、しだいにきっぱりと、決意のこもった視線を夫に向けた。

「そう、私はあなたを捨てたの。亡命って言われたら、そうかもしれない」

母さんが、真っ直ぐ父さんを見つめたまま言った。

「キッチンも、リビングも、たしかに私の国。私の好きなようにさせてほしい」

父さんが口を開きかけた。何かを言おうとして、やめる。空気をのみこんで、空を見上げる。唇が震えていた。

朝陽も天を見た。薄い雲が太陽を覆い隠し、ペットボトル人形が鈍く輝く。

「父さん、今、家はどんな状態？」

父がいつになく弱々しい表情で、眉を八の字に下げた。

「ひどい有様だよ。仕事をやりながらじゃ、広い家の掃除は限界がある。シンクの洗い物、洗濯物が溜まって、ホコリまで溜まってる」

「それをもとに戻すために、私を呼びよせようと思ったのなら、お断りします」

「いや、違うんだ。さっきは朝陽に訳のわからないことを言われて、言葉が乱暴になってしまったけれど……」めずらしく父さんが言いよどむ。

僕、そんなに訳わからないこと言ったかなと思ったが、たしかに勢いにまかせて、国だの、亡命だの、思っていたことをまくしたててしまった。

「もちろん、捨てられた自覚だってあるわけで……」そのまま言いにくそうに目を伏せる。

きっと、この人もある程度の決意を秘めてここまでやって来たのだ。

昭和の男は大変だと、朝陽は思った。つまらないギャグと仕事一筋でやっていける時代はとうに終わっている。

「その……、何が言いたいかって言うと、掃除も料理もほどほどでいいし、もちろん俺もこれからは手伝うし、一切口出ししないし……」

父さんが、持っていたビニール袋をぐっと母さんに突き出した。

「大福、買ってきたんだ。有名なお店の、評判の大福だ。好物だろ？　これを、いっしょに食べたいって思って」

「大福ごときで、戻ってくれって言われても……」困惑した表情で、母さんが頬に手をあてた。

「いや、違うんだ。思いっきり、食べたい。あの頃みたいに、粉まみれになっても、テーブルや床や手や服が汚れてもかまわず、笑顔でいっしょに食べたい。思いっきり、汚したい。もちろん、汚したあとは、俺が掃除するから、だから……」

あの頃みたいに――たぶん僕が生まれる前だろうと、朝陽は思った。もし僕が日下部家に生まれなければ。もし僕の気管支が弱くなければ……。日下部家のゆがんだ「清潔の国」はなかったかもしれない。しかし、そんな仮定はすぐさま頭の外に追いやる。僕はすでにここにいる。時間はもとには戻せない。

「だから、もう一度、やり直してほしい。どうか、この通りだ。本当に気持ちを入れ替えて、一からリセットしたい」

父さんが、大きく頭を下げた。

「いっしょに、粉をまき散らそう」

「粉をまき散らそうって……、どういう誘い文句よ、まったくもう」母さんが相好を崩して、ビニール袋を受け取った。「でも、望むところよ、思いっきり食べましょう」

朝陽はほっと安堵のため息をつきながら、かたわらのペットボトル人形の肩に頭をあずけた。一気に力が抜けた。

一度捨てられた父は、母によって無事に拾われた。この繰り返しが、ばらばらの家族を強くつなぎとめていくような気がした。

「ということで、朝陽、お前の部屋を今から盛大に汚すぞ」父が腰に手をあてて宣言する。「覚悟しろ」

「えっ……？　僕の部屋で？」

「朝陽も思いっきり食え。ポテトチップスもクッキーも買ってきたぞ。存分に食べこぼせ」

「だから、僕の部屋なんですよ」

けど……。

「まあ、いっか。父さんが、きれいにしてくれるなら」

三人で部屋に戻る。お茶をいれ、大福のパッケージを広げる。クッキー、ポテトチップスもちゃぶ台にならべた。

「いただきます！」そう叫んだ父さんが、大福をつかむ。

その手が震えている。鼻息が荒い。大福を何かの仇のようににらみつけている。

長年の習慣はそうそう変えられない。小さいゴミ箱を体の前に抱えながら、きちんとそこに粉が落ちるように大福をそっと食べていた父。ポテトチップスを箸で食べていた父……。

「行くぞ！　朝陽！」まるで高所恐怖症の人間が、バンジージャンプの高台に立ったときのような、悲壮な覚悟がうかがえた。カッと目を見開いた父さんが、ついに大福を口に近づけた。

朝陽も同時に大福にかぶりついた。豪快に嚙みちぎる。白い粉が床に舞い落ちた。

最初は夫の目を気にして、少し躊躇していた様子の母も、男二人が行儀悪く食い荒らすものだから、完全に吹っ切れて大福を頰張った。

「おい、これ……、気持ち良いな！」父さんが、思わずというようにうなった。「何十年ぶりだろう、こんな爽快な食べ方したの」

「おやつは、やっぱりこうでなくっちゃね」母さんが笑う。

「好き勝手食べると、おいしさが倍増する気がする」と、朝陽もうなずく。

「若い頃は、こういう食べ方してても、まったく気にしてなかったのになぁ」

「家のなかくらい、はしたなく振る舞っても何の問題もないのよ」

ぼろぼろと落下する細かい破片を気にせず、クッキーをかじる。ポテトチップスを頬張り、指をなめる。汚れた手を部屋着の裾でぬぐう。いろんな破片や粉が散らばった膝の上や床に、まったく嫌悪を感じない。

汚れることが、こんなに気持ち良く感じられるのは、家族三人がそろっているからだ。

「朝陽にもあやまらなきゃな」父さんが、真剣な表情に戻って言った。「最初は、本当に純粋に朝陽のためだったんだ。それが、いつの間にかどんどん暴走していった。お前には嫌な思いをさせたり、苦労をかけたりしたと思う」

朝陽の手がぴたりととまる。

こんな簡単な謝罪で、本当に許してしまってもいいのだろうか……？

二十数年の人生をこの人に奪われつづけてきたようなものじゃないか。家に友だちを招くという、当たり前のことができなかった。いつしか、人の家に上がることにも嫌悪を抱いた。他人との交わりをシャットアウトして生きてきた。今まで掃除にかけてきた時間を、何か有意義なことに割いていたら、もっと自分を誇れるような才能が開花していたかもしれない。

自分が嫌いな自分に育った。この期に及んで思い出すのは、ミントの言葉だった。

――朝陽は他人の痛みがわかる人だと思うんだよね。

自分とは正反対の汚部屋に住んでいた友笑の気持ちが、なぜか途中から痛いほどよくわかるようになった。僕と友笑は、ネガとポジのように反転しているだけ――まるで鏡像のような関係だと感じたこともあった。友笑が自分を変えようと奮闘していたからこそ、僕もちょっとずつ変わっていけたような気がするのだ。

朝陽は答えた。

「いや……、いいんだ、もう」照れ隠しで大福をむさぼる。「もう、僕は大丈夫だから」

日下部家に生まれてよかったのか――今はよくわからない。まだまだ、先の人生は長い。

けれど、少なくとも今、この瞬間を迎えられたことを祝福したいと、口の周りを真っ白に汚した両親を見て朝陽は思った。汚すことに背徳感をまったく抱かない、こんなおやつは生まれてはじめてだったのだ。母と二人きりのときの背徳感は、父親に黙って、こそこそとおやつを食べていたからだ。

母の表情をおそるおそるうかがいながら、大福を食べていた少年時代の自分に、朝陽はさよならを告げる。

家族三人で笑いあう。

さようなら、僕の故郷。さようなら、清潔の国。

適度な緊張感のなか、朝陽は東京都庁職員の第二次試験、個別面接にのぞんだ。

「それでは、日下部さんが、環境局を志望した動機から教えてください」

面接官にうながされ、一つ咳払いをしてから話しだした。

「私は、大学卒業後、一年とちょっと、民間の清掃会社でゴミの収集にたずさわってまいりました。可燃ゴミ、不燃ゴミ、資源、粗大ゴミなどの家庭ゴミ、そして店舗や施設、会社から出る事業ゴミを、週五日の勤務で、今も回収しております」

背筋を伸ばし、前方に居並ぶ面接官に、均等に視線を配る。

「ゴミの現状や問題を、日々、実地で目の当たりにしてきました。あまりのゴミの多さに唖然とすることもありました。それから、徐々にゴミについて自分なりに調べるようになったんです」

学科試験を突破し、面接にのぞむにあたって、あらゆるゴミについての資料、データを調べ、頭に叩きこんできた。

「同じ東京都でも、二十三区と多摩《たま》地区の市町村では、まったく様相が異なります。多摩地区では二〇〇〇年代から現在にかけて、ほとんどすべての市町村が家庭ゴミの有料化に踏み切りました。一方で、二十三区はすべて、決められた範囲内の量でしたら無料で回収されます。この格差が生まれる要因の一つに、最終処分場のキャパシティーの差があります。多摩地区の焼却されたゴミは、すべて日の出《ひので》町の二ツ塚《ふたつづか》処分場に集められます。残余容量が逼迫していたこともあり、有料化に舵を切る自治体が増えました」

朝陽は膝の上に置いた拳に力をこめた。

「二十三区の場合は、五十年以上も余裕がある、東京湾の埋め立て地の処分場を有しています。無料で出せるからこそ、どこか他人事で、分別もろくにされないことがある――そんな現場をたくさん見て、危機感が高まりました。東京都全体でゴミの減量化に取り組み、環境保護に力を尽くせないかと思い、環境局を志望致しました」

誰しも、自分の住んでいる近くに最終処分場を招きたくはない。二十三区の場合は人の住んでいない埋め立て地に処分場をおいて、遠くに押しやり、見て見ぬふりをつづけている。

「具体的に、ゴミの減量に対する案はありますか？　二十三区も有料化すればいいとお考えですか？」面接官の一人の女性が質問する。

実際、家庭ゴミの有料化に踏み切った八王子市は、五十万人以上の住民を擁する全国の都市のなかで、何度もゴミの少ない市、日本一になっている。今では全国の過半数を超える自治体で、ゴミの有料化が進んでいる。

結局、二十三区は、ゴミに関しては恵まれているのだ。そのことを意識しないまま、日々、大量のゴミを出している住民は多い。いくら広大な東京湾を有しているとはいえ、もうそこに新たな埋め立て地をつくる余地は残されていないにもかかわらず。

「有料化の前にできることはあると思います」朝陽は答えた。「たとえば、地域のお祭りを利用して、ゴミの削減の意識を町内会、地域の住民と考える説明会、啓蒙《けいもう》活動はできないでしょうか。私の実体験ですが、お祭りのあとは信じられないほどのゴミが排出されます。プラスチックのコップ、トレイ、そしてフードロスの削減の意識を共有してもらうことを通して、お祭りのあと、日々の生活でも実践してもらえたらと思います。そして、地域のお祭りからもっと規模を拡大して、たとえば東京マラソンや、隅田川、神宮外苑の花火大会などの大型イベントでも同様の活動ができたら、多くの人の意識が少しずつでも変わっていくのではないかと思います」

そのあとも、具体的な案を示しながら、質疑応答がつづいた。朝陽は事前に調べたデータと、実体験をもとによどみなく答えていった。

「最後にお聞きします。日下部さんは、茨城県出身とのことですが、そちらの県でも同じ活動ができるんじゃないですか？　なぜ、東京都を志望されたのですか？」

「言うまでもなく、東京都は日本でいちばんゴミが出ます。事業系の一般廃棄物も多く出ます。そんな都市が、率先してゴミの削減に取り組むことで、その意識を全国へ、そして世界へ発信していくことがこれからの地球環境にも大きな影響を及ぼすと考えております。とくに、様々な企業、ＮＧＯと連動した『チームもったいない』の活動をさらに推し進めることなど、世界一クリーンな都市としてのアピールにつなげていきたいと考え、東京都を志望致しました」

　無事に面接を終え、朝陽は東京都職員選考会場のテレコムセンタービルを出て、大きく息をついた。その途端、「朝陽さーん！」と、声をかけられた。

　友笑が手を振りながら、笑顔で駆け寄ってくる。

「朝陽さん、面接どうでした？」

「結果はどうあれ、伝えたいことは伝えきったと思うよ。もし落ちたとしても、受験は今年で最後にするつもり」

「絶対、受かってます！　信じて、待ちましょう」言葉に力をこめた友笑が、なぜかこちらの全身を上から下まで眺めてくる。

「どうした？」朝陽は焦って自分の体を見下ろした。「何かついてる？　大事な面接だったのに」

「いや、違います、違います！　朝陽さんのスーツ姿をはじめて見たので、新鮮だなぁと思いまして。凛々しい、まぶしい、たくましい、です」

「うれしい、たのしい、大好き、みたいに言わないで」

「なんですか、それ」

「母さんが好きな曲。一時期アパートにいた母さんが、めちゃくちゃかけてたから耳から離れないんだ」

母は家に戻った。掃除の頻度をぐっと減らし、趣味に多くの時間を割いているという。夫婦で登山をはじめたと聞いたときは驚いた。

すでに六月も終わりだ。一気に蒸し暑くなった。朝陽はたまらずジャケットを脱いで、歩き出した。

「どうする？　お台場まで歩く？」となりを行く友笑にたずねた。「というか、友笑ちゃんはわざわざテレコムセンターまで来ることなかったのに」

テレコムセンタービルから南に下れば、二十三区のゴミの終着点、新海面処分場がある。北に向かえばお台場だ。

友笑の作品の展示〈SABOからの『手紙』――ゴミの王国展〉が、たまたまお台場の商業施設、ダイバーシティ東京プラザの催事スペースで行われていることもあり、いっしょに観に行くことになったのだ。公開から約三ヵ月、『手紙』のMVは一億二千万回再生を突破していた。

「面接を終えた朝陽さんを、いち早く出迎えたかったので、ここまで来ちゃいました」友笑が笑った。「せっかくだから、お散歩しましょう。巨大ガンダムも見ましょう！」

「ガンダム知らないでしょ。僕も知らないよ、全然」

「知らないけど、巨大ロボットってワクワクします！」

他愛ない会話を交わしていると、お台場はすぐだった。ダイバーシティ東京プラザの入り口で、朝陽は立ち止まる。

「実は、どうしても今日、友笑ちゃんに会いたいっていうヤツがいて……」

視線をめぐらせると、ＳＡＢＯとともに近くのベンチに腰かけているミントが見えた。こちらの姿を認めると、ミントだけがゆっくりと立ち上がった。ＳＡＢＯがミントを送り出すように、その背中を大きく叩く。

友笑の顔に緊張の色が走った。

撮影の日以来、顔をあわせていないのだから当然だ。自殺未遂にまで及んだ友笑の気持ちを考えると、本当に二人を会わせていいのか最後の最後まで悩んだ。

「今さっき、展示を観てきたよ」ミントも顔をこわばらせ、明後日の方向を向きながら、頰を指先でかいていた。「素晴らしかった。ＭＶとはまた違った趣があって、友笑ちゃんの作品が存分に生きてた」

会場内は巨大なフェイクツリーを配置し、壁や天井にはやはりフェイクの蔦や蔓性の植物を這わせ、鬱蒼《うっそう》とした森を再現しているらしい。撮影時は冬の森だったが、これから夏に向かう季節に合わせて、生命力に満ちた自然を表現した。そのただなかに、友笑の作品群が展示されている。

「まずは、あやまらせてほしい。友笑ちゃん、本当にすまなかった」ミントが大きく頭を下げた。

「許されないのはわかってる。友笑ちゃんを追いこんでしまったこと、自分勝手に振る舞ってしまったこと、何もかも俺が悪いと思ってる」

友笑は伏し目がちに、首を横に振った。

「ミントさんに出会っていなかったら、私は今もゴミのなかで暮らしていました。お母さんのことをぐずぐずと考えながら、それでもずっと会う踏ん切りがつかないまま、自分を呪いながら生きていたと思います」

ミントが顔を上げる。カバンから、小ぶりの包み紙を取り出した。

「これ……受け取らなくてもいい、突っぱねてもらってもいい。よかったら、展示のお祝いに」

もう一度頭を下げて、手のなかのものを差し出す。

「ミントの花と草で作った、押し花の栞《しおり》なんだ」

友笑が包みを開けた。薄い紫色の花が、透明な栞のなかに閉じこめられている。

「これが、ミントの花……。きれいですね。ミントさんの手作りなんですか？」

「そう、俺が作った。ミントの花言葉は『美徳』なんだって。俺とは正反対だろ？」ミントは自虐的に笑って、後頭部を恥ずかしそうにかいた。「俺も美徳の言葉の通りに、少しは正直になろうと思った。それで、今日、ここに来たんだ」

すぐ近くで黄色い歓声が上がり、ミントがしばし黙りこむ。見ると、ＳＡＢＯの存在に気づいた女子高生が彼女に握手を求めていた。ベンチから立ち上がったＳＡＢＯが、握手と撮影に応じている。

唐突にミントがつぶやいた。

「俺……、実はずっと友笑ちゃんのことが好きだったんだ」

「えっ……？」友笑が両手を口にあてる。「それって……」

「いやっ、返事がほしいとか、この先どうこうしたいとか、そういうことじゃないんだ。むしろ、俺たち、もう会うことはないと思うから安心して」ミントが顔を赤くしながら、手を顔の前で勢いよく振った。「卑怯かもしれないけど、踏ん切りをつけるために、ただただ自分の思いを打ち明けたかっただけで」

朝陽も驚いた。まったく初耳だったし、ミントと身近に接していても、そんなことは微塵も感じさせなかった。

「もちろん、朝陽との関係に割って入れないのはわかってたし、友笑ちゃんに幸せになってほしいっていうのはまぎれもない本心だったわけで……」

めずらしくしどろもどろになりながら、ミントがつづける。手首につけていたゴムで、何かの決意をかためるように長い髪をくくった。

「思うようにならない苛立ちもあったり、おさえきれない思いで爆発しそうになったときもあった。本当に小学生かよって自分でも思うけど、強がって、嫌がらせをして、やっかみを吐き出したいっていう気持ちもあった。これで友笑ちゃんの精神を揺さぶって、より作品が良くなるならっていう正当化をしてしまったんだ。本当に、本当に、友笑ちゃんには自分自身のことを好きになってほしかったんだ。自分らしく、力強く生きてほしかったんだ」

ミントが一歩、後ずさる。友笑から距離をとる。

「自分勝手な行いで、友笑ちゃんを傷つけてしまった。もう一度、あやまりたい。本当にごめんなさい」

友笑も顔を赤くしていた。それでも手を伸ばし、去ろうとするミントの腕をつかむ。

「もう会うことはないなんて、そんな悲しいこと、言わないでください」

友笑が泣きそうな笑顔のまま、背の高いミントを見上げた。

「お寿司がまだですよ。ＳＡＢＯさんも交えて、四人で行きましょう。言っときますけど、ミントさんの奢りですよ！　私、めちゃくちゃ食べますからね！」

　想像力をオンオフすると語ったミントの言葉が、今なら理解できる気がした。友笑への好意を、ミントは必死に打ち消し、誰にもさとられないように振る舞ったのだろう。

「わかったよ……」ミントが人差し指で鼻をこすり、笑顔を見せた。「ただし、回転寿司ね」

「そっちのほうが、私も気楽に、大量に食べられますので、望むところです！」

　ファンから解放されたＳＡＢＯがこちらに近づいてくる。まるで悪友のように、ミントの肩に腕をまわして強引に歩き出した。

「さぁ、ミント、二人の邪魔しちゃ悪いし、そろそろ行くよ。今日はとことん飲むよ、最後まで付き合ってやっからよ」友笑とＳＡＢＯが手を振りあった。「じゃあ、またね。友笑ちゃん、朝陽君」

「ミント！」朝陽は遠ざかる背中に呼びかけた。「会社は？　独立はできたのか？」

「いや、やめたよ」こちらを振り返ったミントが歩きながら首をゆっくりと振った。「お世話になってるディレクターの人に誘われて、その制作会社に入ることになった。アシスタントからはじめて、一から修行するつもりだよ」

「ミントなら、きっとできるよ。大丈夫」

「ありがとう。俺も朝陽みたいに、誰かを拾って、守ってあげられる存在になるよ。朝陽が照らす光で、これからも俺を照らして、見守ってくれるとうれしい。ミントの葉と花をでっかく育ててほしい」

　嫌いだった朝陽という名前を、はじめて好きになれた気がした。朝陽も手を大きく頭上に掲げて、遠ざかる二人を見送った。

ふぅーと、大きく息を吐き出しながら、友笑が右手で盛んに顔をあおいでいる。ミントの告白によほど驚いたのだろう。

「じゃ、行こうか」横で話を聞いていた朝陽も、なんだか気まずい思いを持て余していた。

エスカレーターで、イベントスペースのある階まで上がる。展示室の入り口から、鳥や蟬の鳴き声が聞こえてくる。音まで大自然にこだわったつくりになっているらしい。

「あの……、なかに入る前に、私も朝陽さんに伝えたいことがあるんです。ミントさんが勇気を出して告白してくれたので、私も……」

朝陽は、友笑と向かいあった。ごくりと、唾をのみこむ。

今、ここで……？　このタイミングで？　覚悟はとっくにできていたつもりだったが、いざとなるとこちらまで緊張してくる。

「あの……、私……」

友笑が両手を胸にあてて、おずおずと瞳を左右にさまよわせる。

「もしかしたら八王子に住むことになるかもしれません。あのアパートを引き払うかもしれないんです」

なんだ……、そっちか……。朝陽は友笑にさとられないように、胸の高まりを必死におさえた。

そっと息を吐き出す。

「もしかして、お母さんのいる家に？」

「そうなんです。実は昨日、病院に付き添ったんですけど、お母さんが私を見て『友笑』って呼んでくれたんです。私のことを、はじめて認識してくれたんです……」

「良かったじゃん！」思わず友笑の両手をとってしまった。

美幸さんは元ケースワーカーの滝本さんや、友笑に付き添われ、通院をつづけているという。認知機能に問題はなく、脳の萎縮も認められず、認知症の可能性は消えた。今は心療内科で、不安を取り除く治療や薬の処方を受けている。着実に快方に向かっているとは聞いていたが、本当に喜ばしい。

「もう、これ以上、お母さんから離れたくないんです。二人の時間を取り戻したいんです。それで、今日も向こうにお泊まりをする予定で」

「早いほうがいいよ。僕も引越し手伝うから」

「あの……、私たち、これでお別れですか？　隣人の関係でなくなったら、もう他人ですか？」

握りしめていた友笑の両手を見下ろす。

他人？　友だち……？

さらに力をこめて友笑の手を握った。友笑もすがるように握り返してくる。

「言っただろ。僕は友笑ちゃんのとなりにいる。それは、部屋がとなりってだけじゃなくて、ずっととなりにいたいっていう意味で……」

国境線？　そんなものあって当然だ。たとえ夫婦であっても、同じ国をつくる必要なんてこれっぽっちもない。

「八王子は同じ都内なんだし、いつでも会える。僕は友笑ちゃんのすぐとなりにいる」

もし交際をはじめたら、衝突は絶えないかもしれない。なんと言っても、それぞれのふるさとはゴミの王国と、清潔の国——いわば正反対の宗派の国同士だ。前途は多難な気がする。

「僕たちは、となりにいつづけるところから、はじめたい。そう思ってる」

それでも、やってみなきゃわからないじゃないか。もしかしたら、どちらかがどちらかの骨を拾うまで、この関係はつづくかもしれないのだから。

「よかった……」

友笑が涙目でうなずく。

「私はまず、お母さんとの関係を築き直したいと思います。もう、ゴミの王国はどこにも存在しないけれど、新しい、自分らしい国をつくっていきたいと思います」

さぁ、行きましょうと、友笑が展示室に向けて歩き出す。

「でも、確実にこの心のなかに、あの頃のゴミの王国は生きています。その温かい思い出を胸に、私は生きていきます」

ゴミであふれた一軒家。かくれんぼ。二度と戻ってこない原風景が高尾の鬱蒼とした森のなかに広がっている。

これは僕たちのエクソダスの物語。故郷喪失の物語だ。

友笑が展示室の前で両手を大きく広げた。

「ようこそ、ゴミの王国へ！」

参考文献

『アウトサイダー・アート入門』椹木野衣著（幻冬舎新書）
『このゴミは収集できません』滝沢秀一著（角川文庫）
『ゴミ清掃員の日常』滝沢秀一／滝沢友紀著（講談社）
『ゴミ収集という仕事――清掃車に乗って考えた地方自治』藤井誠一郎著（コモンズ）
『ゴミ収集とまちづくり　清掃の現場から考える地方自治』藤井誠一郎著（朝日新聞出版）

本作品は書き下ろしです。

朝倉宏景　あさくら・ひろかげ
1984年東京都生まれ。東京学芸大学卒業。2012年『白球アフロ』（受賞時タイトル「白球と爆弾」より改題）で第7回小説現代長編新人賞奨励賞を受賞し、2013年にデビュー。2018年『風が吹いたり、花が散ったり』で第24回島清恋愛文学賞を受賞。他の著作に、『野球部ひとり』『あめつちのうた』『日向を掬う』『エール　夕暮れサウスポー』などがある。

ゴミの王国《おうこく》
二〇二四年三月二三日　第一刷発行

著者　朝倉宏景
発行者　箕浦克史
発行所　株式会社双葉社
〒162-8540
東京都新宿区東五軒町3-28
電話　03-5261-4818（営業部）
03-5261-4833（編集部）
https://www.futabasha.co.jp
（双葉社の書籍・コミック・ムックが買えます）
印刷所　中央精版印刷株式会社
製本所　中央精版印刷株式会社

ISBN978-4-575-24729-9 C0093

落丁・乱丁の場合は送料双葉社負担でお取り替えいたします。「製作部」あてにお送りください。ただし、古書店で購入したものについてはお取り替えできません。
［電話］03-5261-4822（製作部）
定価はカバーに表示してあります。